Ullstein Krimi

Ullstein Krimi
Lektorat: Georg Schmidt
Ullstein Buch Nr. 10497
im Verlag Ullstein GmbH,
Frankfurt/M – Berlin
Titel der amerikanischen
Originalausgabe:
Any Man's Death

Deutsche Erstausgabe

Umschlaggestaltung & Fotorealisation:
Welfhard Kraiker & Karin Szekessy

Printed in Germany 1987
Gesamtherstellung:
Ebner Ulm
ISBN 3 548 10497 5

Dezember 1987

Vom selben Autor:
in der Reihe der
Ullstein Bücher:

Detroit Blues (10256)
Der Tod in Detroit (10283)
Mitternacht in Detroit (10308)
Die Straßen von Detroit (10338)
Frühling in Detroit (10354)
Der Oklahoma Punk (10369)
Kill-Zone (10377)
Rosen für den Killer (10450)

CIP-Kurztitelaufnahme
der Deutschen Bibliothek

Estleman, Loren D.:
Killers Sohn: e. Peter-Macklin-Roman /
Loren D. Estleman. Übers. von Karin
Weingart. – Dt. Erstausg. – Frankfurt/M;
Berlin: Ullstein, 1988.
(Ullstein-Buch; Nr. 10497:
Ullstein-Krimi)
Einheitssacht.: Any man's death ‹dt.›
ISBN 3-548-10497-5
NE: GT

Loren D. Estleman

Killers Sohn

Ein Peter-Macklin-Roman

Übersetzt von Karin Weingart

Ullstein Krimi

Für S. T.

1

Schwester Lucinda hinkte einen Vierteltakt hinterher.

Zugegeben, sie war die einzige Altstimme und auch erst ganz neu hinzugekommen. Aber Reverend Thomas Aquinas Sunsmith schmeichelte sich, daß er auch in einem reinen Sopranchor sofort herausgehört hätte, wer falsch sang. Bevor er den Ruf des Herrn vernahm, hatte er bei den *Geeks* aus Royal Oaks Begleitgitarre gespielt. Sein gutes Gehör hatte er sich seither bewahrt. Es ließ ihn selbst dann nicht im Stich, wenn er es mit einer Menschenmenge von der Größe zu tun hatte, wie er sie immer zum sonntäglichen Spätgottesdienst anzog, wenn die *Tigers* in der Stadt waren. Er nahm sich vor, die Schwester gleich im Anschluß zur Rede zu stellen.

Als die Gemeinde nach dem Singen wieder auf ihren Bänken Platz genommen hatte, schlug er auf der Kanzel die große Altarbibel an der mit einem Gitarrenplektron markierten Seite auf und begann mit dem sonoren Bariton, den er sich bereits in den Tagen vor der Erleuchtung zugelegt hatte, daraus vorzulesen. In seiner Robe aus rosenfarbenem Satin war er in der spartanisch ausgestatteten Kirche eine beeindrukkende Erscheinung: ein großer, braunhäutiger Mann mit einem kahlgeschorenen Schädel von der Größe eines Basketballs; beeindruckend und verblüffend vor allem im Vergleich zu den in blasses Gelb gekleideten Schwestern, die ihre Haare in züchtigen Knotenfrisuren gebändigt hatten, und zu den vier noch viel weniger augenfälligen breitschultrigen Männern, die zu seiner Rechten saßen. Als er zu sprechen anhob, bedachte er die Versammlung mit blitzenden Blicken aus feuchten schwarzen Augen, die merkwürdig leblos wirkten. Wie Tropfen schwarzen Stearins.

»Die Kriegsknechte aber, da sie Jesus gekreuzigt hatten«, dröhnte er, »nahmen sie seine Kleider und machten vier Teile, einem jeglichen Kriegsknecht einen Teil, dazu auch den Rock. Der Rock aber war ungenäht, von obenan gewebt durch und durch. Da sprachen sie untereinander: Lasset uns den nicht zerteilen, sondern darum losen, wes er sein soll, – auf daß erfüllt würde die Schrift: Sie haben meine Kleider unter sich geteilt und haben über meinen Rock das Los geworfen. Solches taten die Kriegsknechte!«

Mit einem Knall, der in den Dachsparren widerhallte und die Zuhörer aufschreckte, schlug er die Bibel zu. In aller Ruhe wandte er den Basketballschädel um und ließ keinen der Versammelten von seinen Blicken aus den wächsernen schwarzen Augen unberührt, als er hinter der mit kugelsicherem Kunststoff verkleideten Kanzel hervortrat.

»Da könnte ich ihn immer auf den Mond schießen«, meinte einer der Breitschultrigen zum Nachbarn, »wenn er diese Nummer abzieht.«

»Und so, liebe Freunde«, grollte Sunsmith, »ist es bis auf den heutigen Tag, daß das Glücksspiel eine Sünde wider die Bibel und in den Augen Gottes ein Gegenstand des Abscheus ist; denn der, der sein Eigentum auf dem Spieltisch der Habgier verwettet, wirft das Los über den Rock unseres Herrn am Kreuze, und dafür wird er verdammt sein.«

Ohne die Blicke von seinem Publikum zu lösen, langte er mit seinem langen linken Arm, mit dem er auf der Gitarre immer das höchste C gegriffen hatte, hinter sich und hielt ein Blatt Papier hoch.

»Das hier hat Bruder Clark Dienstag früh bei einem Mann am Cadillac Square konfisziert. Unterzeichnet ist das Schreiben von einer Organisation, die sich ›Freie Bürger begehren legale Spielkasinos in Detroit‹ nennt. Es handelt sich hier angeblich um eine Petition für die Legalisierung des Glücksspiels innerhalb der Stadtgrenzen Detroits. Aber, meine lieben Freunde, das ist es nicht. Keinesfalls ist es das.«

Er erhob die Stimme. »Ein Pakt ist es und keine Petition, und nicht mit euren Mitbürgern wurde er geschlossen, dieser Pakt, sondern mit dem Teufel, und FBBLSD steht nicht für Freie Bürger begehren legale Spielkasinos in Detroit, sondern für: Festigt den Bruderbund mit Luzifer, Satan und Dämonen!«

Applaus und zustimmendes Gelächter in der Versammlung. Aber Sunsmith lächelte nicht. Er ließ das Blatt sinken.

»Merket auf«, sprach er, jetzt wieder ruhiger, weiter, »nicht weil es hungrigen Kindermündern das Brot stiehlt oder weil es Männer und Frauen zu Schweinen erniedrigt, die im Dreck wühlen, spreche ich wider das Glücksspiel, obwohl das allein für jeden anständigen Mann und jede anständige Frau bereits genug der Gründe sein sollten. Aber eine Regierung, die lächelnd mitansieht, wie das Los über den Rock unseres Herrn Jesus Christus geworfen wird, würde auch die Welt des Herrn ächten und uns alle in die Finsternis verbannen. Und deshalb, meine lieben Freunde: Wenn einer mit der Petition an eure Türe tritt und sagt, daß er von den ›Freien Bürgern‹ kommt und euch um eure Unterschrift bittet, so entgegnet ihm, daß ihr nicht bereit seid, das Los über den Rock unseres Herrn zu werfen, sondern daß ihr euer Los *mit* unserem Herrn werft. Und wenn er sich dann immer noch weigert, das Licht zu sehen, dann verweist ihn der Tür! Drei, vier.«

Die Schwestern stimmten »What a Friend We Have in Jesus« an. Die

Melodie legte sich wie Zuckerguß über den Applaus der Versammlung. Aber alles war verpatzt, als Schwester Lucinda im sechzehnten Takt einen ganzen Schlag nach den anderen einsetzte. Reverend Thomas Aquinas Sunsmith drehte sich zu ihr um und warf ihr einen wütenden Blick zu. Das rettete ihm das Leben. Er sah das Mündungsfeuer, spürte, wie ihm etwas den Kragen zerfetzte, Metall blitzte auf, und dann waren alle vier breitschultrigen Männer auf den Beinen. Ihre großen Neun-Millimeter-Pistolen fetzten wie vier Motoren an einem kalten Wintermorgen los. Auf Schwester Lucindas gelbem Gewand formten sich, Pfennigstücken gleich, kreisrunde rote Flecken. Sie riß den Mund auf und ließ die Waffe fallen. Da ihre Beine verdeckt waren, sah es aus, als welke und schrumpfe sie, während sie zu Boden sank.

Das Hämmern der Schüsse war übergangslos an die Stelle des Gesangs getreten, und einen Moment lang herrschte Totenstille in dem großen Raum. Dann sah eine Frau aus der Gemeinde, die nicht mitbekommen hatte, wie Schwester Lucinda zu Boden gefallen war, die vier Breitschultrigen mit ihren Pistolen dastehen. Und der Rest war Kreischen.

»Mr. Boniface.«

Der schwergewichtige Mann mit den kantigen Gesichtszügen und den schwarzen Haaren, von denen trotz seiner sechzig Jahre schon allein deshalb kein einziges gefärbt war, weil das im Knast verboten war, würdigte den Jungschen in blauem Anzug mit apfelsinenfarbenen Nadelstreifen und dem badeschwammblonden Schopf keines Blickes. Der Schwergewichtige fragte Picante, der neben ihm im Korridor stand: »Und wo ist Klegg?«

»Beschäftigt«, antwortete Picante. »Das hier ist einer seiner Juniorpartner. Michael Boniface, Jason . . .«

»Wofür zum Teufel bezahle ich ihn eigentlich, wenn er noch nicht einmal bei meiner Entlassung anrollt und aufpaßt, daß alles klargeht? Und wenn nun mit den Papieren was nicht stimmt?«

»Es ist alles im voraus geregelt worden, Mr. Boniface«, versuchte ihn der junge Anwalt zu beruhigen.

»Bo-ni-*fa*-tsche«, korrigierte ihn der Schwergewichtige.

Der Badeschwammblonde erbleichte. »Habe ich Ihren Namen etwa nicht richtig ausgesprochen? Tut mir leid, ich . . .«

»Wann immer so ein Heinz wie Sie meinen Namen in den Mund nimmt, kommt Bonifeis raus. Also unterstehen Sie sich, ihn noch einmal zu benutzen.«

»Ja, Sir.«

Sie gingen den Korridor hinunter, in dem es ordentlich nach Bohnerwachs und Büromief roch, wie es sich für eine öffentliche Einrichtung gehört. Der teure Maßanzug spannte sich vor dem Leib des schwergewichtigen Mannes, sein Hals ergoß sich in Fettröllchen über den hochgeschlossenen Hemdkragen. Das Gesicht wirkte leicht aufgedunsen.

»Gut siehst du aus, Mike«, meinte Picante.

»Quatsch. Bei dem Fraß würde selbst Gandhi noch aufschwemmen wie 'ne Wasserleiche.«

Am Ende des Korridors traten sie durch den Metalldetektor und über eine schmale Grasnarbe auf die gepflasterte Auffahrt, die zum Tor führte. Der Wachtmann, der da in seinem Kabuff saß, ließ sich von dem jungen Anwalt einen Stoß von Formularen zeigen, dann öffnete er mit einem Knopfdruck das Tor. Am Straßenrand stand ein tiefblauer Mercury. Picante öffnete die Tür zum Fond und hielt sie auf.

»Laß den Deppen hinten sitzen«, sagte Boniface. »Bullenschaukel hatte ich schon oft genug.«

Also setzte sich der Anwalt in den Fond, und der Schwergewichtige nahm neben Picante auf dem Beifahrersitz Platz. Picante wirke ausgesprochen mager und finster in seinem in sich gemusterten braunen Polyesteranzug. Er erfreute sich langer Schneidezähne und schütteren braunen Haares, das er seitlich gescheitelt trug, und wenn er lächelte, was tatsächlich alle Jubeljahre mal vorkam, legte sich sein Gesicht hübsch nach Art des Schifferklaviers in senkrechte Falten. Boniface ließ ihn nicht aus den Augen, als er seinen vernickelten achtunddreißiger Revolver Colt Diamondback aus dem Handschuhfach nahm und in seinem Achselhalfter verstaute.

»Wann willst du eigentlich endlich mal meinen Schneider aufsuchen?«

»Wenn dieser Anzug hier abgetragen ist.« Picante ließ den Motor an.

»Scheiße siehst du aus, wie ein Vertreter. Ist mir direkt peinlich, mit dir gesehen zu werden.«

»Dann mußt du mich eben feuern.« Während sie losfuhren, fragte Picante: »Hast du eigentlich von dem Anschlag gestern auf Sunsmith gehört?«

»Maggiore, dieses Arschloch.« Boniface lockerte seine Krawatte und machte den obersten Knopf am Hemd auf. »So einen Popen muß man sich kaufen, wenn er einem Ärger macht. Aber doch nicht umlegen.«

»Muß ja nicht unbedingt Maggiore gewesen sein.«

»Aus dem Drogengeschäft hat er alles rausgezogen und in die private Lotterie gesteckt, dann wurde das staatliche Bingo eingeführt und er ist abgesoffen. Jetzt hat er anderthalb Millionen in einen ganzen Arsch voll Spieltischen und Rouletteschüsseln in Toledo gesteckt. Wenn das Glücksspiel nun in Detroit nicht legalisiert wird und er den ganzen Quatsch trotzdem herschafft, kriegt der so viele Razzien ans Bein, daß er nicht mehr weiß, ob er Männlein oder Weiblein ist. Kannste aber Gift drauf nehmen, daß das Maggiore war. Haben die Bullen eigentlich schon was über den Täter rausgekriegt?«

»Unser Mann im Apparat meint, nein. Sieht aber ganz so aus, als hätte jemand ein faules Ei in den Damenchor geschmuggelt.«

»Pah, Spiel! Das ist nichts von Dauer. Drogen, sag ich dir, das ist das Geschäft mit Zukunft.«

»Bringt aber auch Zoff ein.«

»Drei Jahre sitze ich leicht auf einer Arschbacke ab. Hab ich übrigens grade hinter mir, wie du dich vielleicht erinnerst.«

»Von läppischen drei Jährchen war aber im Urteil nicht die Rede.«

Darauf schwieg Boniface. »Wo ist eigentlich Macklin?« fragte er nach einer Weile.

»Schwirrt in der Stadt rum, ist jetzt aber freiberuflich zugange.«

»Quatsch mal mit ihm.«

Sie wechselten kein weiteres Wort. Es war eine ziemlich lange Strecke von Milan nach Detroit, und Picante fuhr extra nicht Autobahn, um seinen Arbeitgeber ein bißchen freie Natur genießen zu lassen, ein Anblick, den er von seiner Zelle aus so lange hatte vermissen müssen. In Belleville stellte sich vor einer roten Ampel ein brauner *Buick Skyhawk* neben sie. Auf der Beifahrerseite wurde das Fenster heruntergekurbelt, und Tina Turner tröpfelte ins Freie.

Als hinten links die Fensterscheibe des *Mercury* zu Bruch ging, trat Picante aufs Gas. Mit einer Hand am Steuer manövrierte er das Auto um einen Lieferwagen herum, der die Kreuzung überquerte, mit der anderen packte er Boniface am Anzug und zog ihn mit dem Oberkörper auf seinen Schoß. Es krachte noch einmal, aber da war der *Mercury* bereits hinter der Kreuzung, und der Schrot kullerte nur noch wie eine Handvoll getrockneter Erbsen an der Heckscheibe herunter. Picante nahm drei oder vier Kurven, knallte zweimal an den Straßenrand und verfehlte nur um ein Haar einen alten Mann, der seinen Hund Gassi führte. Er trudelte in einer Wohnstraße halbwegs über einen Grasstreifen, bevor er den Wagen schließlich zum Stehen brachte; das Benzin schlug hohe Wogen im Tank. Im Rückspiegel sah er, wie sich der junge Anwalt aufrappelte.

»Alles in Ordnung?« fragte Picante seinen Chef.

Boniface setzte sich auf und tastete sich am ganzen Körper ab. »Ja. Aber wo zum Teufel hast du eigentlich deinen Führerschein her.« Er fuhr sich mit einer Hand durch das zerzauste Schwarzhaar.

»Angeschossen bin ich«, brüllte der Anwalt.

Picante wandte sich zu ihm um. Der Anwalt hielt eine Hand an die Stirn gepreßt, unter der linken Augenbraue tröpfelte Blut. Picante packte den Anwalt am Unterarm und zog ihm die Hand von der Stirn weg. »Quatsch. Ein Schrotkügelchen hat Sie erwischt, das ist alles. Vielleicht auch nur ein Glassplitter. Glück gehabt, Junge.«

»Glück? Angeschossen zu werden, das nennen Sie Glück. Oh, mein Gott, mir wird übel.«

»Aber nicht bei mir im Wagen.« Picante zog den Colt Diamondback aus dem Achselhalfter und checkte die Ladung. Von ferne waren Sirenen zu hören. »Maggiore, dieses Superarschloch. Stellt Junkies ein, nur weil die so billig arbeiten. Sorry, Mike. Ich hätte es wissen sollen.«

»Ach was, von wegen sorry. Scheiß drauf. Sieh nur zu, daß du mit Macklin sprichst.« Plötzlich fing der Schwergewichtige an zu grinsen und hieb Picante auf die Schulter. »Mann, tut das gut, wieder draußen zu sein.«

Jeder der beiden Schlüssel an diesem Bund hat mich also dreißigtausend Dollar gekostet, rechnete er sich aus.

Während er das Haus einer objektiven Betrachtung unterzog – anders als objektiv sah er überhaupt nie etwas an –, fiel ihm nichts ein, was daran sechzigtausend Dollar wert sein sollte. Der Rost hatte die Dachrinne zerfressen, und die Schindeln wellten sich bereits ungesund. Drinnen gab es noch mehr Überraschungen dieser Art, undichte Rohre zum Beispiel und eine Heizungsanlage, die nur ansprang, wenn ihr ein zu allem entschlossener Mensch einen kräftigen Fußtritt versetzte. Aber sein Arbeitszimmer im ersten Stock hatte ihm gefehlt, und für eine andere Immobilie in der Gegend hätte er mindestens ebensoviel abdrücken müssen. Allerdings mußte man mindestens noch weitere zehn Riesen für den Ärger hinzurechnen, den es ihn gekostet hatte, seiner Exfrau das Haus nach der Scheidung wieder abzukaufen.

Er war jetzt vierzig Jahre alt, und außer dieser Bude besaß er nichts;

diese Bude und den grünen *Camaro*, ein Vorjahresmodell, der jetzt in der Einfahrt stand. In seinem Alter zählten andere Männer die Jahre bis zur Rente, während die Mehrzahl seiner Berufskollegen bis dahin längst tot oder im Knast war. Und der Rest arbeitete wie er weiter und versuchte nicht daran zu denken, daß das Honorar immer dürftiger wurde. Das war das einzige Gesetz, das in ihren Augen Geltung genoß.

Während er nicht daran zu denken versuchte, steckte er einen der beiden Schlüssel in das Haustürschloß und drehte ihn um. Der Schlüssel traf auf keinerlei Widerstand. Er hielt inne. Am Morgen hatte er die Haustür verschlossen.

Vierzig Jährchen hatte er nun schon auf dem Buckel, und seine Reflexe waren auch nicht mehr das, was sie einmal gewesen waren. Aber sie waren immer noch schneller als der reine Verstand, und deshalb rannte er schon wieder zu seinem Wagen, bevor er die simple Tatsache, daß die Tür nicht verschlossen war, auch nur registriert hatte. Ohne sich noch einmal umzudrehen, öffnete er die Fahrertür und sprang in den Camaro.

»Na, wie geht's, Mac?«

Sowie Peter Macklin den mageren, finster wirkenden Mann in seinem ausgebeulten braunen Anzu erkannte, der da auf dem Beifahrersitz saß, entspannte er sich. Der Mann hatte einen Colt auf dem Schoß.

»Sieh mal einer an, Picante. Immer noch ganz der Alte«, sagte Macklin.

»Nur ein bißchen langsamer als früher«, antwortete der Mann. »Du übrigens auch.«

»Wer ist da drin?«

»Ein paar Gäste aus Cleveland. Weiß du, Mike wirft seine Netze heutzutage weiter aus. Maggiore hat die ganze Gegend hier leergefischt.«

»Ich habe gehört, daß er entlassen wird.«

»Schon passiert, heute früh. Klegg hat ihn einen Tag früher losgeeist, damit er nicht gleich die ganzen Reporter auf den Fersen hat.«

»Dann ist's ja gut.«

»Er ist dir dankbar, Mac. War ja auch ein tolles Ding, das du da auf dem Dampfer für ihn abgezogen hast. Das FBI war danach auch wunschlos glücklich, und deshalb ist er jetzt schon frei. Alles wie vereinbart.«

»Ich habe es nicht für ihn getan.«

»Das weiß er. Heutzutage heißt es nur noch: An der Kasse zahlen. Da werden keine Treueeide mehr abgeleistet und keine Ringe mehr geküßt. Er möchte sich trotzdem mit dir treffen.«

»Sag ihm, daß seine Avancen zum Himmel stinken.«

Picante betrachtete den Colt, als hätte er ganz vergessen, daß er ihn noch in den Händen hielt. Er legte ihn nicht weg. »Mensch, Macklin, das ist doch nun schon ein paar Jährchen her, und du wirst noch alle Freunde verlieren, wenn du deine Kontakte nicht pflegst.«

»Habe nur bei der Arbeit eine Knarre bei mir.«

Als Picante immer noch keine Anstalten machte, seine Waffe wegzulegen, knöpfte Macklin langsam sein Cordjackett auf. Picante überzeugte sich und streckte den Colt ins Halfter. »Mike hat Arbeit für dich.«

»Ich bin nicht mehr für die Organisation tätig. Auch das weiß er.«

»Er weiß sogar verdammt viel mehr als die meisten Leutchen, die die letzten drei Jahre nicht damit verbracht haben, dem Gefängnispersonal die Unterhosen zu bügeln. Deshalb weiß er natürlich auch, daß du frei bist.«

»Was ist denn an den Clevelander Kollegen auszusetzen?«

»'nem Milchmädchen traust du mal gerade zu, daß es imstande ist, die Tür hinter sich zuzuschlagen, aber mehr doch nicht. Heute früh ist ein Anschlag auf ihn verübt worden.«

»Nichts davon gehört.«

»Wie das so ist: Wenn die Bullen mit was nicht klarkommen, behalten sie's erst mal für sich. Aber es geht ihm ganz gut. Nur stinksauer ist er.«

»Schlecht warst du nie, das weiß ich noch.«

Picante entblößte seine langen Schneidezähne. »Die Nerven, die Nerven. Und außerdem muß sich ja auch jemand um Mike kümmern.«

»Richte ihm meinen herzlichsten Dank aus.«

»Fünfzehntausend sind drin.«

»Es geht nicht um Geld. Ich bin's einfach leid, Leute abzuknallen, die ich gar nicht kenne – nur weil jemand anders sie nicht leiden kann.«

Picante tippte mit dem Finger, den er vorher am Abzug des Colt gehabt hatte, an seine Oberlippe. »Bei der Person, um die es geht, handelt es sich um Carlo Maggiore.«

Macklin kratzte sich versonnen am Ohr.

2

Caroline Vetters alias Lynn Venters, Cheryl Lynn, Carol Vinter, Paula Gay – wo sie den Namen wohl herhatte? –, Carolyn Vetter und Carole Ann Vetters war von schwarzer Hautfarbe und ausgesprochen schlampig; sie hatte eine platte Nase, aufgeworfene Lippen und Ränder unter den Augen, dazu eine zottelige Naturkrause, die auf dem Schwarzweißfoto aussah, als hätte sie sie sich rot gefärbt. Die Prioren gaben an, sie sei viermal wegen Prostitution verhaftet worden, zweimal wegen unerlaubten Waffenbesitzes (dafür hatte sie beim zweiten Mal neun Monate im Detroiter Jugendknast abgesessen), einmal wegen Mordversuchs, die Verfahren wurden aber vor der Verhandlung niedergeschlagen. Von vorne und von der Seite betrachtet, hätte sie ohne weiteres eine der aberhundert Frauen sein können, die Inspektor George Pontier täglich auf seinem Weg zur Arbeit im Detroiter Polizeipräsidium traf, wenn sie ihre schmutzigen Schlüpfer in den Waschsalon auf der Watson Street schleppten; selbst er mußte zugeben, daß viele schwarze Frauen ihres Alters und ihrer Schicht auf unbestimmte Weise gleich aussahen. Aber vielleicht hatte das auch gar nichts mit der Rasse zu tun. Nimm nur einmal zehn Kronkorken in zehn verschiedenen Farben, schlag mit einem Hammer auf alle gleich oft drauf und versuch sie danach mal auseinanderzuhalten. Dieser spezielle Kronkorken war sechsunddreißig Jahre alt und brauchte vor seinem siebenunddreißigsten Geburtstag keine Angst mehr zu haben.

Er blickte in das weitläufige Teiggesicht des Sergeanten Lovelady hoch, der vor seinem Schreibtisch herumlungerte. »Bei dem Mordversuch: Welche Waffe hat sie da eigentlich gegen wen eingesetzt?«

»Die unregistrierten Knarren, die sie besaß, waren Handfeuerwaffen«, antwortete Lovelady. »Die eine ein deutsches Fabrikat, so 'ne echte Selbstmordwumme. Da hat sie nur Glück gehabt, daß sie mit dem Teil erwischt wurde, bevor sie sie ausprobiert hat. Die andere war ein zweiunddreißiger Smith & Wesson mit Vergangenheit, allerdings hat sie gerade zehn Tage wegen Prostitution im Knast gesessen, als der drüben in Ypsilanti in einem mittelprächtigen Raubüberfall gegen die Decke losging. Na ja, und bei dem Mordversuch war es so, daß sie auf ihren Freund mit einem Schlachtermesser zu Felde gezogen ist. Angeblich«, fügte er ausdruckslos hinzu.

Pontier fragte sich im stillen, worauf sich dieses »angeblich« wohl beziehen mochte, auf den Mordversuch oder den Freund. Er legte das

Archivfoto auf den Tisch zurück und nahm die Waffe zur Hand, die die Frau in der Kirche benutzt hatte. Es handelte sich um einen vernickelten Colt .357 Magnum mit Elfenbeingriffschale. Über dem Abzugsbügel war die Seriennummer fein säuberlich mit einem Lötkolben, wie ihn die Juweliere benutzen, oder einem ähnlich präzisen Werkzeug ausgebrannt worden. Pontier fuhr mit dem Daumen über die gerade Rille. »Sie hat es erst reichlich spät im Leben zu was gebracht.«

»Da können Sie aber Gift drauf nehmen, daß das eine Profiknarre ist. Macht nur ein bißchen viel Getöse.«

»Manche mögen's laut. Wie weit sind die Jungs mit dem Autopsiebericht?«

»Lassen ihn gerade abtippen. Im Labor haben sie aber schon vorab gesagt, daß sie so viele Amphetamine intus hatte, daß sie damit das ganze Penobscot Building beleuchten konnte.«

»Dröhn sie voll, gib ihr 'nen Stoß und laß sie losballern. So läuft das doch. Schmeißen Sie sie mit der Knarre zusammen weg. Wo die beiden herkommen, gibt's noch mehr davon. Jesses.« Gedankenverloren zupfte er an seinem Schnauzer. Selbst im Sitzen wirkte er noch imposant, groß und schlank, mit dem kahlgeschorenen Schädel und den hellgrauen Augen, die in seinem mahagonifarbenen Gesicht blitzten. Der Dienststellenleiter konnte mit seiner Erscheinung durchaus zufrieden sein, und in letzter Zeit sah es auch ganz so aus, als käme er öfter im Fernsehen als der Bürgermeister. »Ist Sunsmith schon aufgetaucht?«

»Wartet schon draußen.«

»Alles klar. Versuchen Sie doch mal, die Adresse von Caroline Vetters in Erfahrung zu bringen. Wenn wir rauskriegen, wo sie in dem Jahr eingefahren ist und mit wem, könnte ich schwören, daß wir auf gute Bekannte aus organisierten Kreisen stoßen.«

»Unsere italienischen Freunde?«

»Damit fangen wir erst einmal an. Und wenn mich nicht alles täuscht, ist das auch das Ende vom Lied. Mann, jetzt hatten wir gerade mal 'ne Weile Ruhe vor denen, und dann kommt diese Spielkasinogeschichte. Das wär' doch mal was: Wir lassen all das kleine Kroppzeug frei rumrennen und sich gegenseitig wegen Drogen abballern, und dabei liegt so ein anderes Schummelgewerbe einfach brach und wartet nur darauf, daß sich die Ganoven seiner annehmen. Jedenfalls würde es die Organisation gegen das Glücksspiel ganz schön aufmischen, wenn Sunsmith von der Bildfläche verschwindet. Natürlich unsere italienischen Freunde. Wer denn sonst. Schaffen Sie ihn mir jetzt mal rein.«

Er trug einen gutsitzenden Maßanzug aus weichem lavendelfarbenem Stoff, war eins neuzig groß und breit genug gebaut, um den Versuch, mit beiden Schultern gleichzeitig durch eine Tür zu treten, zu einem sehenswerten Schauspiel zu gestalten. Schädel und Kinn hatte er sich glatt rasiert, die nachwachsenden Stoppeln warfen bläuliche Schatten. Er barg Pontiers Rechte in einer Pranke, die so groß war, daß die Hand des Inspektors gut und gerne zweimal hineingepaßt hätte, und ließ sich graziös auf einem Stahlstuhl nieder, der unter seinem Gewicht knarrte.

»Kaffee, Reverend?« Der Inspektor nahm wieder hinter seinem Schreibtisch Platz.

»Wenn Sie vielleich ein wenig Kaffeeweißer hätten?« Seine dreihundert Pfund brachte der allemal auf die Waage. Pontier blickte zu Sergeant Lovelady hinüber. Der wälzte sich beflissen zur Tür, um den Kaffee zu holen. In der Breite konnte er Sunsmith durchaus das Wasser reichen, allerdings war er mindestens achtzehn Zentimeter kleiner, kompakt gebaut und grobschlächtig. Er hatte einen roten Pony und die gesunde Farbe einer Käseschnitte.

»Haben Sie Caroline Vetters persönlich eingestellt?« begann Pontier die Befragung.

»Mir hat sie sich als Lucinda vorgestellt. Aber eingestellt habe ich sie überhaupt nicht.«

Pontier zögerte. »Aber in der Kirche haben Sie doch gesagt...«

»Die Damen in unserem Chor sind keine Angestellten. Sie bringen ihre Zeit und Stimme ehrenamtlich im Dienste des Herrn dar.«

»Sie kriegen also kein Geld dafür?«

»Unsere Gemeinde ist nicht wohlhabend.« In einer hilflosen Geste streckte er eine Hand aus, die ein Mordsdiamant zierte. »Sie hat sich am letzten Dienstag zur Probe gemeldet, weil Schwester Vernal in einer dringenden Familienangelegenheit weg mußte. Das habe ich jetzt aber schon dreimal zu Protokoll gegeben.«

»Hat sich Schwester Vernal bei Ihnen abgemeldet?«

»Nein, daß sie weg mußte, habe ich von Schwester Lucinda erfahren.«

»Und Sie haben es nicht überprüft?«

Als er jetzt zum erstenmal lächelte, blitzten zwei Reihen riesige Zähne wie der Kühlergrill eines alten *Buick* auf. »Sie wollen mich also allen Ernstes fragen, warum ich nicht auf die Idee gekommen bin,

Schwester Lucinda könne lügen, um unsere Kirche ihres Friedens zu berauben.«

»Reverend, Sie sind eine Person öffentlichen Interesses. Und Personen öffentlichen Interesses haben nun mal Feinde. Besonders dann, wenn sie sich in die politischen Angelegenheiten der Stadt einmischen. Das dürfte Ihnen eigentlich auch bekannt sein. Wir haben vergeblich versucht, uns mit Vernal Brooks in Verbindung zu setzen; ans Telefon geht sie nicht, und seit sie sich am Montag bei ihrer Wirtin über ein verklemmtes Fenster beschwert hat, ist sie nicht mehr gesehen worden. Wir haben in ihrer Wohnung nachgesehen. Ihre Kleider sind da. Aber keine Vernal. Ich könnte wetten, daß sie ebenso mause ist wie Lucinda.«

»Der Herr sei ihrer Seele gnädig.«

»Besonders betroffen scheinen Sie aber nicht.«

Der Sergeant kam mit dem Kaffee und vier Päckchen Kaffeeweißer zurück. Mit seinen großen Fingern zupfelte Sunsmith geziert alle vier Tütchen auf und kippte den Inhalt in seinen Styroporbecher. »Ich kenne sie ja kaum«, sagte er und wischte sich die Reste des Milchpulvers von den Händen ab. »Wissen Sie, das Leben im Dienste des Herrn fordert den ganzen Menschen. Das halten nur wenige durch. Wir haben deshalb leider eine hohe Fluktuation.«

»Haben Sie irgendeine Vermutung, weshalb Caroline Vetters versucht haben könnte, Sie zu töten?«

»Der Teufel hat seine schmutzigen Pfoten überall.«

»Haben Sie in letzter Zeit irgendwelche Drohungen erhalten?«

»Das haben mich Ihre Leute auch schon gefragt. Schwester Asaul bringt Ihnen die Akte vorbei.«

»Was für eine Akte?«

»Sie enthält Drohbriefe und Notizen über beleidigende Telefonanrufe. Im Dunstkreis des Glaubens herrscht ebensoviel Schatten wie Licht.«

»Genau dasselbe gilt für die Politik. Haben Sie einen bestimmten Verdacht, wer hinter dem Mordversuch stecken könnte?«

»Schwester Lucinda hat allein gehandelt. Ich bedauere sehr, daß ich sie nicht habe von den Pfaden des Teufels abbringen können, bevor es zu spät war.« Diesmal wirkte die Geste, mit der er seine Worte begleitete, aufrichtig traurig. Bedachte man seine Proportionen, war sie von geradezu bemerkenswerter Schönheit.

Pontier spielte mit seinem Kugelschreiber. Jedesmal, wenn er hinten auf den Knopf drückte und die Spitze herausschnellte, machte es aufdringlich klick. »Ich kann mir nicht helfen, aber Ihr Glaube scheint doch nicht so groß zu sein, daß Sie auf vier Leibwächter mit Waffenschein verzichten möchten. Sie beschäftigen zwei ehemalige Polizisten, einen pensionierten Berufsringer und einen, der früher mal Stürmer bei den *Lions* war. Was sollen die Herren denn darstellen – Apostel vielleicht?«

»Ich höre immer wieder, daß daß ich eine große Zielscheibe abgebe. Die Mächte der Finsternis . . .«

»Sie haben es ja abgelehnt, in Schutzhaft genommen zu werden. Es wäre bedeutend leichter, einen zweiten Anschlag auf Ihr Leben zu verhindern, wenn Sie mir gegenüber wenigstens aufrichtig wären. Also: Wer will Sie töten und warum?«

Der Stahlstuhl murrte, als Sunsmith sich vorbeugte und seine gewaltigen, in Lavendel gewandeten Unterarme auf den Schreibtisch legte. Seine wächsernen schwarzen Augen schimmerten lustlos. »Gott ist gleichsam ein Rätsel, zu dem es mehr als eine Lösung gibt«, meinte er. »Um die Arbeit im Dienste des Herrn verrichten zu können, ist es manchmal sogar erforderlich, mit dem Satan zu verhandeln. Kann ich jetzt gehen? Ich muß gleich zu einer Wohltätigkeitsveranstaltung.«

Pontier nickte und überantwortete seine Rechte der Pranke des Reverend; als der dann aufstand, machte er kein einziges der Geräusche, die ein so großer Mensch normalerweise bei seinem Kampf gegen die Schwerkraft verursacht. »Sergeant Twill und Officer Ledyard werden Sie begleiten, in Zivil, versteht sich. Wir alle wären Ihnen aber zu Dank verbunden, wenn Sie die Kollegen auch bei der Beichte oder so nicht wegschicken würden.«

»In meiner Kirche gibt es keine Beichte.«

Der Inspektor verkniff sich eine Antwort. Als Sunsmith das Büro verlassen hatte, fragte Lovelady: »Was sollte denn das heißen, von wegen mit dem Satan verhandeln?«

»Nur daß die Trennung von Kirche und Staat ein Brüllwitz ist.« Pontier steckte seinen Kugelschreiber in den Kaffeebecher, den Sunsmith leer zurückgelassen hatte. Er hatte gar nicht bemerkt, daß der Reverend auch nur einen Schluck daraus getrunken hatte.

Abgesehen davon, daß der Golden Retriever auf den Namen Al hörte, wirkte der Hund mit seinem seidenweichen, rotgoldenen Langhaar, dem schmalen Kopf und Leib sowie den großen dunklen Augen, die genau denselben Glanz hatten wie die von Sal Mineo, durch und durch feminin. Während er Boniface beobachtete, wie er den Hund streichelte, ertappte sich Macklin dabei, daß er überlegte, wer das Attentat auf Sal damals wirklich zu verantworten hatte. Er konnte sich einfach nicht vorstellen, daß Prominente jemals völlig grundlos in Schwierigkeiten kamen. Dafür haben die schließlich ihre Leute. Der Hund saß mit dem ganzen Körper an sein Herrchen geschmiegt. Als sich Boniface in seinem großen Sessel aufrichtete, kuschelte sich das Tier lang hin. Das nennt sich Vertrauen.

»Nicht wahr, mein Junge, wenn sie dich nur gelassen hätten, hättest du mich doch bestimmt mal besucht?« fragte Boniface. »Aber natürlich hättest du das. Mein Miststück von Tochter ist nur zweimal gekommen. Nur zweimal in der ganzen Zeit.«

Picante, der an der Hausbar vor dem Fenster stand und ein Glas Wasser mit Bourbon beschnüffelte, warf ein: »Gekommen ist sie noch öfter. Aber du hast sie ja nicht sehen wollen.«

»Weil sie den Pimmel da bei sich hatte, mit dem sie zusammenwohnt. Denk mal an, der Kerl ist so 'n Klunkerfritze. Macht in Schmuck. Aber nicht daß du meinst, echte Brillanten, ei bewahre, nee, sondern dieses eklige türkise Zeugs, das sie einem auf der Straße immer andrehen wollen. Trägt heutzutage noch Batikhemden wie sie achtundsechzig mal in waren, und so ein kleines Bärtchen wie Maynard G. Krebs immer eins hatte. Kannst du dich eigentlich noch an die Sendung *Dobie Gillis* erinnern? Davon sind die Wiederholungen immer angewesen, als mich dieser Judenlümmel Morningstar umlegen lassen wollte und ich mich nicht auf die Straße trauen konnte. Aber eins muß man ihm lassen, diesem Jidd: Die Unantastbarkeit des häuslichen Bereichs hat er wenigstens noch respektiert. Nicht wie die Idioten heutzutage, die dir in deinem eigenen Wohnzimmer von hinten in die Birne ballern, und am liebsten, wenn du dein Kind noch auf dem Schoß sitzen hast.«

Bei seinen letzten Worten drückte Boniface seinem Hund fast die Kehle ab. Al jaulte kurz auf, blickte sein Herrchen mit verdrehten Augen an. Daraufhin streichelte Boniface ihn wieder sanfter. Al lehnte sich zärtlich gegen seine Beine. Picante kam mit den Drinks an.

»Ich muß mich mit dem Zeug in acht nehmen«, meinte Boniface. »Im ersten Jahr hat mir einer der Wärter immer noch meinen Haig & Haig reingeschmuggelt, aber dann haben sie ihn gefeuert. Meine erste Frau würde sich im Grab rumdrehen, wenn sie das wüßte. Ich und zwei Jahre trocken, so lange waren wir nicht mal verheiratet.«

Macklin nippte an seinem Highball und blickte aus dem Fenster. Von dieser Etage des Pontchartrain Hotels aus konnte man noch über die Wolkenkratzer der City hinweg auf die Neubauten dahinter blicken, die wie Halmasteinchen nebeneinander am Horizont standen.

Boniface sagte: »Klegg war absolut dagegen, daß wir uns hier treffen, er meint, das Ponch sei nicht intim genug. Aber scheiß drauf. Erwischen läßt du dich schon nicht, und selbst wenn, dann sagst du eben, daß du mir einen Antrittsbesuch machst. Ich vertraue dir ebenso, wie ich Picante hier vertraue. Wir sind doch eine einzige große Familie.«

»Nur daß Mac die Familie verlassen hat«, wandte Picante ein.

»Nun, dann ist er eben der verlorene Sohn. Was soll er schließlich auch anderes tun, etwa wieder für Maggiore arbeiten, nachdem ihn dieser miese Buckel schon einmal zum Abschuß freigegeben hat? Ich hätte Picante an meiner Stelle zum *capo* machen sollen«, vertraute er Macklin an, »aber das hätte an der Basis fürchterlichen Stunk gegeben. Maggiore war der Dienstältere. Und wer hätte damit rechnen können, daß mich dieser kleine Stinker so reinlegt?«

Darauf entgegnete Macklin nichts. Bonifaces Ausdruckweise war im Gefängnis unflätig geworden. Macklin vermißte den ruhigen Sohn des Alberto »der Papst« Boniface und seine europäisch gesitteten Manieren. Das, was ihm da jetzt als Inkarnation des früheren Boniface gegenübersaß, hatte das Maul nicht zugekriegt, seit Macklin seine Suite betreten hatte.

»Aber das FBI ist dabei, Maggiore einzukreisen«, meinte Picante.

»Das geht mir aber nicht flott genug. Wenn der Sauhund an die Wand genagelt wird, will ich den Hammer in der Hand haben. Und dieser Hammer wird unser Mac sein. Der Knast hat mich meinen Platz in der Hackordnung gekostet. Mac wird ihn wieder freibaggern.«

»Ich bin jetzt selbständig. Das habe ich dir auch gleich zu Anfang gesagt.«

»Die Branche ist voller Kurpfuscher. Die Spezialisierung hat alle am Arsch. Wenn du heutzutage einen um die Ecke gebracht haben willst, muß du dich gleich entschieden, kriegt der 'ne Wumme in den Deetz oder den Lötkolben hinten rein, und dann gehst du die Liste durch, bis du einen findest, der entweder auf Knarren oder Feuerchen eingefuchst ist. In *dem* Biz bist du der letzte rundherum qualifizierte Fachmann. Außerdem kann ich mich ja voll drauf verlassen, daß du deine Sache gut machen wirst, weil du ja selbst ein Hühnchen mit Maggiore zu rupfen hast.«

»Gut, er hat versucht, mich kaltmachen zu lassen. Aber wenn ich mir vornehmen würde, mit jedem abzurechnen, der mir jemals an den

Pelz wollte, würde ich hochbetagt sterben und wäre immer noch nicht durch.«

»An das Attentat auf dich hatte ich jetzt eigentlich nicht in erster Linie gedacht.«

Das Sonnenlicht knallte erbarmungslos auf die Tränensäcke in Bonifaces ungesund aufgedunsener Knastblässe. So, wie er Macklin jetzt ansah, hatte ihn zuvor nur eine einzige Person einmal angeblickt, und die war jetzt tot. Abgesehen von Picante weilte niemand mehr unter den Lebenden, der keine Angst vor Macklin hatte. Aber Picante konnte nicht so gucken.

»Ich habe meine Lauscher immer auf Empfang gestellt, selbst im Knast«, nahm Boniface den Faden wieder auf. »Dein Sohn ist jetzt als Mechaniker bei Maggiore. Hat schon ein paarmal beweisen können, daß er ein ganz geschicktes Händchen hat. Daß der Buckel aus deinem Bub 'nen Klempner macht, muß für dich doch so sein, wie wenn einer bei dir im Schlafzimmer deine Tochter knallt.«

Macklin trank einen Schluck und stellte sein Glas dann wieder ab. »Wir hatten doch vereinbart, daß sich einer aus dem Privatleben des anderen heraushält.«

»Hat sich was Vereinbarung. Die ist den Lokus runtergegangen, als du uns verlassen hast.«

»Dein Junge – Robert?« fragte Picante.

»Roger.«

»Den kannst du abschreiben. Der hat Blut geleckt, und selbst wenn du ihn da raushauen kannst: Den wirst du ständig an der Kette halten müssen, sonst büchst er dir aus und reißt das nächste Schaf, das ihm über den Weg läuft, so scharf ist der. Die Frage ist nur, ob Maggiore ungeschoren damit davonkommen sollte.«

»Auge um Auge: das meinst du doch?«

»Rachegelüste haben im Geschäft nichts zu suchen.« Boniface kraulte den Hund unterm Kinn. »Gib dir keine Mühe, Macs Blut in Wallungen zu bringen. Den knackst du nicht so leicht. Nein, was ich nur sagen wollte, ist, daß dir diese Geschichte auch persönlich zupaß kommen könnte, mal ganz abgesehen vom Honorar. Wie du's anstellst, ist mir völlig wurscht, solange es nur flott über die Bühne geht.«

»Du weißt genau, daß ich nicht so hoppladihopp arbeite.«

»Das Ding ist nur, daß er über den Jordan muß, bevor er diesen Niggerpopen hoppsnimmt, der immer das Maul so laut gegen die Spielkasinos aufreißt. Leute, die dermaßen in der Öffentlichkeit stehen, läßt man nicht einfach so umnieten. Dann knöpft sich nämlich die Presse den Bürgermeister vor, der Bürgermeister macht die Cops scharf, und dann bleibt uns nichts anderes übrig, als den Wölfen ein paar gute Leute zum Fraß vorzuwerfen. Du mußt dafür sorgen, daß es gar nicht erst soweit kommt.«

»Außerdem hast du keinen Schimmer vom Glücksspiel, und wenn Maggiore es legalisiert kriegt, reißt er sich alle Kasinos unter den Nagel, und du stehst da wie Piksieben.«

»Daß ich Kommunist bin, habe ich nie behauptet.«

Macklin griff nach seinem Glas. »Von den Sicherheitsvorkehrungen, die der trifft, könnte sich selbst das Weiße Haus noch eine Scheibe abschneiden.«

»Wenn es ein leichter Job wäre, hätte ich dich nicht kommen lassen.«

»Ist gut und gern seine zwanzig Riesen wert.«

»Fünfzehn. Mehr ist nicht drin«, meinte Picante.

»Versetz dich doch mal in Macs Lage. Er hat gerade eine Scheidung hinter sich. Also gut, siebzehn.«

»Zwanzig. Mein letztes Wort.«

»Tut mir leid, daß ich das sagen muß, aber so gut bist du nun auch wieder nicht.«

»Dann such dir jemanden, der so gut ist.«

Boniface sah auf den Hund. Al hatte den Kopf auf die Knie seines Herrchens gelegt, die Augen halb geschlossen. In diesem Moment wirkte der Hund seinem Besitzer wie aus dem Gesicht geschnitten. »Bist mir ein Schlingel, Mac. Du würdest diesen Job doch auch erledigen, wenn dich keiner drum bittet.« Und an Picante gewandt: »Gib ihm jetzt erst einmal zehntausend. Und die anderen zehn, wenn Maggiore auf dem Metro Airport auftaucht. Schalter Fernreisen.«

Macklin trank sein Glas aus und stellte es auf den Tisch zurück. Es wird für lange Zeit sein letzter Drink sein.

3

Die vier Leibwächter des Reverend Thomas Aquinas Sunsmith brachten es fertig, daß sich Paul Ledyard zum zweitenmal in seinem Leben klein fühlte.

Das erstemal war gewesen, als er sich bei den *Lions* vorgestellt hatte und er ganze acht Paar Schulterpolster probieren mußte, bis sie schließlich welche fanden, die nicht zu breit für ihn waren. In seiner

Highschoolmannschaft war er mit seinen einsfünfundachtzig und zweihundert Pfund Lebendgewicht immer der größte gewesen und hatte sogar zweimal nacheinander an den Landesmeisterschaften teilgenommen, aber als er dann mit der dritten Garnitur der Detroiter auf dem Platz einlief, hatte er sich doch wie eine Ameise im Grillennest gefühlt. Als er sich Wochen später wieder einigermaßen von seinem ersten und letzten Geplänkel mit »Rhino«, dem rechten Abwehrspieler erholt hatte, bekam er spitz, daß der Trainer seiner Mannschaft, der ein Freund der Familie war, alles absichtlich so arrangiert hatte, daß Ledyard sich ein für allemal den Profisport abschminkte. Das Experiment hatte ihn zwei Rippen und sein klassisches Profil gekostet. Aber auf diese Weise hatte er dann eben das College fertiggemacht, und jetzt war er schon seit elf Jahren bei der Detroiter Polizei, die letzten beiden davon als Detective.

Sunsmiths Männer waren ebenso hünenhaft wie der Reverend selbst, bullig und vierschrötig; Paul Ledyard hätte zweimal in die Jacketts ihrer blauen Anzüge gepaßt, und selbst dann wäre noch Stoff genug für eine gutsitzende Weste übrig geblieben. Sie sparten nicht an würzigem Rasierwasser, und ihre halbautomatischen Waffen blitzten nur einmal kurz auf, wenn sie sich die Jacketts aufknöpften und sich nach Kräften räkelten: Smith & Wesson, Kaliber neun Millimeter. In seiner Gegenwart bekamen sie kaum den Mund auf, und er fragte sich mitunter, ob sie wohl gesprächiger waren, wenn er nicht dabei war.

Es war sein erster Job als Babysitter, und der ödete ihn noch mehr an als der übliche polizeiliche Personen- und Objektschutz. Leibwächter lernten jede Menge Wartezimmer kennen; es fiel ihm auf, daß Leute mit Wartezimmern in Sachen Zeitschriften offenbar alle denselben Geschmack hatten. *Time* und *Newsweek* hatte er bereits durch, und zwar von vorne bis hinten, inklusive Wirtschaftsteil, über alle Bildchen im *Gentleman's Quaterly* hatte er pflichtschuldigst gekichert und kannte sämtliche Einrichtungsvorschläge des *Architectural Digest* auswendig. In einem Wartezimmer lag sogar der *Playboy* aus, hübsch anzusehen mit seinem steifen Plastikumschlag. Nur daß alle Fotos von ein und demselben Fotografen stammten, und der schien ausgerechnet auf diese blödsinnigen Legwarmer abzufahren, die die klare Linie eines Frauenbeins sträflich unterbrechen. Dagegen war *USA Today* geradezu erotisch. Er hatte aufgehört, sich die Vorzimmerdamen hinter ihren Barrikaden aus pflegeleichtem Holzimitat zu betrachten, als sie plötzlich auch alle gleich aussahen mit ihren blonden Haaren, die sie sich hochgesteckt, toupiert und solange mit Haarspray bearbeitet hatten, daß sie wie Stoßzähne abstanden. Dazu dann noch die unvermeidlichen Hosenanzüge aus Kammgarn und ihre tränenförmig zurechtgestutzten lackierten Fingernägel. Irgend etwas hatten die ständig hinter ihren Schreibtischen zu werkeln, bedeutungslose kleine Handgriffe harrten augenblicklicher Verrichtung, und nie blickten sie auf. Schließlich kam er zu dem Schluß, daß Empfangsdamen auch nicht besser dran waren als Leibwächter.

Während er sich im zweiundzwanzigsten Stock eines neu hochgezogenen Wolkenkratzers im vorörtlichen Warren mit derlei Erkenntnissen die Zeit vertrieb, saß Sunsmith keine vier Meter von ihm entfernt im eigentlichen Büro auf dem Sofa und schlürfte Limo mit einem Schuß Wodka. Der Anzug des Tages war grün mit ganz schmalen Streifen in einem Violett, das den bläulichen Schimmer des kahlen Schädels des Reverend aufs schmeichelndste wiederaufnahm. Es kam einem Zaubertrick gleich, als Sunsmith sein Glas in seiner großen Faust verschwinden ließ, es an die Lippen setzte und neben sich auf der Sofalehne wieder auftauchen ließ.

»Einen ganz außergewöhnlich schmackhaften Drink haben Sie mir da gemixt, Mr. Constable. Ich kann mich nicht erinnern, jemals zuvor so etwas getrunken zu haben.«

»Vielen Dank. Ich habe ihn selbst komponiert und ihm auch einen Namen gegeben: Yellow Boy.«

Als Sunsmith nickte, fing sich das Licht auf seinem Schädel. Der Mann, der ihm gegenüber auf einem Ledersessel saß, war weiß, ganz außergewöhnlich weiß sogar, und das Haar so hell, daß schwer zu sagen war, wo es noch blond war und wo bereits ergraut.

Er trug es züchtig kurzgeschnitten, nur an den Seiten etwas länger, um eine leichte Tendenz zum Segelohr zu kaschieren. Die Gläser seiner stahlumrandeten Brille waren bernsteingelb getönt, außerdem trug er ein beigefarbenes Jackett und ein blaßgelbes Hemd zu einem kanariengelben Binder. Gelb schien seine Lieblingsfarbe zu sein.

»Wie ich sehe, haben Sie einen neuen Mitarbeiter«, sagte Constable.

»Der ist Polizist. Ich hatte die Wahl: den Burschen an den Rockzipfel oder mit meiner ganzen Gemeinde in die Kapelle des Gefängnisses von Wayne County überzusiedeln. Der Bürgermeister will unbedingt, daß ich am Leben bleibe.«

»Merkwürdig eigentlich, wenn man bedenkt, daß er in der Kasinofrage auf der anderen Seite steht.«

»Bei einer Wahl ist ein Märtyrer kaum zu schlagen.«

Constable lächelte schmallippig und nippte an seinem Yellow Boy. Mit den exzellenten abstrakten Ölgemälden und dem schmeichelnd weichen Licht der Stehlampen wirkte sein Büro eher wie ein Wohnzimmer. Der Schreibtisch stand in einem Alkoven vor den Vorhängen der großen Fenster; aber wenn er Gäste empfing, saß er nie dahinter. »Und wieviel diesmal, Reverend?«

»Das hängt von Ihrem Gewissen ab, Mr. Constable. Von Ihrem und dem Ihres Chefs natürlich. Übrigens, habe ich eigentlich schon erwähnt, daß alle Spenden ganz legal von der Steuer absetzbar sind?«

»Jedesmal wenn wir uns treffen. Aber ich muß mich doch manchmal fragen, was Sie eigentlich mit dem ganzen Geld anfangen.«

»Die Kirche braucht dringend ein neues Dach. Und das Jugendzentrum größere Räume.«

»Nachdem Sie mich um diese Unterredung ersucht haben, habe ich mir mal Ihre Akte kommen lassen. Und dabei ist mir aufgefallen, daß wir in den letzten fünfzehn Monaten insgesamt dreiundsechzigtausend Dollar gespendet haben. Muß ja ein ganz schönes Früchtchen sein, Ihr Dachdecker.«

»Der Glaube ist ein kostspielige Angelegenheit.«

»Ich kann mir nicht helfen, aber ich muß doch zu der Vermutung gelangen, daß diese Firma hier Ihre Kampagne gegen die Legalisierung des Glücksspiels finanziell unterstützt. Und das finde ich insofern kontraproduktiv, als man ja nicht vergessen darf, daß Charles Maggiore unser Hauptaktionär ist.«

»Hat er sich etwa beklagt?«

»Ziemlich lautstark sogar. Aber den Finanzhahn hat er Ihnen nicht zugedreht.«

»*Das* wäre dann wirklich kontraproduktiv.«

»Gar nicht so sehr, wie Sie vielleicht denken«, orakelte Constable. »Zugegeben, wir profitieren von den Rückerstattungen auf Investitionen, die in den Büchern als steuerabzugsfähige Spenden für wohltätige Zwecke rangieren, und Ihre Kirche nimmt mehr ein als viele der weltlichen Branchen, an denen wir beteiligt sind. Aber wenn die Gesetzesinitiative in Sachen Kasinos durchgeht, haben wir bedeutend mehr davon.«

»Die Polizei vermutet, daß Maggiore versucht, mich umbringen zu lassen.«

»Wir wissen doch beide, daß das nicht stimmt. In Tote investiert man nicht.«

»Die Aufstellung seiner Spenden würde der Polizei gerade zupaß kommen, wenn sie versucht, ihm den Mord an meiner bescheidenen Person in die Schuhe zu schieben.«

»Schon möglich, wenn es solch eine Aufstellung gäbe . . .«

»Naja, eines ist jedenfalls klar: Irgend jemand trachtet danach, meine Seele von den irdischen Bürden zu befreien.«

»Und wer das sein könnte, interessiert uns ebensosehr wie Sie.«

»Das kann ich mir kaum vorstellen. Wie heißt es doch so schön: Das Leben ist die Wirklichkeit. Das Leben ist ernst und das Grab nicht seine Bestimmung.«

»Salomon?«

»Longfellow.«

Constable fuhr mit einem seiner manikürten Finger über den Rand seines Glases. »Sagen Sie, wäre es wohl völlig daneben, Sie zu bitten, diese Angelegenheit nicht ganz so engagiert zu verfolgen?«

»Das Spiel ist eine Sünde vor dem Herrn«, deklamierte Sunsmith ohne die Spur eines Lächelns. »Und meine Seele liegt nicht auf dem Richtblock.«

»Dessen ist sich Mr. Maggiore durchaus bewußt. Deshalb vertraut er auch darauf, daß sie seine Investitionen zu schätzen wissen, obwohl sie nicht in den Büchern erscheinen.« Constable stand auf. »Ob Ihnen zehntausend bei der Reparatur des Daches erst einmal weiterhelfen?«

»Ich werde die Schwestern bitten, bei Regen immer für ihn zu beten.«

»Da wird ihm aber ein Stein vom Herzen fallen, wenn er das hört.« Er trat ans Telefon, das auf dem Schreibtisch stand, und klingelte seine Empfangsdame herbei.

4

Als Macklin die Tür öffnete, übergab ihm der Bote, ein junger Schwarzer, der einen kurzen Afro, eine blaue Eisenhower-Jacke aus Nylon trug und einen roten Schlips, wortlos ein flaches, in braunes Papier eingewickeltes Päckchen.

»Die Bullen überwachen mich«, sagte Macklin.

»Geht schon in Ordnung. Alles amtlich.«

Der Killer machte die Tür wieder zu und brachte das Päckchen in sein Arbeitszimmer hoch. Boniface hatte sein Kapital in den verschiedensten Branchen legal angelegt, und darüber hinaus gab es jede Menge Unternehmen, deren Eigentümer ihm noch einen Gefallen schuldig waren. Der alte Mann hatte in den letzten Jahren bestimmt nie für irgend etwas zahlen müssen, Anwälte und Killer mal nicht gerechnet. Das sah ihm wieder einmal ähnlich: am hellichten Tage zwielichtige Geschäfte mit ganz legalen Mitteln abzuwickeln. Ein Paranoiker wie Maggiore hätte die Übergabe des Päckchens bestimmt im Affenhaus des Detroiter Zoos arrangiert oder in einem Dock unten am Fluß. Nur daß Macklin in eine von Maggiore organisierte Übergabe nie eingewilligt hätte.

Er machte die Tür des Arbeitszimmers hinter sich zu, zog die Vorhänge vor, knipste die Schreibtischlampe an und wickelte das Päckchen aus. Er freute sich, als er bemerkte, daß das Siegel auf der zweifarbigen Pappschachtel noch unangetastet war, erbrach es und fummelte den Revolver mit einem Beistift aus der Mulde im Styropor. Es handelte sich um einen Colt .38 Special, *Shooting Master* genannt, aufgezogen auf einen .45 New Service Scheibenrahmen. Hübsch brüniert war er und der Knauf mit Walnußholz ausgestattet. Ohne besonderen Grund zog er eigentlich den *Police Special* von Smith & Wesson vor, aber er war auch mit allem anderen zufrieden, solange es sich nicht um eine vollautomatische Waffe handelte und das Kaliber weder zu groß war noch zu klein. Er bewunderte seine Berufskollegen, die sich mit den niedlichen kleinen Zweiundzwanzigern begnügten; aber er bewunderte sie, ohne den Wunsch zu hegen, es ihnen gleichzutun. Seine Treffsicherheit war nicht schlecht, aber eben auch nicht überragend, und bei diesen kleinkalibrigen Dingerchen konnten zwei Zentimeter durchaus über den Unterschied zwischen erfolgreicher Arbeit und lebenslang im Zuchthaus von Southern Michigan in Jackson befinden. Na, und Fünfundvierziger und alles drüber waren Wasserbüffeln vorbehalten.

Er nahm eine neue Rolle schwarzes Isolierband aus der Papiertüte auf seinem Arbeitstisch, das mit der aufgerauhten Oberfläche, auf der sich keine Fingerabdrücke hielten. Die nächsten zehn Minuten war er damit beschäftigt, Griff und Abzugshahn zu bekleben. Er ließ sein Werkzeug nämlich grundsätzlich nach getaner Arbeit fallen. Und bei diesem lauen Frühlingswetter waren Handschuhe zu auffällig, außerdem waren die Finger darin nicht beweglich genug.

Er legte die Waffe zur Seite und stand auf, um den Aktenschrank aufzuschließen. Die zweite Schublade enthielt seine Einkommenssteuererklärungen der vergangenen fünf Jahre. Aus dem Ordner nahm er einen dicken Umschlag mit der Aufschrift ARZTRECHNUNGEN, schob die Schublade wieder zu und verriegelte sie, dann verteilte er den Inhalt des Umschlages auf dem Tisch. Darunter befanden sich einige Farbfotos im Format 10 x 13 und etliche Schwarzweißaufnahmen. Sie zeigten einen sonnengebräunten blonden Mann um die fünfzig. Er hatte einen athletischen Körperbau, und der sportliche Gesamteindruck wurde nur von einem Buckel auf der linken Schulter getrübt. Diesen Mangel suchte er jedoch durch auserlesene Maßanzüge auszugleichen; und gar nicht einmal ohne Erfolg. Macklin, der typische Polyestermann, meinte zwar, er wäre mit etwas konservativeren Farben und Mustern besser beraten, aber Maggiore war kein konservativer Gangsterboß.

Vom Typus her ließ der blonde Sizilianer Al Capones Zeiten wiederaufleben, vielleicht nicht ganz so grell und bunt, aber diesem Vorbild stand er doch näher als den grauen Costellos, Genoveses und Gambinos der mittleren Jahre. Der Sinn stand ihm nach Whirl-pool, kostspieligen Trimmdichzentren und Fotos, die ihn am Arm von Hollywoodstars zeigten, die er sich rahmen ließ und an die Wand hängte. Er hatte seine Karriere als Ausputzer bei Boniface begonnen, im Bandenkrieg des Jahres 1972 eine Reihe von Attentaten überlebt und sich dann soweit hochgearbeitet, daß Boniface ihn als seinen Stellvertreter eingesetzt hatte, als er wegen Drogenhandels verurteilt wurde und ein paar Jahre absitzen mußte. Eigentlich war vereinbart gewesen, daß er bei dessen Entlassung Bonifaces Platz wieder räumen sollte, aber diese Vereinbarung war für ihn in dem Moment gestorben, in dem er es sich auf Bonifaces Sessel bequem gemacht hatte.

Auf dem Tisch lagen neben diesen Fotos unter anderem noch eine Aufstellung von Maggiores Gepflogenheiten, eine Liste seiner Mitarbeiter, eine komplette Krankengeschichte, die einem Patienten mit kostspieligen menschlichen Schwächen abgenötigt worden war, sowie ein Grundriß von Maggiores Haus in Grosse Pointe. Diese Informationen hatte Macklin in monatelanger mühseliger Kleinarbeit zusammengetragen. Er war dabei sehr behutsam vorgegangen, um zu vermeiden, daß sein Objekt Wind davon bekam. Und obwohl er das meiste des Materials bereits auswendig kannte, ging er alles noch einmal durch, machte sich auf einem Schmierblock Notizen und bleute sich die wichtigsten Einzelheiten ein.

Als er damit fertig war, las er sich seine Aufzeichnungen noch einmal durch, dann legte er die sauber beschriebenen Blätter, die

Fotos und den ganzen Block sorgfältig zu einem Stoß zusammen und ließ das Häufchen in den Papierkorb unter seinem Arbeitstisch gleiten. Das Gewicht des Papiers aktivierte den elektrischen Aktenvernichter, und innerhalb von Sekunden war das ganze Material nur noch ein Häufchen Holzwolle auf dem Boden des Papierkorbes. Dieser automatische Reißwolf gehörte zu den segensreichen Einrichtungen in seinem Haus, die er nach der Scheidung, als das Haus noch seiner Exfrau gehörte, sehr vermißt hatte. Die Geräuschisolation seines Arbeitszimmers war eine andere.

Zwei Fotos hatte er aufbewahrt. Bei dem einen handelte es sich um einen postkartengroßen, mit Teleskop aufgenommenen Schnappschuß von einem bulligen Typen ohne Augenbrauen, der einen schwarzen Anzug aus hundert Prozent Schurwolle trug und Maggiore gerade die Haustür aufhielt. Das war Gordy, Maggiores Kammerdiener und Leibwächter. Macklin verstaute das Foto in der inneren Brusttasche seines Sportsakkos. Das andere Bild war aus der Zeitung: Maggiore im Abendanzug, wie er anläßlich seiner Ernennung zum Mann des Jahres durch den Rotaryclub die Trophäe entgegennahm. Auf dieser Aufnahme war sein Gesicht nicht größer als Macklins Daumennagel.

Macklin hievte einen großen Behälter mit Töpfererde vom Boden auf die Tischplatte und stellte ihn so auf, daß er mit dem Boden an die Wand gelehnt dastand. Dann postierte er das Zeitungsfoto dagegen, lud den Colt mit den Patronen, die sich in einer kleinen Schachtel zusammen mit dem Revolver in dem Päckchen befunden hatten, ging zehn Schritte zurück, drehte sich um und drückte mit einer eleganten Bewegung ab.

Der erste Schuß radierte Maggiores Gesicht aus. Es gab viel Krach, aber verhältnismäßig wenig Rauch. Der Begriff »raucharmes Pulver« war zwar immer noch reichlich euphemistisch, aber in der Lehrzeit hatte er hin und wieder Waffen abgefeuert, die mit Schwarzpulver arbeiteten, und deshalb wußte er den Unterschied zwischen den dichten, nach faulen Eiern stinkenden Rauchschwaden und den modernen Waffen, die nicht viel mehr als Zigarettenrauch hinterließen, durchaus zu schätzen. Beim zweiten Schuß ging Maggiore seiner rechten Schulter und des größten Teils des Armes verlustig, in dem er die begehrte Trophäe hielt. Noch einer, und der Rotarier, der auch noch auf dem Foto war, hatte niemanden mehr, den er auszeichnen konnte. An seiner Seite gähnte nur ein großes Loch.

Macklin ließ es damit bewenden. Von Ohropax und Lärmschützern bei Testschüssen hielt er nicht viel, denn wenn man die benutzte, war man auf den Radau schlecht vorbereitet, den das eigentliche Ereignis mit sich brachte. Aber jetzt klang ihm das Echo des Mündungsknalls, das in der fünfzehn Zentimeter dicken Korkverkleidung der Wände widerhallte, schmerzhaft in den Ohren.

Der schwere Rahmen des Revolvers fing den Rückstoß ganz gut ab, was der Treffsicherheit nur zugute kam. Später würde er die Kugeln aus der Töpfererde pulen und mit einem Hammer flachklopfen, um die Riefen unkenntlich zu machen, und sie dann in den Müll werfen. Bevor er das Foto dem Reißwolf übergab, sah er es sich noch einmal an und bemerkte, daß er vielleicht eine Spur zu weit links getroffen hatte, aber das war weiter kein Problem. Er beabsichtigte ohnehin, so nah wie möglich ranzugehen.

Als der Hausarzt, der auch schon ihre eigene Geburt überwacht hatte, die junge Mutter nach zwanzig Stunden härtester Arbeit von einem dreizehn Pfund schweren Jungen entband, blickte er die Hebamme hinter beschlagenen Brillengläsern hervor an und bat sie, den Vater zu beruhigen. »Er hat einen Pimmel wie der heilige Johannes.«

Sechs Jahre später legte der Arzt, jetzt bereits ganz kahl und beinahe taub, dem Jungen die Hand auf die Schulter – er mußte sich recken, um das zustande zu bringen – und meinte, das Problem hänge mit den Drüsen zusammen, man könne es aber medikamentös unter Kontrolle halten. Da war er schon das größte Kind in der ganzen Schule und überragte auch die meisten seiner Lehrer.

Mit zehn mußte er den Kopf einziehen, wenn er durch die Tür wollte, und sich völlig verheddern, um auch mit den Schultern durchzukommen. Wenn ihn Fremde ansprachen, hielten sie ihn für einen Erwachsenen und etwas zurückgeblieben. Langsam hatte er schon die Nase voll davon, vor seinen Schulkameraden immer das Frankensteinmonster abgeben zu müssen, aber wenigstens dieses Problem löste sich von selbst, als die von ihren Eltern verboten bekamen, mit ihm zu spielen.

Als er von der Highschool abging, hatte er aufgehört zu wachsen, zweihundertzwei Zentimeter und dreihundertzwölf Pfund künstlich zum Stillstand gebrachter körperlicher Entwicklung, ein Witz mit einer geraden Augenbraue und vorstehendem Kinn, aussichtsreicher Kandidat im Wettbewerb »Wer sieht Rondo Hatton am ähnlichsten?«, ein Etwas kurzum, mit dem alle Eltern der Nachbarschaft ihren Gören drohten, wenn sie wieder mal nicht rechtzeitig in die Heia wollten. Ein Promoter, der schon Sonny Liston mittrainiert hatte, beschwatzte ihn, die Schule aufzugeben, auf die Walz zu gehen und in den Käffern gegen Freiwillige und ehemalige Schwergewichtler zu boxen, mit deren Karriere es bergab ging. Er langte nur mit aller Vorsicht zu und wurde trotzdem mehrmals disqualifiziert, wenn er im Clinch den einen oder anderen Wirbel brach und auch mal eine Rippe zermahlte. Seine Gegner hieben sich die Handschuhe an seinen Nieren wund, bleckten die Zähne und tänzelten um ihn herum, aber in seinen Armen wurden sie schlapp wie die Gartenschläuche. Einer verfiel in Koma und hing vier Jahre später immer noch am Tropf. Einmal im Monat rief Gordy in der Privatklinik an, in der er lag, und erkundigte sich nach seinem Zustand. Und jeden Monat ging regelmäßig ein Scheck an die Familie. Zur Deckung der Krankenhauskosten.

Nach dieser Erfahrung hatte er die Nase vom Boxen voll. Er versuchte es als Profiringer, ließ sich als Godzilla ankündigen, aber bei allem Showgetue ging es in diesem Gewerbe im Grunde genommen ebenso brutal zu. Gerade hatte er sich entschlossen, auch diesen Job an den Nagel zu hängen, da schickte Charles Maggiore einen Mann zur Joe Louis Arena, wo Gordy seinerzeit mit den Superstars des Ringens gastierte, und ließ ihn in sein Haus in Grosse Pointe einladen. Gordy, der den dunklen Teint seiner albanischen Vorfahren geerbt hatte, stand erfurchtsvoll vor dem blonden Sizilianer in seinen Sportklamotten und der Villa mit ihrem kugelsicheren Panoramafenster, das auf den glasklaren blauen Lake St. Clair ging, aber er fühlte sich diesem Mann trotzdem auf merkwürdige Weise verbunden, der Buckel machte ihn zu einer Art Leidensgenossen. Maggiore erzählte ihm, er habe ihn im Fernsehen ringen gesehen und könne sich vorstellen, daß er ein Heidengeld damit verdiene. Als er dann das tatsächliche Honorar erfuhr, das Gordy für seine Auftritte erhielt, zuckte er nur mit den Augenbrauen. »Ich zahle dir das Doppelte.«

Gordy konnte sich zunächst nicht recht entscheiden. Zwar hatte er nie zuvor von dem Mann gehört, der ihn da unbedingt hatte sprechen wollen, aber er war durchaus in der Lage, zwei und zwei zusammenzuzählen: die Limousine, in der er zur Villa chauffiert worden war, ihre abgetönten Fenster aus Plexiglas, die Männer, die auf dem Grundstück Wache schoben und trotz der Bullenhitze ihre Jacketts nicht auszogen... Aber er hatte keineswegs vor, aus seinem brutalen Gewerbe auszusteigen, nur um hinterher völlig Fremden die Gräten brechen zu müssen, einfach weil die irgendwelchen Dritten Geld schuldig geblieben waren. Maggiore spürte seine Vorbehalte und beeilte sich deshalb hinzuzufügen, es handle sich nur darum, ihn, seinen zukünftigen Arbeitgeber, vor möglichem Schaden zu bewahren. Nichts sonst. Er gab Gordy vierundzwanzig Stunden Zeit, sich das Angebot in Ruhe durch den Kopf gehen zu lassen.

In der kommenden Nacht machte Gordy einen Spaziergang durch Detroit. Mit dem Nebeneinander von wuchtigen Art-Deco-Gebäuden und hypermoderner Architektur erinnerte ihn Detroit ein wenig an seine Heimatstadt Philadelphia, und der Anblick von Windsor auf der anderen Seite des Flusses bezauberte ihn einfach. Als er über den häßlichen Campus des Wayne County Community College schlenderte, schloß ein junger Schwarzer mit einem T-Shirt zu ihm auf. Eine Messerklinge blitzte, und als der Mond kurz hinter den Wolken hervorkam und Gordys beeindruckende Silhouette beschien, steckte der junge Mann sie schnell wieder weg. »'n Abend«, meinte er nur und versuchte ein zaghaftes Grinsen auf seine schmalen Gesichtszüge zu zaubern. Gordy nickte und wartete, bis der Schatten verschwunden war, bevor er sich auf den Rückweg ins Hotel machte. Er hatte sich entschlossen, den Job anzunehmen.

Das war vor drei Jahren gewesen. Maggiores Vertrauen in sein Riesenvieh von Leibwächter war bald so groß geworden, daß er den größten Teil seiner privaten Wachtmannschaft entlassen und Gordy damit beauftragt hatte, sich um den Rest zu kümmern. Bei der Gelegenheit hatte er ihm gleich das Gehalt erhöht und ihn zum Kammerdiener befördert. Obwohl er dem Bullen extra einen Waffenschein besorgt hatte, weigerte sich Gordy standhaft, eine Knarre zu benutzen; allerdings reichte gelegentlich aufkreuzenden, unfreundlicher gesonnenen Besuchern im allgemeinen auch ein Blick auf Gordy in seinem eng geschnittenen schwarzen Anzug, um sie zu bewegen, die Waffe, gleich, um welche es sich handelte, stecken zu lassen.

In diesem Moment spielte er gerade Haustür in der Ville in Grosse Pointe und blickte auf den schlanken schwarzen Glatzkopf hinab, der auf der offenen Veranda vor ihm stand. So wie der dreinschaute, merkte jeder sofort, daß er es nicht gewöhnt war, den Kopf heben zu müssen, um jemandem ins Gesicht zu sehen. Mit einssiebenundachtzig gehörte er auch nicht gerade zu den Kleinwüchsigen und war überhaupt eine ganz stattliche Erscheinung in seinem grauen Maßanzug, dem fachmännisch gestutzten Schnauzer und den grauen Augen, die in seinem dunklen Gesicht so verblüffend hell waren.

»Inspektor Pontier«, stellte er sich vor und zeigte Gordy die Marke im Ledertetui. »Ich habe vorhin angerufen.«

Nach kurzem Zögern trat Gordy zur Seite und ließ ihn herein. Eins war mal klar. Der hätte ihn beinahe gefragt, wie das Wetter da oben sei. Mein Gott, so ein Bart. Aber Angst war es nicht, wie bei den meisten, was ihn vor dieser blöden Bemerkung abgehalten hatte, da war sich Gordy ganz sicher. Einem Polizisten das Fürchten beizubringen versuchen, war auch nicht übertrieben originell, aber darum ging es nicht. Das Urvieh machte die Tür wieder zu und geleitete Pontier in den Raum, den sein Chef gemeinhin die Bibliothek nannte.

Als er den Flur entlangging, hatte es Gordy endlich raus. Pontier hatte einfach keine Angst. Auch so etwas soll's geben.

Pontier blickte sich ostentativ um. »Bücher sehe ich aber gar keine.«

»Wieso Bücher? Ach so, ja, meine Bibliothek.« Er nahm hinter seinem großen Schreibtisch Platz, der vor dem Fenster aus kugelsicherem Glas stand, und achtete beim Hinsetzen sorgfältig darauf, daß sein sonnenuntergangsfarbenes Seidenjackett nicht knitterte. Abgehärtet durch eine ganze Reihe mißglückter Attentate auf sein Leben, hatte er die Abneigung gegen die freundliche Geste des Handschlags doch bereits so weit abgelegt, daß er dem Inspektor die Rechte reichte. Als es sich Pontier in dem Ledersessel neben dem Schreibtisch bequem gemacht hatte, entspannte er sich ein bißchen. »Arbeiten tue ich eigentlich hier nur ganz selten, deshalb würde Arbeitszimmer nicht ganz stimmen. Gute Stube hörte sich vielleicht ein bißchen hausbacken an, und Büro klingt wiederum zu sehr nach Broterwerb. Ich habe sogar schon mal überlegt, ob ich nicht tatsächlich das eine oder andere Buch anschaffen sollte – aber wohin bloß damit?« Mit weit ausgebreiteten Armen zeigte er an die Wände, die über und über mit gerahmten Fotos tapeziert waren: Maggiore mit so ziemlich allem, was in Künstlerkreisen Rang und Namen hatte. Außer Caruso und Sarah Bernhardt.

»Wie wäre es mit Studio?«

»Studio. Gar nicht so schlecht. Nein, gefällt mir wirklich ganz gut.« Er faltete die Hände vor seinem muskulösen Bauch und wiegte abwägend den Kopf. Abgesehen von seinem Buckel hätte er durchaus ein Filmschaupieler sein können, der sich in den sechziger Jahren die Hucke voll verdient und dann in Privatleben zurückgezogen hatte. Manchmal erzählte er, daß er früher mal mit Frankie und Annette in Strandfilmen aufgetreten sei, er plauderte das nur so aus Spaß daher, einfach, um mal zu sehen, wie die Leute drauf reagierten. Und eine Schnepfe hat ihm doch wirklich gesagt: Ach ja, sie erinnere sich, sie hätte ihn tatsächlich in einer Massenszene wiedererkannt. »Wissen Sie was, Inspektor, um uns beiden nicht unnötig die Zeit zu stehlen, sage ich Ihnen lieber gleich, daß ich mit dem Attentat auf Mike Boniface nichts zu tun habe. Warum auch? Er ist doch sowieso längst aus dem Rennen.«

»Ach, was Sie nicht sagen. Ist er das?«

»Ob Sie es glauben oder nicht, aber in unseren Kreisen wiegt ein Gefängnisaufenthalt bedeutend schwerer als in den meisten anderen Branchen. Für einen Anwalt ist sowas fast ein Pluspunkt; ein Arzt kriegt über kurz oder lang noch einmal die Chance, seine Zulassung wiederzubekommen. Und die Politiker können sich sogar wiederwählen lassen, während sie im Knast sind. Bei uns ist das ganz anders. Wir sind quasi in erster Garnitur wohlanständige Bürger, und deshalb sehr empfindlich. Der kann von Glück sagen, wenn er in Dearborn einen Schuppen mit einarmigen Banditen aufziehen kann. Gesetzt den Fall, wir unterhielten noch Spielsalons.«

»Ich hatte eigentlich gedacht, Sie wären geschäftlich in der Unternehmensberatung zu Hause.«

»Aber gewiß doch. Und Sie sind im Sicherheitsdienst. Öffentliche Wasserklos heißen Bedürfnisanstalten, die Wetterfritzen in der Glotze schimpfen sich Meteorologen und sind trotzdem nicht in der Lage zu sagen, was hinter ihrem eigenen Fenster vor sich geht. Mein Postbote bezeichnet sich als Ingenieur im Informationsverteilungswesen. Wo soll das bloß noch hinführen. Aber Boniface ist wirklich durch.«

»Wer sagt Ihnen eigentlich, daß ich Sie wegen Boniface aufsuche?«

Maggiore legte den rechten Arm über die Rückenlehne seine Schreibtischsessels. In dieser Haltung war sein Buckel nicht so auffällig. Es gab Cops, die er mochte, und Cops, die er nicht mochte; das hatte wenig damit zu tun, ob sie auf seiner Schmierliste standen oder nicht: Er mochte sogar ein paar von den ehrlichen. Aber diesen Pontier mitsamt seiner ganzen schwarzen Brut konnte er nicht leiden. Diese Sorte hatten sie geschrubbt und gewienert, bis sie so richtig in die Mehrheit ihrer weißen Kollegen reinpaßten, ohne im geringsten aufzufallen. In ein paar Jahren würde sogar die schwarze Farbc noch abblättern. Laut aber sagte er: »Weswegen denn sonst. Sunsmith?

»Warum nicht. Sprechen wir ruhig ein wenig über Sunsmith. Wo waren Sie am Sonntag um elf Uhr morgens?«

»Wo ich zu der Zeit üblicherweise bin. Ich sitze am Frühstückstisch und lese Charlie Brown. Fragen Sie Gordy.«

»Gordy ist vermutlich der Wolkenkratzer, den ich an der Tür getroffen habe?«

»Ich habe genauso meine Feinde wie Sie auch. Geben Sie es ruhig zu: Sie würden sich doch auch einen Leibwächter anschaffen, wenn Sie es sich leisten könnten.«

»Ich hatte im vergangenen Jahr immerhin vierzigtausend brutto.«

»Das entspricht ungefähr dem Betrag, den ich an Steuern gezahlt habe.«

»Und einen Teil davon hätten Sie wohl gerne zurück?«

»Nun aber mal halblang.« Er nahm den Arm von der Lehne. »Gut, Inspektor, ich gestehe. Ich habe mir das Gesicht schwarz angemalt, mich in einen Fummel geschmissen und auf Sunsmith geschossen. Ich war nämlich mit seiner Auslegung des Alten Testaments nicht einverstanden.«

»Caroline Vetters war schon lange süchtig. Heroin und verschreibungspflichtige Medikamente. Wir kennen fünf ihrer Bezugsquellen. Zwei davon gehörten der Familie Boniface. Heute Familie Maggiore.«

»Mit Narkotika will ich nichts zu schaffen haben. Zuviel Polizei.«

»Da sind die Behörden aber ganz anderer Ansicht. Die arbeiten nämlich alle zusammen, um die Anklage gegen Sie abzusichern, Waffen nach Südamerika geschmuggelt zu haben.«

»Der Prozeß hat noch nicht einmal angefangen. Und Sie wissen doch ganz genau, wo ich mein Kapital angelegt habe.«

»Eben. Nämlich ganz genau in dem Gewerbe, gegen das Sunsmith so energisch zu Felde zieht.«

»Geistliche sind tabu. Insbesondere Geistliche, die so bekannt sind wie er. Dasselbe gilt übrigens für Polizisten, Reporter und Angestellte des öffentlichen Dienstes.«

»Wenn Charles Maggiore will, ist niemand tabu.«

»Quatsch. Totaler Quatsch. Versetzen Sie sich doch mal in meine Lage. Wenn ich Sunsmith erledigen lasse und ihm damit das Maul stopfe, reiße ich damit doch seiner ganzen Gemeinde die Fresse nur selbst auf, schubse alle, die jetzt noch unentschieden sind, auf seine Seite und sogar noch ein paar von denen, die eigentlich meine Position vertreten. Ein toter Heiliger ist verdammt viel schwerer zu bekämpfen als ein lebender Clown in einem babyrosa Schlabbergewand. Im Gegenteil. Wenn er es zuließe, würde ich ihm sogar noch ein paar von meinen eigenen Leuten rüberschicken, damit er bloß nicht in der Badewanne ausrutscht, wenn er versucht über das Wasser zu gehen, und sich womöglich den Kopf anhaut. Denn so sicher wie der liebe Gott Sizilianer ist, so sicher würden doch alle sagen, daß ich ihn mit einer Rouletteschüssel erschlagen habe.«

Pontier zupfte an seinem Schnauzer. »Sie machen verdammt viel Wind. Das muß ich schon sagen.«

»Ich sage nur, wie's aussieht, und das wissen Sie selbst ganz genau.«

»Natürlich. Aber Sie könnten ja auch auf den doppelten Rückschlag setzen. Den Reverend töten und sich darauf verlassen, daß alle Welt Sie für unschuldig hält, weil ja alle davon ausgehen, es sei günstiger für Sie, ihn nicht zu töten, als ihn zu töten.«

»Jesus Christus.« Der schlüpfrige Nigger dachte sogar schon wie ein Weißer. »Wenn er tot ist, ist er tot, und jeder weiß warum, egal, wer verantwortlich ist. Ich sitze in jedem Fall in der Scheiße.«

»Bei euch Mafiatypen heißt es wohl immer gleich: die Dame oder der Tiger, nicht wahr?«

»Eher noch: der Tiger oder der Tiger.«

»Nun denn. Verlassen Sie bitte die Stadt einstweilen nicht.« Pontier stützte sich mit den Armen auf den Lehnen seines Sessels ab.

»Meinen Sie Grosse Pointe?«

»Sie wissen genau, was ich meine.«

Gegenüber von Maggiores Villa stand ein auffällig unauffälliges Polizeifahrzeug. Am Steuer hockte, hinter seinen Fettröllchen verschanzt, Sergeant Lovelady. Da er den Knopf zu hatte, beutelte sich sein gelber Lieblingsblazer unter den Achseln. Pontier fand, daß er aussah wie das Michelinmännchen. Trotzdem nahm er auf dem Beifahrersitz Platz. »Jemanden gesehen?«

»Der Kerl im schwarzen Anzug ist einmal rausgekommen, um Doppeldecker vom Dach zu verjagen. Was meinen Sie, ob man so Typen wohl im Zirkus auftreiben kann?«

»Sie kennen ja Maggiore. Der kleine Italobuckel hält sich doch für Al Capone.«

»Haben Sie mitgespielt?«

»Ich habe ihn erst einmal in dem Glauben gelassen, er sei Staatsfeind Nummer eins, gleich nach Dillinger und Dschingis Khan. Das ist schon ein Anblick, wenn der anfängt und sich aufplustert. Aber Boniface war sein Ding, das ist klar.«

»Darum kann sich Belleville kümmern. Die sind bestimmt schon ganz scharf drauf. Und was ist mit Sunsmith‹??«

»Nein, den hat jemand anders auf dem Kieker. In dem Fall ist

Maggiore nur der Blitzableiter.« Pontier knöpfte sich sein Jackett auf und kurbelte die Fensterscheibe herunter. »So, und jetzt fahren wir ins Präsidium und telefonieren eine Runde.«

5

Für Schwester Mercer sah der junge Mann genau aus wie aus David Carradine.

Sie hatte schon vor seinen Kung-Fu-Zeiten für ihn geschwärmt, als er in *Gunsmoke* noch die bösen Buben reicher Rancher spielte, und neigte dazu, die meisten Männer, die sie kennenlernte, mit ihm zu vergleichen. (Den Reverend natürlich nicht.) Dieser hier trug das Haar ebenso lang wie Carradine, allerdings war seins schwarz, er hatte denselben hohen Wangenknochen, genau denselben sinnlichen Mund und verbarg Davids schlaksigen Körperbau unter einem modern verblichenen blauen Veloursweatshirt, die Ärmel leger hochgekrempelt, und Jeans, die vom vielen Tragen und Waschen schon fast weiß waren. Nur seine Augen waren besser zu erkennen als die ihres Schwarms, und obwohl seine Haut irgendwie geschrumpft aussah und seine Wangen eingefallen waren, war er bedeutend jünger. Sie schätzte ihn auf Anfang zwanzig. In Wirklichkeit war er siebzehn.

Kennengelernt hatte sie ihn in der Waschküche im Souterrain des Mietshauses in Dearborn Heights, in dem sie wohnte. Er gab an, sein Freund sei auf Geschäftsreise und er passe solange auf seine Wohnung auf. Er warnte sie vor der Maschine, in die sie gerade ihre schmutzige Wäsche einfüllen wollte, die sei kaputt, sie verschwende nur ihre Münzen, und sie solle doch lieber die da drüben nehmen. Und so kamen sie ins Gespräch. Sie waren ganz allein in der Waschküche, die nach Seifenpulver und feuchtem Beton roch. Normalerweise ging sie Fremden unter solchen Umständen aus dem Weg, aber dieser junge Mann war so sauber und höflich. Und er sah genau aus wie David Carradine. Er wollte sie zum Lunch einladen, aber sie sagte, daß sie in einer halben Stunde Chorprobe habe. Hinfahren brauche er sie nicht, vielen Dank. Als ihr bißchen Wäsche trocken war, hielt er ihr die Tür auf und meinte, er würde sich freuen, sie mal wieder zu treffen.

Sie hatte gleichmäßige Gesichtszüge, kakaofarbene Haut und wäre gut und gern als Mexikanerin durchgegangen, wenn sich ihr Haar bloß nicht so krisselig gekraust hätte. In den Cordhosen, die sie an diesem Tag trug, fühlte sie sich überhaupt nicht wohl, weil sie ihre breiten

Hüften so betonten. Richtig unbefangen bewegte sie sich eigentlich nur in dem gelben Satingewand, das in gleichmäßigen Falten von der Brust direkt bis auf den Boden fiel. Wenn sie mit den anderen im Chor sang, waren die Männer ihrer Gemeinde begeistert von ihr, aber sowie sie ihre normalen Straßenklamotten trug, drehte sich kein Schwanz mehr nach ihr um. Mit so ziemlich jeder Diät hatte sie es schon versucht, aber sie nahm immer nur von der Taille an aufwärts ab, und das Durchstehvermögen für regelmäßige Gymnastik brachte sie beim besten Willen nicht auf. Auch das hatte sie schon versucht. Sie war jetzt vierunddreißig und rechnete schon längst nicht mehr damit, auf ihre alten Tage noch einen Kerl zu finden.

Deshalb war sie völlig aus dem Häuschen, als der junge Mann, der sich ihr als Roger Martin vorgestellt hatte, nach der Probe vor der Kirchentür auf sie wartete. In seinem tadellos gepflegten alten blauen *Plymouth Duster* fuhr er mit ihr zum Dinner in ein Restaurant in Greektown. Sie gingen ins *Star of Detroit*, und dann blieb er bis zum Morgengrauen bei ihr. Das war der Anfang ihrer Beziehung.

Drei Tage später – vor fünf Tagen hatte Schwester Lucinda versucht, den Reverend zu töten, aber Mercer hatte aufgehört, die Tage zu zählen, als kein weiteres Attentat folgte – lag sie nackt neben Roger im Lichte des Sonnenaufgangs, streichelte seine unbehaarte Brust und ließ sich sanft den Hintern von ihm liebkosen. Er erkundigte sich nach ihrer Arbeit für die Kirche.

»Nur der Reverend arbeitet für die Kirche«, stellte sie klar, »und ich arbeite für den Reverend.«

»Wie ist er denn so?«

»Er ist der christlichste Mensch der Welt.«

»Kein Wunder, das ist schließlich sein Job.«

»Nein, seine ganze Art ist so.« Sie lag völlig entspannt da und lauschte auf Rogers Herzschlag. »Wir kriegen eigentlich kein Geld, wir machen das alles ehrenamtlich. Aber weil er weiß, daß ich von der Stütze lebe, steckt er mir hin und wieder was zu. Natürlich würde ich ihn nie darum bitten. Und zurück haben will er das Geld auch nie. Das macht er bei ein paar anderen auch so. Weißt du, das ist eben sein Charakter. Es ahnt ja kaum einer, aber die *Eternal Mercy Mission* downtown und die in Redford gehören ihm. Alle Welt denkt, daß er stinkreich ist und von den Spenden leben kann. Aber in Wirklichkeit gibt er das meiste weg.«

»Ob er wohl ein bißchen Unterstützung brauchen kann?«
Sie lachte und küßte ihn auf den Mund. Aber er hatte es ganz ernst gemeint. »Was für eine Unterstützung denn?«
»Na, die Leute müssen doch erfahren, daß er so viel Gutes tut«, sagte Roger. »Dann bekäme er das Doppelte an Spenden und könnte auch doppelt soviel Gutes tun. Da könnte ich ihm helfen. Ich bin nämlich Berater für zwischenmenschliche Beziehungen.«
»Was ist das?«
»'ne Erfindung von meinem Dad. Der ist auch sowas. Im Grunde ist es so was ähnliches wie Werbung, nur nicht so knallhart. Nicht so viele Tricks dabei. Es ist so: Wenn einem Werbefritzen partout nichts einfällt, was er Gutes über einen Kunden sagen kann, saugt er sich eben irgendwas aus den Fingern. Anders ein Berater für zwischenmenschliche Beziehungen. Der sorgt einfach nur dafür, daß die Wahrheit verbreitet wird. Das ist viel ehrlicher.«
»Aha. Ich glaube, ich hab's kapiert.« Was aber nicht stimmte. Sie streichelte seine rechte Brustwarze, spürte, wie sie sich unter ihren Berührungen aufrichtete. In diesem Licht sah er tatsächlich nicht älter aus als siebzehn. Als sie erfahren hatte, daß sie doppelt so alt war wie er, war sie zunächst entsetzt gewesen. Aber es war ja keine Sünde, und dann schmeichelte es ihr auch, daß sie einen so gutaussehenden jungen Mann an sich binden konnte. Wo doch die jungen Mädchen heutzutage alles mit sich machen ließen, so schamlos waren die. »Ehrlich gesagt kann ich mir kaum vorstellen, daß er dich einstellt.«
»Du hältst mich wohl für ein Kind, was?«
»Du bist doch kein Kind mehr.« Sie küßte ihn. »Aber er macht seine Werbung selbst. Da ist er sogar ziemlich gut drin.«
»Ob er nicht vielleicht wenigstens mal mit mir spricht?«
»Das hat gar keine Zweck.«
»Du wirst dich wundern. Ich kann ganz schön charmant sein.« Er zog mit den Fingern die Konturen ihrer Schulterblätter nach und ließ seine Hand dann bis zu ihren Hüften hinabgleiten. Sie stöhnte vor Vergnügen.
»Ich kann ihn ja mal fragen«, murmelte sie noch

Zwei Stunden später, nachdem er sich geduscht und umgezogen hatte, verließ der junge Mann, den Schwester Mercer als Roger Martin kannte, seine Wohnung in Royal Oak und ging drei Blocks weiter zu einer Öffentlichen vor dem Gebäude der Telefongesellschaft. Während er darauf wartete, daß die Zeiger seiner Armbanduhr auf acht Uhr fünfunddreißig vorkrochen, rauchte er eine Zigarette. Es war seine zehnte an diesem Morgen. Als er vom Heroin weg war, hatte er mit dem Rauchen angefangen. Aber jetzt bekam er allmählich wieder Appetit, und auch seine Nerven hatten sich wieder einigermaßen beruhigt, und deshalb hoffte er, bald die Finger auch wieder vom Tabak lassen zu können. Sein Vater hatte die meisten Laster aufgegeben, um damit seine menschlichen Schwächen soweit es ging zu reduzieren, und da er trotz der hohen Risiken in seinem Beruf immer noch am Leben war, schien die Idee gar nicht so schlecht zu sein. Daß er und sein Vater sich gegenseitig haßten, spielte dabei keine Rolle.

Als die Zeiger endlich weit genug vorgerückt waren, schnippte er seine Zigarette weg, warf eine Münze in den Schlitz und wählte eine Nummer, die er auswendig kannte. Er ließ den Ruf elf-, zwölfmal hingehen. Beim dreizehnten Klingeln wurde der Hörer aufgenommen. Aber niemand meldete sich.

»Hier ist Roger Macklin.«

Erst nach einem weiteren längeren Schweigen sagte eine Männerstimme: »Es kann geliefert werden.« Ende des Gesprächs.

Wenig später legte Roger grinsend den Hörer auf. Er ging in seine Wohnung zurück, um sich etwas auszuruhen. Vor lauter Nährboden beackern kam er kaum mehr zum Schlafen.

Die blau-schwarze Cadillaclimousine erinnerte an die Fahrzeuge in den Zeichentrickfilmen der Warner Brothers, die sich um die Ecken schlängeln und wie Tausendfüßler durch die Schlaglöcher stolpern. Von außen waren die Fenster nicht einzusehen, und als die Limousine am Bürgersteig vor dem Tennisclub auf der Gratiot Avenue hielt, nahm sie zwei ganze Parkplätze weg. Macklin stellte seinen *Camaro* zwei Blocks weiter in eine Ladezone und beobachtete durch ein Fernrohr, wie sich Gordy hinter dem Steuer in seine Einzelteile zerlegte, sich aus dem Wagen zwängte und seinem Chef die Tür zum Fond aufriß. Dabei schoben sich seine Körpermassen so vor Maggiore, daß sie ihn gänzlich vor Macklins Blicken abschirmten. Auch als der Sizilianer über den Bürgersteig und die Stufen zum Gebäude hochging, sah er nur kurz sein blondes Haar aufschimmern und ein Stück vom Ellbogen, verhüllt von teurem hellem Stoff. Als die beiden im Haus verschwanden, mußte sich Gordy in den Knien beugen und die Hüften verdrehen, um die Tür freizugeben.

Dabei war es gar nicht unbedingt seine Größe, die Gordy als Leibwächter so unersetzlich machte, davon war Macklin überzeugt.

Sondern daß er ohne zu zögern eine Kugel oder Bombe, die für seinen Chef bestimmt war, mit dem eigenen Körper abfangen würde. Dessen war sich Macklin so sicher, als hätte es in Druckbuchstaben auf dem schwarzen Anzug gestanden. In einer Zeit, in der sogar so hochrangige Bosse wie Maggiore ohne weiteres bereit waren, ihre Kollegen der Regierung gegen ein bißchen Entgegenkommen ans Messer zu liefern, war eine solche Waffe gar nicht hoch genug einzuschätzen.

Normalerweise verschwendete Macklin kaum einen Gedanken an Leibwächter. Denn im großen und ganzen waren sie letzlich doch nichts als pure Angabe, Statussymbole. Er konnte sich noch gut an den Lotterie-König aus der Antietam Street erinnern, der sich immer mit einer Schar von mit Macheten bewaffneten zotteligen Schraten aus Haiti umgeben hatte. Das muß man sich mal reinziehen: Macheten. Wenn es Zeit war, die Schulden einzutreiben, dann stratzten die mit ihren Macheten wie die Zuckerrohrschneider durch die Straßen. Die ganze Nachbarschaft versetzten sie damit in Angst und Schrecken. Aber dann ist Macklin einfach hingegangen und hat zweien der Naturburschen je fünfhundert Dollar zugesteckt, damit sie ihre Kollegen mit den Macheten in Schach hielten und er den Lotterie-König in aller Ruhe abmurksen konnte. Auf einem menschenleeren Platz auf dem Weg zu seinem Hotel, wo dieser Typ seinen Wettschuppen hatte. Wenn man sie nicht einschüchtern kann, kauft man sie sich, und wenn man sie nicht kaufen kann, läßt man sie eben mit ihrem Boß zusammen hochgehen. Gordy hingegen war nicht käuflich, und kein Mensch konnte vorhersagen, wie viele Kugeln sein mächtiger Körper verdauen konnte, bevor er mit einer seiner Pranken, in denen sich spielend leicht eine Kegelkugel verstecken ließ, zulangte und seinem Gegner die Gräten brach. Und außerdem mochte er Gordy.

Der Killer wartete. Kaum zwei Minuten nach dem *Cadillac* kam ein grüner Lieferwagen mit einer Biene auf der Seite aufgemalt eingetrudelt, bog hinter dem Tennisclub rechts ab. Dreißig Sekunden später kam er aus derselben Querstraße wieder zurück, fuhr von links auf die Gratiot ein und hielt am Gully gegenüber der Limousine. Auf der Beifahrerseite verkündete ein Magnetschild WINDELSERVICE FLEISSIGES BIENCHEN. Gottchen, im Pamperszeitalter ausgerechnet ein Windelservice! Die Jungs vom FBI waren doch tatsächlich noch dusseliger geworden seit Hoovers Zeiten. Er hätte schwören können, daß in einem der Äuglein des fleißigen Bienchens einer mit einer Kamera herumstocherte.

Macklin stellte das Radio ein. Paul Harvey blödelte sich dem Ende seiner Sendung entgegen und leitete leichtfüßig zu den Lokalnachrichten über. Oakland Hills. Beim Golfspiel wurden zwei Jugendliche vom Blitz getroffen. Der eine der beiden war auf der Stelle tot, der andere wurde mit schweren Verletzungen ins Krankenhaus gebracht. Farmington. In der Kanalisation von Redford, nahe der Beech-Daly Road, ist die verstümmelte Leiche eines vierjährigen Mädchens aufgefunden worden, das bereits seit drei Wochen als vermißt galt. Die American Civil Liberties Union verfolgt Bestrebungen, einen Mann, der bereits recht kräftig verurteilt ist, ein zweitesmal wegen desselben Vergehens vor Gericht zu stellen. Nach Ansicht der Organisation sei der Richterspruch unangemessen milde ausgefallen. Der Bürgermeister der Stadt bezichtigt einen Republikaner des Rassismus. Oder vielleicht auch einen Rassisten republikanischer Gesinnung. Da schien sich die Redaktion offenbar selbst nicht so ganz sicher. Der Blitz trifft eben nie den richtigen.

Im Anschluß spielte der Sender einen Auszug aus einer Rede ein, die der Reverend Thomas Aquinas Sunsmith anläßlich der Eröffnung einer kostenfreien Klinik in Taylor gehalten hattte. Irgendwie war es ihm doch wieder gelungen, auf sein Lieblingsthema zu sprechen zu kommen, die Gesetzesinitiative zur Legalisierung des Glücksspiels in Detroit. Macklin mochte sein Organ. Er hoffte nur, daß die Stimme des lieben Gottes klingen mochte wie die des Reverend Thomas Aquinas Sunsmith. Wenn es ihn denn tatsächlich gab, den lieben Gott.

Seit er dastand, war die Ampel schon zweimal umgesprungen. Es wurde gerade wieder einmal Gelb, als ein Sattelschlepper ankam und laut furzend in die Bremsen trat. Er kam mit den Vorderrädern auf dem Fußgängerüberweg zum Stehen. Macklin würgte den Reverend ab und stieg aus.

Als er den *Cadillac* erreicht hatte, stand der Sattelschlepper immer noch dieselblubbernd an der Ampel und versperrte die Sicht auf den Lieferwagen, der auf der gegenüberliegenden Straßenseite stand. Macklin holte eine Stahlschlinge aus der Tasche und hatte die Fahrertür der Limousine in weniger als einer Sekunde offen. Die Ampel zeigte jetzt grün, aber der Fahrer des Sattelschleppers hatte den Blinker draußen und mußte erst eine ganze Reihe von Wagen auf der Kreuzung an sich vorbeiziehen lassen, bevor er abbiegen konnte. Als er mit einem langen pfeifenden Stöhnen die Bremse freigab, war Macklin fertig und konnte die Tür wieder zumachen. Und er saß schon wieder in seinem *Camaro*, bevor die Insassen des Lieferwagens wieder freie Aussicht auf den Cadillac genießen konnten. Er ließ den Motor an, fädelte sich in den fließenden Verkehr ein und flutschte an dem fleißigen Bienchen vorbei, ohne es auch nur eines Blickes zu würdigen.

Als Gordy eine Dreiviertelstunde später seinen Chef aus dem Haus eskortierte – Maggiores Haare waren von der Dusche nach dem Match immer noch feucht – fiel ihm der Lieferwagen natürlich gleich auf. Mann, die beim FBI sind brunzdoof, dachte er bei sich. Er ließ Maggiore im Fond der Limousine Platz nehmen und verfügte sich selbst in der ihm eigenen Grazie hinter den Fahrersitz. Während er den Schlüssel schon fast im Zündschloß hatte, hielt er ganz plötzlich inne. Mit einem Reißbrettstift war ein Foto mitten auf der Hupe am Steuer befestigt. Ein Foto, das ihn zeigte, wie er seinem Chef die Haustür seiner Villa in Grosse Pointe aufhielt.

Er zog den Reißbrettstift ab und drehte das Foto um. Mit schwarzem Filzstift standen da nur vier Worte. In Druckbuchstaben.

SO EINFACH IST DAS

6

Elizabeth, Carmen Thalbergs schwarzes Dienstmädchen aus der mittelamerikanischen Republik Belize, begrüßte den Reverend mit einem korpulenten Lächeln und begleitete ihn nach hinten auf die Veranda. Carmen Thalberg lag in einem weißen Bikini auf einer geblümten Liege nahe beim Swimmingpool und sonnte sich. An allen vier Ecken des Pools standen griechische Frauenstatuen aus Kalkstein. Aber keine der kalksteinernen Damen, fand der Reverend, konnte es mit jener eleganten schlanken Enddreißigerin aufnehmen, die da vor ihm ihre wohlgeformten Beine und den flachen Bauch der Sonne darbot. Sie hatte Unmassen aschblonden Haares, das in der Sonne golden schimmerte, und schmale Füße, die in sauber manikürten, unlackierten Nägeln mündeten. Um den Hals trug sie an einem dünnen Silberkettchen ein Kruzifix. Sie blieb unbewegt liegen, während sich das Dienstmädchen entfernte und der schwergewichtige Mann sich einen Campingstuhl in den Schatten der Zypressen zog, die den Hof ihres Grundstücks umgaben, und ihm vorsichtig sein Gewicht anvertraute. Er trug an diesem Tag einen rötlichen Anzug mit gelben Tupfern und goldenen Knöpfen, Binder und Hemd waren silberfarbig.

Als sie nach mehr als einer Minute immer noch keinen Mucks von sich gegeben hatte, zog er einen dicken Umschlag aus der Innentasche seines Jacketts und beugte sich vor, um ihn ihr auf den Bauch zu legen. Da fing sie an zu lächeln. Ihre Zähne waren so weiß, daß sie auf dem Hintergrund ihrer schon von Natur aus bronzefarbenen Haut, die von der Sonne noch zusätzlich gebräunt war, fast bläulich schimmerten. Sie setzte sich auf, öffnete den Umschlag und blätterte mit ihren feingliedrigen Fingern die Banknoten durch, die er enthielt. Dabei fiel dem Reverend auf, daß ihre Augen, die sie hinter einer übergroßen rosagetönten Sonnenbrille verbarg, von blonden Wimpern umrahmt waren. Ihre Abstammung würde ihm wohl immer ein Rätsel bleiben.

»Fünftausend«, sagte er. »Natürlich hätte ich auch einen Boten mit dem Geld herschicken können, aber ich sehe Sie so gerne lächeln.«

»So ein Unsinn. Meine Titten und meinen Arsch sehen Sie gern. Sie wissen ja, daß ich um diese Zeit immer hier draußen am Pool liege. Aber haben Sie trotzdem schönen Dank.« Sie legte den Umschlag und die Banknoten auf einen Metalltisch, auf dem auch ihr Glas stand. Auf dem Boden welkten zwei, drei Eiswürfel dahin.

Nach Jahren intensiver Sprechausbildung hatte sie nur noch einen ganz schwachen Akzent. Abgesehen vielleicht von ihrem hispanisch klingenden Vornamen hätte man durchaus vermuten können, ihre Heimat seien die West- oder Südstaaten. Der Reverend wußte nur, daß sie von einem Mann in die USA geholt worden war, dessen Familie ein verbessertes Benzinpumpendesign an *General Motors* verkauft und es dadurch zu beträchlichem Wohlstand gebracht hatte. Carmen selbst stammte wohl aus Honduras, Guatemala oder irgendwo in der Gegend. Kurz nach den Flitterwochen war dieser Mann dann während einer Betriebsbesichtigung in Florenz von italienischen Marxisten gekidnappt worden. Obwohl die Familie das geforderte Lösegeld gezahlt hatte, war seine Leiche zwei Tage später aufgedunsen aus dem Arno gefischt worden. Er hinterließ Carmen sechzehn Millionen Dollar und zwei Häuser. Das andere stand auf Mackinac Island.

»Wo haben Sie denn Ihre Jungs heute gelassen?« fragte sie.

»Draußen. Hier kann mir ja nichts passieren.«

»Wer will Ihnen eigentlich ans Leder? Etwa ein enttäuschter Investor?«

»Sind Sie vielleicht enttäuscht?«

»Auf dem Tisch dort liegen fünftausend Dollar.«

»Vielleicht möchten Sie ja einen Teil davon zurückgeben«, sagte er, »und den Einsatz erhöhen?«

»Fragen Sie doch nächste Woche noch einmal nach. Ich erwarte nämlich am Montag einen Scheck. Meine Dividende aus den Ölgeschäften in Nova Scotia.«

Er schüttelte seinen schimmernden Kahlkopf. »Diese Reichen! Scheinen einfach nie Geld zu haben.«

»Brauchen sie ja auch nicht. Jedenfalls nicht das von der steuerpflichtigen Sorte.«

»Anders ist es bei denen, die ihr Geld im Musikgeschäft machen. Die müssen ständig Bares auftreiben. Ich kannte mal einen Mann, der hat mit einem einzigen Lied mehr Knete gemacht, als Sie besitzen. Aber immer, wenn der in ein Hotel wollte, mußte der nicht nur eine Risikoübernahmebescheinigung unterzeichnen, sondern gleich vorab blechen. Nur, weil er auf der Bühne lebende Mäuse verspeist hat.«

»Das Hotelpersonal ist aber auch sowas von unvernünftig.«

Als er sich wieder zurücklehnte, spreizten sich die Stuhlbeine unter seinem Gewicht. »Der Gabentisch ist gedeckt. Bis Mittwoch kann ich Ihnen noch die alten Kurswerte garantieren. Danach allerdings ...« Zweifelnd spreizte er die Hände.

»Passen Sie mal gut auf. Sie werden mir die vereinbarten Kurswerte einräumen, wann immer mir das paßt. Wenn die Steuerfahndung nämlich herausfindet, daß Sie Gewinne machen, sind Sie im Nu die Gemeinnützigkeit los. Und dann pflügen die Ihre Bücher bis zur Carter-Ära zurück durch.«

»Bei Ihnen aber auch. Es sei denn, natürlich, Sie haben das da angegeben.« Er deutete auf die fünftausend Dollar.

Sie nahm die Sonnenbrille ab. Im Vergleich zu ihren Wimpern war ihre Augenfarbe überraschend dunkel. »Wie viele Investoren hat Ihre Kirche eigentlich?«

»Ich ziehe es vor, diese Herrschaften als Spender zu bezeichnen.«

»Beantworten Sie meine Frage.«

»Sie sollten sie gar nicht stellen. Wenn Sie zum Beispiel eine Kapelle engagieren, die Ihnen gefällt, dann ist Ihnen doch auch egal, ob die ihre Instrumente in Julliard oder Joliet spielen gelernt haben.«

»Hören Sie mir endlich mit diesem Musikquatsch auf. Dafür sind Sie schon viel zu lange aus dem Geschäft. Für den Fall, daß ich herausfinden sollte, daß Sie mehr als hundert Prozent Ihrer Operation verkauft haben und mich aus den Investitionen von anderen auszahlen, dann passiert was. Die Regierung kann mich neppen, dafür ist sie da. Aber von einem abgewrackten Klampfenspieler mit rosa Bibel lasse ich mich nicht behumsen.«

Ihr Akzent war jetzt etwas deutlicher zu hören, aber ansonsten zeigte sie keinerlei Anzeichen von Zorn. Weder sprach sie lauter noch wurde ihre Ausdrucksweise unflätiger als sonst. Im Gegenteil, ihr Tonfall war vielleicht sogar noch eine Spur gleichmäßiger. Nur daß sie die Konsonanten verschluckte.

»Es mangelt Ihnen an Glauben«, meinte Sunsmith.

»Als Sie noch Ihre Tonleitern geübt haben, habe ich meinem Bruder schon geholfen, leichtgläubigen Touristen Wegweiser zu verborgenen Schätzen anzudrehen. Eine Betrügerin kann man nicht betrügen.«

»Ich hätte eigentlich gedacht, daß Sie vielleicht einen mißtrauischen Mann geheiratet hätten.«

»Was Frauen und Geschäft angeht, so hatte Marty da ziemlich moderne Ansichten. Er hat mir sozusagen ein Fußbad bereitet. Und nach seinem Tod war ich dann ziemlich fix mit allen Wassern gewaschen.«

Wasser genug hatte Marty ja auch gekriegt, dachte der Reverend. »Er brauchte Gott.«

Unwillkürlich griff sie an das Kruzifix, das sie um den Hals trug. »Er hatte Gott. Ich habe Gott auch. Da, wo ich herkomme, hat man Gott auch noch, wenn man gesehen hat, was die Priester in seinem Namen alles tun. Man hat ihn fürs ganze Leben.«

»Wenn Sie so denken, wundert es mich eigentlich, daß Sie überhaupt spenden.«

»Geschäft ist Geschäft. Auch das habe ich von Marty gelernt. Oder glauben Sie etwa, daß seine Familie ihre dreihundert Millionen Dollar gemacht hat, indem sie nur mit den Leuten Geschäfte unterhielt, die ihnen sympathisch waren?«

»Schwester Carmen«, murmelte er.

»Wie bitte?«

»Ich mußte nur gerade daran denken, wie gut Ihnen Gelb stehen würde. Können Sie eigentlich singen?«

»Wie eine Kreissäge. Jetzt soll ich mich wohl geschmeichelt fühlen, wie? Schließlich haben Sie mich soeben aufgefordert, Ihrem Harem beizutreten.«

»Der Chor singt für Gott. Ausschließlich für Gott.« Das war seine Kanzelstimme. »Ich diene dem Herrn. Er richtet alles. Sünden des Fleisches unter Seinem Dach sind Todsünden.«

»Heben Sie sich das für die Predigt auf.« Sie setzte die Brille wieder auf, schloß die Augen und reckte ihr Kinn der Sonne entgegen.

Einen Moment lang saß er regungslos da. Dann beugte er sich noch einmal vor und legte eine seiner Riesenpranken auf ihre eingeölten Schenkel. »Ich werde die Schwestern bitten, für Sie zu beten.«

Sie schlug die Augen auf und blickte erst auf seine Hand, dann sah sie ihm ins Gesicht. »Er ist auferstanden.«

Grinsend zog er seine Hand weg, stand auf und ging.

Zypressen schirmten das mehr als anderthalb Hektar große Grundstück in Bloomfield Hills auch gegen die Straße ab, auf der zwei Personenkraftwagen ihren Lack in der Sonne brutzeln ließen. In dem weiß-braunen *Buick Electra* saßen hinten zwei Männer aus der persönlichen Leibgarde des Reverend Sunsmith, davor stand ein cremefarbener *Lincoln Continental*, vorne hockten die beiden anderen Leibwächter, im Fond Paul Ledyard. Die Aircondition war nicht angestellt, und der Geruch von Achselschweiß, vermischt mit Rasierwasser, wehte dem Polizisten in seinen lavendelfarbenen Polstern scharf in die Nase. Das war beinahe so übel wie in den Umkleideräumen des Präsidiums.

Er kannte die Besitzerin des langgestreckten weißen Backsteinhauses, das sich hinter den Zypressen verbarg. Vor zwei Jahren hatte er einmal zusammen mit einem gewissen Lieutenant Wurmser zu Mrs. Thalberg fahren und sie bitten müssen, einen italienischen Staatsbürger zu identifizieren, dem subversive Tätigkeiten zur Last gelegt wurden und dem die Ausweisung drohte. Dieser Wurmser hatte nach der Entführung ihres Gatten den Kontakt mit den Behörden in Rom gehalten und war seither ganz scharf auf alles Italienische, jedenfalls wenn es ihn in die Nähe eines knackigen Höschens brachte. Natürlich konnte sie die Stimme des Abschiebehäftlings nicht als die des Entführers identifizieren, mit dem sie am Telefon über die Lösegeldforderungen verhandelt hatte. Aber Ledyard war beileibe nicht sauer über die Gelegenheit, die schöne Frau mit dem dunklen Teint, den hellen Haaren und dem aufregenden Gang eines Topmodels observieren zu dürfen. Üblicherweise sahen reiche Witwen auf Zeitungsfotos immer attraktiv aus, aber die Wirklichkeit pflegte gemeinhin deutlich hinterherzuhinken. Diese hier machte da eine Ausnahme. Er überlegte, ob der Reverend wohl was mit ihr am laufen hatte.

Aber da kam auch schon Bewegung ins Buschwerk zu beiden Seiten des plattenbelegten Weges, der zum Bürgersteig führte, und der gewaltige Mann zwängte sich leicht geduckt mit den Schultern zwischen durch. Augenblicklich sprang der Leibwächter hinter dem Steuer des *Lincoln* auf und riß ihm die Tür zum Fond auf. Sunsmith war nicht einmal fünfzehn Minuten drinnen gewesen; wenn die tatsächlich was miteinander hatten, war das einer von der ganz fixen Sorte. Als er sich in die Polster pflanzte, knarrten die Sprungfedern.

»Zur Kirche«, befahl er dem Fahrer.

Er blickte noch versonnen durch die getönten Fensterscheiben, während der *Lincoln*, den *Buick* im Schlepptau, bereits davonglitt. Sein rechter Arm ruhte auf dem Fenstersims, der riesige Diamant, der seinen kleinen Finger zierte, blitzte. In den sechs Tagen, die Ledyard jetzt den Babysitter für ihn spielte, hatte Sunsmith vielleicht drei Worte an den Beamten gerichtet. Einen guten Teil der Zeit hatten sie auf der Straße verbracht, waren durch ganz Detroit und praktisch alle Vororte gedüst, von einem Privathaus zum nächsten Büro. Nach zwei Tagen hatte Ledyard begonnen, sich die Adressen, die der Reverend aufsuchte, auf einem kleinen Abreißblock zu notieren. Er schrieb sie sich nach der Schicht aus dem Gedächtnis auf. Eigentlich wußte er selbst nicht genau, weshalb er das tat. Für alle Fälle wollte er aber an diesem Abend bei der Ablösung mit Sergeant Twill darüber sprechen.

7

Der Araber war die maßstabgetreue Nachbildung eines Erwachsenen, knapp über einsfünfzig groß, achtzig Pfund leicht. Sein mit Metallecken eingefaßtes Cowboyhemd und die braunen Cordhosen hatte er sich kurzerhand in der Kinderabteilung gekauft, und von hinten hätte er ohne weiteres als neun- oder zehnjähriger Junge durchgehen können. Sein Gesicht war lang und schmal geschnitten, er hatte einen Pompadour schwarzer Lockenpracht und eine klassische Nase, seine braune Gesichtshaut wirke wie von einem Holzwurm angefressen, so viele Pockennarben hatte er. Das Weiße seiner Augen war schmutziggelb. Später würde Roger aufgehen, daß er der erste Araber ohne Oberlippenbart war, den er je gesehen hatte.

Er stand hinter der Glastheke in seinem Spirituosenladen auf der Woodward Avenue und blickte seinen Kunden erst eine geraume Weile lang wortlos an, bevor er sich umdrehte und durch eine Tür mit der Aufschrift NUR FÜR ANGESTELLTE in die hinteren Gemächer trat. Mit einer Kopfbewegung wies er Roger an, ihm zu folgen.

Sie kamen in ein Lager, das fast bis zur spinnwebenüberwucherten Decke mit Kartons vollgestopft war, auf denen Seagram's, Jack Daniel's, Old Granddad und andere Schnapsnamen standen, die der junge Mann zum Teil noch nie gehört hatte. Auf einigen stand die Marke in fremden Buchstaben, die ihn an hebräische Schriftzeichen erinnerten; aber er war sich einigermaßen sicher, daß das nicht stimmte. Der ganze Raum roch nach Alkohol. Roger folgte dem Araber durch einen Bogen zu einer ausgetretenen Holztreppe; er mußte den Kopf einziehen, um ihn sich nicht an einer von einem Kabel herabhängenden Glühbirne anzustoßen, während der Araber zu voller Größe aufgerichtet darunter hindurchmarschieren konnte.

Im Keller standen noch viele, zumeist leere Kartons sowie ein wenig eleganter Stahlschreibtisch, der ehedem einmal in einer Tankstelle zu Hause gewesen war, auf der Platte stapelten sich Rechnungen und Quittungen in ordentliche Häufchen. Der Raum wurde von einer zweiten nackten Glühbirne beleuchtet. Ein Fenster, das direkt zur Straße ging, war übermalt worden.

Ein vorsintflutlicher Ölbrenner aus grauem Stahlblech, aus dem grobe Rohre wie Fahrradspeichen herausragten, füllte fast die ganze Mitte des Kellerraumes aus. Der Araber bückte sich und zerrte zwischen dem Ofen und einem mindestens ebenso hinterwäldlerischen Boiler einen Four-Roses-Karton hervor, dem er ein paar mit rosarotem Kosmolin beschmierte Pergaminbündel entnahm. Die legte er nebeneinander auf die Schreibtischplatte.

Roger meinte: »Wenn der Ofen aber mal durchdreht, geht das ganze Haus hoch.«

»Seit mir die Bude hier gehört, hat der noch kein einzigesmal funktioniert«, beruhigte ihn der Araber. »Aber davon mal abgesehen, habe ich hier keine Munition. Die mußt du dir sowieso woanders besorgen.«

Roger klaubte einen öltriefenden Lumpen vom verrosteten Steuerschalter des Ofens und packte die Bündel damit aus. Sie enthielten je einen kurzläufigen .44 Magnum von Smith & Wesson, eine Polizeidienstwaffe, Kaliber 38, deren Griff so schmal war, daß er gut in eine Frauenhand paßte, und einen vernickelten .22 *High Standard*, der ihm nicht so zusagte, weil er einschüssig war und man ihn nach jedem Schuß wie eine Flinte knicken mußte, um eine neue Patrone einsetzen zu können. Ein klobiges Bündel, das der Länge nach zu urteilen nur einen Colt *Python* enthalten konnte, ignorierte er gleich ganz, der war zu groß, und wickelte dann einen .22 *Woodsman* aus. Es handelte sich um das Scheibenmodell.

»Das ist ein ganz altes Modell«, erklärte der Araber. »Selbst bei Sammlern alter Waffen findet man so ein Stück nur alle Jubeljahre einmal. Ich hab' ihn noch in der Originalverpackung erhalten, stammt aus den unverkauften Lagerbeständen eines Typen aus Mexiko. Ich habe seiner Witwe den ganzen Schrott abgedealt. Auf seinem Nachruf war die Tinte noch nicht ganz trocken.«

»Einer mit Vergangenheit kommt mir nicht in die Tüte!« Während Roger mit einer weit ausholenden Geste seines rechten Armes seinem Befremden Ausdruck verlieh, entdeckte er in einer Ecke des übermalten Fensters eine fette braune Spinne, die in ihr Netz gekuschelt der Dinge harrte, die da auf sie zukamen.

»Ich hab doch gesagt, daß er noch originalverpackt war. Macht dreihundertfuffzig.«

»So 'n Scheiß. In der Stadt würde ich den für 'n Hunni kriegen.«

»Nur zu. Bestimmmt findest du bei irgendeinem Nigger auf der Michigan Avenue ein ganz preisgünstiges Sonderangebot. Nur daß die Knarre dann ein paar Raubüberfälle auf dem Buckel hat und vielleicht auf den Sterling Heights noch den einen oder anderen Hehler umgenietet. Da kannst du gleich ein Stückchen Dynamit mit brennender Lunte mit dir rumschleppen und warten, bis dich die Bullen filzen. Pfandhaus wäre vielleicht auch keine schlechte Idee. Schön alle Papierchen unterschreiben. Damit die Cops dann gleich die Spur direkt bis in deine Hosentasche zurückverfolgen können. Noch nie hab ich jemandem 'ne Knarre mit Stammbaum angedreht.«

»Logo, das würde ich auch sagen, wenn ich mal eben die schnelle Mark abziehen wollte. Dreihundertfünfzig!«

»Mann, glaub doch bloß nicht, daß ich dir hier überhaupt was verkaufen muß. Wer ist denn schließlich hier angedackelt gekommen?«

»Dreihundert.«

»Leg die Knarre weg. Ich mach das jetzt seit neun Jahren. Habe noch beide Arme und Beine. Und piepsen tu ich auch noch nicht. Und was sagt uns das? Ich will dir sagen, was uns das sagt: Das sagt uns, daß ich in der ganzen Zeit noch keinen einzigen Kunden behumst hab'. Aber feilschen tu ich auch nicht. Dreihundertfünfzig habe ich gesagt. Und damit basta.«

Roger legte die Waffe auf den Schreibtisch zurück und blätterte sieben Fünfzigdollarnoten von dem dicken Geldscheinbündel ab, das er in der Jeanstasche hatte. Der Araber schob sich das Geld in die Brusttasche seines Cowboyhemdes. »Ich hol' dir noch ne Tüte«, meinte er zum Abschied.

Wieder in seiner Wohnung in Royal Oak, ging Roger an die Anrichte im Schlafzimmer, nahm Hemden und Unterhosen raus, hob den zweiten Boden an und verstaute den Colt und ein Kistchen zweiundzwanziger Patronen, das er sich unterwegs noch besorgt hatte. Bevor er den Deckel wieder korrekt auflegte, nahm er noch eine unbeschriftete Videokassette aus dem Versteck. Er ging damit in sein kleines Wohnzimmer hinüber und legte sie in den Videorecorder ein, den er sich in einem Schuppen in Birmingham geleast hatte.

»Ein Pakt ist es und keine Petition, und nicht mit euren Mitbürgern wurde er geschlossen, dieser Pakt, sondern mit dem Teufel, und FBBLSD steht nicht für Freie Bürger begehren legale Spielkasinos in Detroit, sondern für: Festigt den Bruderbund mit Luzifer, Satan und Dämonen.«

Er hockte sich im Schneidersitz auf ein Kissen, Ellbogen auf den Knien, das Kinn auf die Fäuste gestützt – in derselben Haltung hatte er mit acht auch immer *Hawaii Five–O* geguckt –, und ließ den riesigen Schwarzen mit dem Basketballkopf nicht aus den Augen, der unten am Fluß auf irgendwelche Einweihungsfeierlichkeiten zustolzierte. Seine weiße Satinrobe schimmerte im Sonnenschein. Das Open-Air-Spektakel war am vorigen Abend in den Sechs-Uhr-Nachrichten gekommen, und Roger hatte die Sendung aufgezeichnet. Wie der Reverend aussah, wußte er ganz genau, es ging ihm nur darum, die Sicherheitsvorkehrungen zu erkunden, die er nach dem Mordanschlag vom vergangenen Sonntag getroffen hatte.

Die vier breitschultrigen Leibwächter in ihren blauen Anzügen bildeten farblich einen hübschen Kontrast zu den in Gelb gewandeten Schwestern auf der anderen Seite der Plattform. Und dann war da noch ein geringfügig kleinerer Schwarzer in einem braunem Popelinejackett, der bei den Männern saß. Ganz offensichtlich ein Polizist in Zivil. Als die Kamera kurz über die begeisterte Menschenmenge schwenkte, die im Rhythmus von »Jesus Loves Me« schunkelte, machte Roger noch vier weitere Männer aus, die trotz der Bullenhitze Jacketts anhatten. Bei zweien von ihnen konnte er ganz genau erkennen, daß sie Sprechfunkgeräte bei sich hatten.

Die Cops waren wieder mal blöder als die Polizei erlaubt. Alle Naselang bereiteten die sich auf ein Attentat vor, das bereits stattgefunden hatte. Wenn einmal ein Mordanschlag mitten in der Öffentlichkeit versucht worden war, gingen die allem Anschein nach felsenfest davon aus, daß es beim nächsten Mal wieder genauso sein würde. Zu was anderem reichte bei denen offenbar die Fantasie nicht.

Roger war gerade dabei, die Kassette zurückzuspulen, als das Telefon klingelte.

»Roger? Hier ist Mercer.«

Einen kleinen Moment lang fragte er sich, ob das wohl mit rechten Dingen zugehen konnte: Vor wenigen Sekunden hatte er sie gerade noch im Fernsehen gesehen, wie sie mit den anderen im Chor geträllert hatte, und jetzt hatte er sie an der Strippe. Dann sagte er: »Hallo, Liebes«, und hielt die Kassette an. Auf dem Bildschirm flimmerte der Reverend in Nahaufnahme. Mit offenem Mund und pathetisch erhobenen Armen, unter den Ärmeln seiner Robe blitzten rubinbesetzte Manschettenknöpfe hervor. Über seiner breiten Taille ringelte sich ein flirrender Streifen.

»Ich habe mit ihm gesprochen.«

»Mit wem?«

»Na, mit wem wohl. Mit ihm natürlich! Er ist bereit, dich morgen früh im Anschluß an den ersten Gottesdienst zu empfangen.«

Roger blickte in die schwarzen Augen, die ihm auf dem Bildschirm entgegenstarrten. »Allein?«

»So allein, wie das unter den gegebenen Umständen möglich ist.«

»In Ordnung«, sagte er. »Dank dir, Süße.«

Mercer zögerte einen Moment, bevor sie fragte: »Sehe ich dich heute abend?«

»Heute abend? Klar. Aber es wird eine kurze Nacht.«

»Natürlich. Du mußt ja früh aufstehen.«

Roger versprach ihr, um sieben bei ihr vorbeizukommen, dann legten beide auf. Er ließ die Kassette wieder laufen.

»Es ist ein Pakt und keine Petition. Und nicht mit euren Nachbarn wurde er geschlossen, dieser Pakt, sondern mit dem Teufel...«

Macklin stand auf der Fußgängerbrücke über die Grand River Avenue. Er war nichts als ein dunkler Schemen vor dem Hintergrund eines malvenfarbigen Himmels und fühlte sich winzig klein und verwundbar. In Schlepptau ihrer Scheinwerfer huschten die Fahrzeuge unter ihm vorbei. Typisch Leibwächter, sich in aller Öffentlichkeit zu verabreden, wo keine der beiden Parteien über Standortvorteile verfügt. Im Osten ragten die Silhouetten der City in den Horizont.

Von den Gebäuden der 20er und 30er Jahre, von denen viele mit kleinen Türmen verziert waren, waren nur die beleuchteten Fenster zu sehen, sie bildeten pyramidenartige Figuren. Die lichtreflektierenden Glasfassaden der neueren Häuser, klotzig und flach, wirkten dagegen nebeneinander fast wie Geisterbuchstaben auf einem Monitor. Und westlich kuschelten sich die Einfamilienhäuser und Kramläden der Vororte in die Pflaster. Illuminierte Grabmäler auf dem riesigen Friedhof des letzten Drittels des zwanzigsten Jahrhunderts.

In letzter Zeit konnte er nur noch in Begriffen denken, die mit dem Tod zusammenhingen; ein untrügliches Zeichen dafür, daß er schon zu lange in seiner Branche tätig war. Zum erstenmal in seiner Berufstätigkeit ging es für ihn um mehr als einfach um den Job. Selbst wenn er den Präsidenten im Fernsehen sah, kam ihm sofort in den Sinn, daß es ein Kinderspiel wäre, ihm mit einem mit Zielfernrohr ausgestatteten Gewehr das Hirn wegzupusten – da konnte der ruhig drei seiner vielgepriesenen kugelsicheren Westen übereinander tragen – und schon über alle Berge zu sein, bevor der Geheimdienst auch nur reagieren konnte. Immer wenn die Wissenschaft mit einem neuen Sieg über den Tod an die Öffentlichkeit trat, suchte er nur noch nach Möglichkeiten, diese Schlappe wettzumachen. Ob Zimmermänner in ihrer Freizeit wohl auch nichts anderes zu tun hatten, als die Maserungen der Bäume zu studieren, fragte er sich. Und wenn ja: ob ihnen das nicht auch komisch vorkam, wenn sie es taten.

Unter seinen Füßen begann sich der Fußgängerüberweg ganz leicht zu bewegen. Irgend jemand war die Treppe hochgekommen, und zwar jemand reichlich Schwergewichtiges. Macklin vergewisserte sich, das sein *Shooting Master* immer noch im Gürtelhalfter steckte, das er unter dem Jackett verborgen trug. Er hatte nur bei der Arbeit eine Waffe bei sich. Oder wenn er sich zum Beispiel an einem Fußgängerüberweg über einer belebten Straße verabredet hatte.

In zehn Metern Entfernung schob sich die Kontur eines Mannes grobklotzig vor die Silhouette am Horizont. Er war schwarz gekleidet, und nur der Teil seines weißen Oberhemdes, der zwischen den Jackettrevers zu sehen war, schimmerte gespenstisch in der Form eines großen V. Mit dem merkwürdig graziösen Gang eines Olympiaskifahrers oder Berufsringers kam er auf Macklin zu.

»Die brauchst du nicht, Gordy.« Macklin deutete auf die große Waffe, die der Mann in seiner riesigen Pranke verbarg.

Gordy blieb stehen, behielt die Waffe aber in der Hand. »Was sollte denn das mit dem Foto?« fragte er.

»Wenn ich dir eine andere Einladung geschickt hätte, wärst du wohl kaum zu diesem Treffen gekommen.«

»Auch so hätte ich es fast nicht getan. Du weißt ja selbst, daß Mr. Maggiores Telefone alle abgehört werden.«

»Deshalb wollte ich ja, daß du mich von einer Zelle aus anrufst. Ist dir jemand gefolgt?«

»Einer. Den habe ich aber auf der Woodward Avenue abgehängt. Also, was gibt's?«

»Ich habe den Auftrag, deinen Boss umzulegen.«

»Das habe ich mir schon zusammengereimt. Mußt mich nicht für blöd halten, bloß weil ich so groß bin.«

»Geschäft, du weißt ja, wie das so ist. Dein Boss hat damit begonnen, als er Boniface zum Abschuß freigegeben hat.«

»Also arbeitest du tatsächlich für Boniface. Na, das habe ich mir auch schon gedacht.«

»Und da du meine Arbeitsmethoden kennst, mußte dir eigentlich auch klar sein, daß Maggiore so gut wie tot ist.«

»Vertu dich nicht, das ist ein harter Brocken. Nicht so ein New Yorker Milchbubi aus der Managerakademie. Der mußte sich noch Stück für Stück aus eigener Kraft hochboxen. Aber das weißt du ja. Und vermutlich wolltest du mich gerade deshalb unbedingt treffen. Nur zu, schlag mich nieder, dann hast du freie Bahn.«

»Gordy, hör mal zu. Wenn ich das vorhätte, wärst du doch gar nicht heil die Stufen hier hochgekommen. Du hast mir ein paarmal aus der Patsche geholfen, als wir noch im selben Team waren. Und deshalb, finde ich, bin ich es dir schuldig, daß du wenigstens die Chance hast, dich rechtzeitig zu verpissen. Also geh nicht zu ihm zurück. Laß deine Klamotten da und mach dich vom Acker.«

»Du willst doch nicht etwa behaupten, daß du mich herzitiert hast, nur um mir das zu sagen. So ein Quatsch.«

»Wenn du bei ihm bleibst, ballere ich euch beide ab.«

Das fahle Licht verwandelte Gordys vernarbte Augenbraue, seine Wangen und das stoppelige Kinn in bleiche Rechtecke. »Ich bin Leibwächter. Meine Aufgabe ist es, seinen Leib zu bewachen. Folglich muß du uns beide erschießen, wenn du an ihn ran willst. Ich glaube, mehr haben wir uns nicht zu sagen.«

»Da hast du vermutlich recht.«

»Die Frage ist nur, ob ich so, wie ich hergekommen bin, von hier wegkomme, oder ob da vielleicht noch ein Fitzelchen Metall hinzukommt.«

»Gordy, so gut müßtest du mich eigentlich kennen.«

»Woher sollte ich dich kennen.«

Macklin seufzte, hob die Hände und verschränkte sie im Nacken. Gordy hielt seine Waffe in Taillenhöhe, streckte einen Arm aus, der nicht weniger lang war als Macklins Bein, tastete ihn ab, nahm ihm den achtunddreißiger Colt nebst Clip ab und befestigte ihn an seinem Gürtel. Dann tastete er weiter, bis zu den Fußgelenken. Schließlich richtete er sich wieder auf.

»Ich laß den unten an der Treppe liegen. Du würdest ja sowieso nur losrennen und dir einen neuen besorgen.«

»Beim nächstenmal schieße ich. Tut mir leid, Gordy.«

Der große Mann spannte seine Finger um den Abzug der Waffe, die er immer noch in der Hand hielt. »Und wenn ich dich jetzt auf der Stelle umlege?«

»Du wirst es nicht tun.«

»Woher willst du das wissen?«

»Es gibt da ganz weit im Osten ein Krankenhaus. Dort liegt ein Mann im Koma. Und jeden Monat kriegt er einen Anruf aus Detroit.«

»Wo hast du das her?«

»Ich mache eben fleißig meine Hausaufgaben.«

»Scheiß drauf«, meinte Gordy, drehte sich um und ging auf die Treppe zu. Solange er die Fußgängerüberführung mit seinem Gewicht belastete, schaukelte sie ganz sanft.

Macklin wartete und beobachtete, wie sich der Verkehr jetzt, gegen Ende des Berufsverkehrs, etwas lichtete. Er war sich nicht hundertprozentig sicher, ob sich Gordy seinen humanitären Impuls nicht noch einmal überlegen würde und ihn vielleicht doch noch abknallte, wenn er die Treppe hinunterkam. Macklin hätte zu gerne gewußt, ob das Urvieh tatsächlich glaubte, daß er ihn nur hatte kommen lassen, um ihn zu überreden, aus der Schußlinie zu bleiben.

Als der Killer meinte, es sei an der Zeit, die Brücke zu verlassen, war er zu dem Schluß gekommen, daß er es wirklich glaubte. Gordy war zwar ziemlich fix im Kopf, aber seine Gehirnwindungen waren nicht so verschlungen. Um nur ein Beispiel zu nennen: Als Macklin am Fuße der Treppe angelangt war, lag sein Colt im Clip da.

8

»Du hättest ihn töten sollen, als du die Chance dazu hattest.«

Dampf verwischte die Konturen von Charles Maggiores leicht schlagseitigem Oberkörper. Der gemessen an seinem Alter noch ziemlich muskulöse Mann saß nackt auf einer Holzbank in der Sauna, die er sich im früheren Gästebad eingerichtet hatte. Nur daß er ein jeglicher körperlichen Ertüchtigung trotzendes Fettpolster um die Taille hatte, und eben den üblen Buckel auf der linken Schulter, über den sich die Haut straff spannte. Er war am ganzen Körper braungebrannt, bis auf einen bleichen Streifen um die Hüften herum und eine krumme, zehn Zentimeter lange weiße Narbe am Oberbauch, die er einem Attentat zu verdanken hatte, bei dem ihm eine Kugel ins Fleisch gedrungen war. Aber man hätte sie ohne weiteres für eine Blinddarmnarbe halten können.

»Das ist nicht mein Job, dafür haben Sie andere Leute. Das haben wir doch gleich klargestellt, als ich bei Ihnen angefangen habe.« Gordy stand schwitzend auf den Fliesen, sein schwarzer Anzug war womöglich noch dunkler als sonst. Aber er machte keinerlei Anstalten, sich den Schweiß abzuwischen oder auf eine andere Art kundzutun, daß ihm warm war. »Was ich mir nur nicht so recht zusammenreimen kann, ist, weshalb er mir das alles überhaupt erzählt hat. Nur damit er mich nicht umlegen muß, um an Sie ranzukommen? Kann ich mir kaum vorstellen.»

»Kannst du nicht?«

Gordy wartete vergeblich darauf, daß der blonde Sizilianer seine Frage selbst beantwortete. »Was haben Sie also vor?«

»Ich mach jetzt meine Sauna fertig und hau' mich dann etwas hin. Und du siehst zu, daß du Phil Constable an die Strippe kriegst. Sag ihm, daß ich bessere Leute brauche. Die beiden Fluffis haben da einen ziemlichen Scheiß aufs Parkett gelegte mit Boniface.«

»Wir haben Samstagabend. Kann mir kaum vorstellen, daß er da im Büro ist.«

»Ist mir doch wurscht. Dann ruf ihn halt zu Hause an oder wo der sonst rumhängen mag. Und sag ihm, daß ich diesen Fettkloß bis morgen früh auf einem silbernen Tablett haben will. Anderenfalls ist er selbst dran. Daß du nicht vom Haus aus telefonieren kannst, muß ich dir ja wohl nicht extra sagen.«

»Davon wird sich Macklin auch nicht abhalten lassen. Der würde Sie einfach umlegen, um zu gucken, wie sich Ihre Augen verdrehen.«

»Um Macklin kümmern wir uns beide. Ich, weil er es auf mich abgesehen hat, und du, weil ich dich dafür bezahle, daß du dich um derartige Dinge kümmerst. Aber in der Zwischenzeit werd' ich doch den Laden nicht dicht machen. Bloß weil ich im Moment als Sonderangebot gehandelt werde. Wäre ja nicht das erstemal.«

»Sonst noch was?«

»Mhm. Leg mir die grüne Decke raus und sorg dafür, daß die Sieben-Millimeter gereinigt und geputzt ist.«

»Sie ist aber nicht eingetragen. Wenn das FBI Sie damit erwischt, setzen die sich mit den lokalen Polizeibehörden in Verbindung. Und während Sie ein Jahr für unerlaubten Waffenbesitz absitzen, schustern die aus all den anderen Anklagen ein wasserdichtes Verfahren gegen Sie zusammen.«

»Dafür habe ich meine Anwälte, daß die mir sowas sagen. Nur: Wenn Macklin an dir vorbeikommt, sind die alle samt meiner Asche einen feuchten Kehricht wert. Ach ja, und Gordy?«

»Mhm?«

»Sag mal, in dem Anzug mußt du doch wie der Teufel schwitzen.«

»Im Ring war's heißer.«

Von jeder Augenwimper baumelte Maggiore ein Schweißtröpfchen hinab. Er sah seinen Leibwächter wie durch ein Prisma. »Bist du eigentlich ganz sicher, daß du nicht doch sizilianischer Abstammung bist? Vielleicht mütterlicherseits vor ein paar Generationen?«

»Nää. Weit und breit nichts als Franzosen und Ungarn.«

Maggiore erinnerte ihn noch einmal an den Anruf.

Als Maggiore später in seiner Garderobe vor dem mannshohen Spiegel stand und sich in seinem funkelnagelneuen limonengelben Blazer betrachtete, suchte er nach irgendwelchen Anzeichen, die verraten konnten, daß er bewaffnet war. Fand aber keine.

Schneider, die Jacketts zuwege brachten, unter denen man einen Revolver verbergen konnte, wurden allmählich Mangelware. Kein Wunder. Die meisten Geschäftsleute seines Kalibers stellten lieber extra Leute dafür an, daß sie an ihrer Statt Waffen trugen. Übers Jahr würden einige von ihnen tot sein. Frisch von der Managerakademie, bildeten die sich ein, sie seien in einem gesitteten Gewerbe tätig, bloß weil sie Krokoledergürtel trugen und in der Mittagspause ihre bildhübschen Sekretärinnen bumsten. Dabei hing das Geschäft seit jeher von Zuhältern, Nutten und den kleinen Junkies ab, und eine Kugel war nach wie vor das effektivste Mittel, die Verhältnisse in der Hackordnung zum Tanzen zu bringen.

Warum alle immer unbedingt höher hinaus wollten, würde er nie kapieren. Wenn die Beamten des FBI mal gerade nicht mit ihm kooperierten, schimpften sie ihn Verbrecherboß und kriegten heiße Höschen bei der Vorstellung, ihn in Handschellen vor die Fernsehkameras der Sechs-Uhr-Nachrichten zu schleppen. Die Heckenschützen waren zumeist so Fluffis wie die beiden Junkies, die den Anschlag auf Boniface vermasselt hatten. Und wenn man schon mal einen Profi auftrieb, konnte man fest damit rechnen, daß dem über kurz oder lang die Sicherungen durchknallten. Das Geschäft bestand aus so Fritzen wie Constable auf der einen Seite und den Macklins auf der anderen. Leute wie Maggiore saßen zwischen den Stühlen, mit entblößten Flanken. Zu all dem üblichen Gehupe mit den Gewerkschaften und Aktionären nun auch das noch. Die Aktionäre waren in diesem Fall übrigens die Dinosaurier aus New York und Vegas, die sich auch nach den Anschlägen auf Dutch Schultz und Bugsy Siegel nicht entblödeten, kleinkrämerisch ihre Gewinne und Verluste auszupusseln. Wenn es um die Wurst ging, konnte man sich im Grunde nur auf schlanke Sieben-Millimeter und gute Schneider verlassen. Und die zu finden, wurde immer schwieriger.

Macklin hockte gegenüber von Maggiores Villa in einem Wagen und war heilfroh, als Gordy endlich das Haus verließ, um zu telefonieren. Da sich seine technischen Kentnisse in einem bescheidenen Rahmen bewegten, war es ihm an diesem Abend gerade mal gelungen einen roten Nissan kurzzuschließen. Und wie das so ist bei diesen ausländischen Automarken: Die Sitzpolster sind für blutjunge Kerle mit strapazierfähiger Rückenmuskulatur konstruiert.

Alleine verließ Gordy das Haus nur, um für seinen Chef Telefonate zu erledigen, die er von dem angezapften Anschluß aus besser nicht führte. Sein Treffen mit Macklin war eine ganz besondere Ausnahme gewesen. In den Monaten, in denen Macklin die Akte Maggiore zusammengestellt hatte, war er Gordy verschiedentlich bei derartigen Botengängen gefolgt und wußte daher, daß er eine bestimmte Telefonzelle in der Lobby eines Restaurants mitten in Grosse Pointe bevorzugte. Hin und zurück war das ein Weg von zwanzig Minuten. Das Gespräch selbst würde nicht länger als fünf Minuten dauern, denn eine Plaudertasche war Gordy nun nicht gerade. Trotzdem war die Zeit mehr als ausreichend.

Er ging davon aus, daß Maggiore sich zusammenreimen konnte, was er damit bezweckt hatte, Gordy von seinen Plänen zu erzählen.

Der Sizilianer war ein byzantinischer Denker, immerzu am überlegen, ob die Erbse, die er eben noch unter der rechten Walnußschale erspäht hatte, jetzt unter der linken war, oder aber ob vielleicht der Spielleiter damit rechnete, daß er so denken würde, und sie deshalb extra wieder unter die Linke geschummelt hatte. Möglich auch, daß der Spielleiter sich ausrechnete, daß der Spieler genau das vorhersah, und er die Erbse gerade deshalb wieder unter der rechten verschwinden ließ. Weil das dem Spieler wiederum zu simpel erscheinen mußte. Wenn eine Person A die Person B umbringen will, indem er die Person B dazu bewegt, ihren Leibwächter aus dem Haus gehen zu lassen, ist B am besten damit beraten, mitzuspielen und A eine Falle zu stellen. Es sei denn, beschloß Macklin seine verwinkelten Überlegungen, A erwartete genau das. Wenn er es recht bedachte, war verglichen mit einem Stück Routinearbeit in seinem Job manchmal sogar die Steuererklärung ein Kinderspiel.

Da war das FBI schon leichter zu durchschauen. Zur Feier des Tages hatten sie den Windelservice durch einen Lieferwagen ohne Reklameschilder ersetzt. Er hatte statt dessen einen blitzbunten Sonnenuntergang auf der Heckscheibe prangen und stand zwei Parklücken weiter direkt vor der Villa unter einer Straßenlaterne. Einmal, weil deren Licht für die Kameras günstig war, und dann auch, weil die Insassen des Wagens angewiesen waren, die Gäste des Hauses zu beobachten. Von ungebetenen Eindringlingen war in der Anweisung keine Rede gewesen. Macklin ließ den Nissan an, fuhr um den Sonnenuntergang herum und parkte seinen Wagen in einer weniger beleuchteten Seitenstraße nördlich von Maggiores Villa. Er stieg aus und machte einen leichtfüßigen Satz über das Mäuerchen, zum Grundstück. Dabei drückte ihn der Revolverkolben ein bißchen, aber er störte sich nicht weiter. Auf diese Weise wurde er wenigstens von den Schmerzen abgelenkt, die allmählich anfingen, ihm die Lendenwirbelsäule hochzukriechen.

Als Pontier auftauchte, hockte Sergeant Lovelady ein bißchen abseits von den uniformierten Polizisten in ihren kurzärmligen Hemden, die mit untergehakten Armen eine Absperrung gegen eine nicht vorhandene Menschenmenge bildeten, im Gras. Samstag abends verirrt sich keine Menschenseele nach Belle Isle, nicht einmal bei so schönem Wetter. Als Lovelady seinen Vorgesetzten auf sich zukommen sah, rappelte er sich mit jener besonderen Grazie auf, die wohlbeleibten Männern überall auf der Welt eigen ist, klopfte sich mit den Händen das Gras von seinem gelben Sakko und strich sich die Hosen glatt. Pontier war salopper gekleidet, er trug eine blaue Windjacke, Jeans und Joggingschuhe.

»Tut mir leid, Inspektor«, meinte der Sergeant. »Aber Sie haben ausdrücklich gesagt, ich solle Sie benachrichtigen, wenn es in der Sache etwas Neues gibt.«

»Dann habe ich es wohl auch so gemeint. Wer hat sie gefunden?«

»Ein Jugendlicher, hat nach Karpfen gedümpelt. Hat sie wohl für ein Floß gehalten, ist ins Wasser gewatet und hat sie rausgezogen, und dann erst den Geruch bemerkt. Am Ufer hat er sich dann richtig ausgekotzt.«

»Das guck ich mir später an. Ist er noch da?«

»Ich habe ihn heimgeschickt. Er hätte schon längst zu Hause sein müssen. Aber ich habe mir die Telefonnumer seiner Eltern geben lassen und seine Aussage.« Er tastete mit der Hand seine rechte Gesäßtasche ab, in der sich neben dem ganzen Sergeant Lovelady ein Notizbuch wölbte.

»Wie lange war sie im Wasser?«

»Dem Gestank nach zu urteilen vielleicht ein Woche. Die Gerichtsmedizin ist auch schon da. Ich vermute, sie hat sich im Schilf verheddert. Da im Wasser schimmeln bestimmt noch jede Menge Wagen vor sich hin, mit Leichen aus den Bandenkriegen der Prohibition. Vielleicht ist sie in der Gegend um die Ufer des St. Clair ins Wasser geworfen worden. Wenn sie viel weiter getrieben wäre, hätte sie vermutlich schon früher jemand gefunden.«

»Hätte, hätte! Na ja, dann wollen wir sie uns mal angucken.«

»Machen Sie sich auf was gefaßt«, warnte der Sergeant.

Die Leiche lag auf dem ausgebreiteten schwarzen Gummisack der Spurensicherung. Schwarz, nackt und schon dick vor dem Aufdunsen, ruhte sie wie ein riesiger Ballon mit aufgeblähtem Bauch und Brüsten auf der Böschung, die Augen verloren in windbeutelartigen schwarzen Hautpuffern. In den sterblichen Überresten eines kurzgeschnittenen Afro, mit soviel Henna gefärbt, daß er fast orange war, klumpten sich grüne Algen. Vor dem Hintergrund der spiegelglatten Oberfläche des Lake St. Clair und den Lichtern Detroits, die sich dahinter auf dem Festland tummelten, wirkte der Frauenkörper im grellen Licht der Taschenlampen fast widernatürlich. Der Gestank schien mit den Händen greifbar zu sein, wie ein Lebewesen, das sich in der windstillen Luft krümmte. Viele der uniformierten Polizisten rauchten. Der Tabak wirkte wie ein Desinfektionsmittel.

»Die Gerichtsmedizin« entpuppte sich als eine junge Frau mit einer riesigen Bille und sandig blondem Haar, das sie an den Schläfen und im Nacken kurzgeschnitten hatte und das ihr wie eine Nelke in die Stirn fiel. Sie trug Sandalen, Cordhosen und darüber ein graues Männerhemd. Ihre Instrumente hatte sie bereits wieder in der schwarzen Werkzeugkiste verstaut, und da stand sie nun, ein Fuß auf der Kiste, in der Hand eine brennende Zigarette. Lovelady stellte sie Pontier als Dr. Langan vor.

»In der Schädelbasis ist ein Loch, das von einer kleinkalibrigen Kugel stammen könnte«, begann sie ohne größere Vorrede. »Wenn dem so ist, traf das Geschoß genau die Schnittstelle zwischen Rükkenmark und Gehirn.«

»Also die Medulla oblongata«, sagte Pontier.

Das medizinische Fachwissen des Inspektors schien sie zu verblüffen. »Genau. Vermutlich treffe ich noch auf eine ganze Reihe anderer möglicher Todesursachen, wenn ich sie erst einmal unter dem Messer habe, aber dieses Loch ist für einen Hirntod mehr als ausreichend, jedenfalls wenn es tatsächlich so tief ist, wie es aussieht. Ob ihre Lungen noch intakt waren, als sie mit dem Wasser in Kontakt kam, wird sich herausstellen, wenn ich weiß, wieviel Wasser drin ist.«

»Zeigen Sie ihm doch bitte, was Sie sonst noch gefunden haben«, bat Lovelady.

Aus ihrer Hemdtaschse zog Dr. Logan ein schmales Goldkettchen mit einem winzigen glitzernden Etwas dran. Pontier betrachtete sich das Kruzifix. »Die Kette hatte sich in einer Nackenfalte verborgen. Deshalb muß sie dem Killer wohl auch entgangen sein, als er sie entkleidete.«

»Das ist genau so ein Ding, wie sie die Schwestern in Sunsmiths Chor auch tragen«, erklärte Lovelady. »Deshalb habe ich Sie auch angerufen.«

Der Inspektor hielt den Anhänger und die Kette in der Hand und blickte versonnen auf die Leiche zu seinen Füßen. »Schwester Vernal, es war mir eine ausgesprochene Freude, Sie kennengelernt zu haben.«

»Was meinen Sie: Ob wohl Schwester Lucinda die auf dem Gewissen hat?« fragte Lovelady.

»Weiß nicht. Bei dem Attentat auf Sunsmith hat sie einen Achtunddreißiger verwendet.«

»Das mit der Kugel war nur ein Schuß ins Blaue«, sagte Dr.

Langan. »Das Loch kann ebenso gut von einer Ahle oder einem Eispickel stammen.«

»Danke, Doc. Ich darf doch Doc zu Ihnen sagen?«

»Von mir aus. Solange Sie mich nicht Mausi nennen ...«

Die beiden Poizeibeamten flohen aus dem Dunstkreis des Leichengestanks.

»Eispickel, so ein Quatsch!« schnaubte Lovelady. »Wo soll man denn sowas heutzutage auftreiben. Ich glaube, ich habe mit zwölf den letzten in einer schrammeligen Eisenwarenhandlung gesehen.«

Pontier bat ihn, den Anhänger zu den anderen Beweisstücken in die Tüte für die Spurensicherung zu stecken. »Wenn das hier tatsächlich Caroline Vetters verbrochen hat, dann ist es sogar noch unwahrscheinlicher. Paßt gar nicht zu ihr. Die nahm sich einfach eine Knarre und ballerte los, wie bei Reverend Sunsmith. Wir leiten die Fahndung ein. Sie besorgen sich die Akten von allen unseren Killern, und stellen denen ein paar Fragen.«

»Etwa von ganz Detroit?«

»Detroit, Birmingham, Southfield, flußabwärts, die Pointes ... Na, gucken Sie eben auf die Karte. Alles, was zwei Beine hat und für Geld tötet, will ich sprechen.«

»Mein Gott, ich werde in zwei Monaten pensioniert.«

»Bei den Leuten, die den Dienst verweigern, geht's sogar noch schneller, Sergeant.«

»Ist ja schon gut.«

Die Alarmanlage war ein Witz. Wie üblich. Macklin setzte sie mit einer Münze außer Gefecht, stemmte die Glastüren auf, die vom Pool aus ins Haus führten, und schon stand er im Flur vor der Bibliothek und ließ seinen Augen Zeit, sich an die im Hause herrschende Dunkelheit zu gewöhnen. Nicht einmal ein Sicherheitsschloß. Es war doch immer wieder verblüffend, ein wie unumschränktes Vertrauen selbst so vorsichtige Leute wie Charles Maggiore einem Mäuerchen und einer teuren Wohngegend entgegenbrachten.

Nach zwei Minuten tastete er sich vorsichtig vorwärts. Nur für den Fall, daß vielleicht ein neues Stück Möbel hinzugekommen war, seit er zum letztenmal zu Gast war. Ansonsten hatte er sich den Grundriß und die Verteilung der Einrichtungsgegenstände aus dem Gedächtnis aufgemalt. Jahre hatte er es trainiert, sein Gedächtnis. In der Rechten hielt er den Colt *Shooting Master*.

Die Tür zur Bibliothek stand offen. Maggiore befand sich nicht darin.

Zu diesem Schluß kam Macklin nach fünf Minuten quälend langsamen Vorwärtstastens. Obwohl er seine Uhr abgelegt hatte, damit sich der Mondschein nicht auf dem Glas des Ziffernblattes reflektieren konnte, war er sich der Zeit bewußt. Die Uhr in seinem Kopf – dies war keine erworbene Fähigkeit, sondern eine angeborene Begabung – ging auf die Sekunde genau. Da er jeden Moment damit rechnen mußte, in eine Falle zu tappen, maß er seine Bewegungen ganz genau ab.

Maggiore befand sich weder im Wohnzimmer noch in der Küche. Auch in der Eßnische hielt er sich nicht auf. Das Zimmer hatte einen Erker, von dem aus kugelsichere Fenster auf den Lake St. Clair gingen. Ein paar Minuten nach Norden geschwommen, und man gelangte nach Belle Isle, wo in diesem Moment die Kollegen vom Leichenschauhaus damit beschäftigt waren, eine Wasserleiche abzutransportieren. Menschenleer waren auch Schlafzimmer und Bad. Schließlich ertastete sich Macklin den Weg zu der Tür, die zur Treppe nach unten führte. Die Hälfte seines Lebens verbrachte Maggiore in seinem privaten Fitneßcenter im Souterrain.

Durch zwei viereckige Fenster kurz unterhalb der Decke plumpste gräuliches Licht in den Raum. Es war ganz still, roch schwach ledrig nach Punchingball und Pferd. Und nach sizilianischem Schweiß. Maggiores Ausdünstungen übten eine merkwürdige Wirkung auf Macklin aus, waren sie doch seit Monaten der erste quasi persönliche Kontakt mit dem Mann, der vor Jahren, als sie noch vorgeblich in ein und demselben Team arbeiteten, vergeblich versucht hatte, ihn umlegen zu lassen. Und als das fehlgeschlagen war, hat derselbe Mann solange keine Ruhe gegeben, bis er aus Macklins Sohn einen Killer gemacht hatte. Obwohl er im Grunde ein modern denkender Mensch war, hatte Maggiore doch nie vergessen, welche Macht man gewinnen kann, wenn man einem Menschen langsam, ganz langsam die Seele abschlachtet.

Macklin wartete, daß sich diese Empfindungen verflüchtigten. Gefühl hatte bei seiner Arbeit nichts zu suchen; jenseits des ganz normalen Berufsstolzes war ihm ziemlich gleichgültig, wer am Leben und wer tot war und wie der Übergang zustande kam. Tut man etwas nur häufig genug, tut man es ohne nachzudenken, hat einfach nur Spaß am reibungslosen Funktionieren der Muskeln und Nerven. Das ist wie bei einem Schlüssel, der das Schloß, zu dem er paßt, reibungslos schließt. Nur so bringt man es zu Erfolg und landet nicht in Schuldgefühlen und Wahnsinn. Aber die Empfindung wollte einfach nicht vergehen, und allmählich wurde die Zeit knapp. Gordy würde jetzt wohl gerade mit seinem Telefonat fertig sein. Dann blieben ihm höchstens noch zehn Minuten.

Gerade hatte er einen Schritt auf die zweite Tür zu gemacht, als sie aufsprang und das dämmrige Licht in einem Blitz von Rot und Gelb explodierte. Noch bevor der Mündungsknall sein Trommelfell erschüttern konnte, zielte er mit dem Colt auf die krumme Gestalt, deren Silhouette der Blitz bloßlegte, und schoß ihr zweimal in die linke Brust. Das Feuer seiner eigenen Waffe wich Höllenlärm, Dunkelheit. Und Schmerz.

9

Die Kirche, in der Reverend Thomas Aquinas Sunsmith sonntags zweimal und an Weihnachten gleich pausenlos Gottesdienst hielt, war ursprünglich katholisch gewesen, aber während der finanziellen Klemme Ende der siebziger Jahre hatte sie der Vatikan aufgegeben, um die Diözese zu sanieren. Fünf Jahre lang hatte sie dann leergestanden und war wie Sauerbier angeboten worden. Ein riesiger weißer Elefant mit einem Turm drauf. Von Interesse nur für einen anderen Gottesmann. Der schlug dann auch gleich zu, erwarb sie bar Kralle mit seinen Tantiemen aus dem einzigen Hit seiner Band. Stellte noch ein paar Kirchenbänke auf, warf die geweihten Kerzen raus, ließ statt dessen Verstärker installieren und machte aus dem Pfarrhaus Umkleideräume für die Schwestern. Und ein großes Büro für sich selbst. Er stattete es mit einem Langflorteppich und einem altarförmigen Schreibtisch aus und hing ein mit phosphoreszierenden Farben auf schwarzen Samt gemaltes Porträt von sich auf, das ihn in malvenfarbener Robe zeigte, groß wie eine Stalltür. Die Wände waren mit hellem Eichenholz verkleidet. Unmittelbar neben seiner eingerahmten Ordinationsurkunde hing die Goldene Schallplatte, aufgezogen auf kostbares Holz.

Roger vertrieb sich die Zeit damit, die Ordinationsurkunde zu studieren. Er hatte sich frischgewaschene Jeans angezogen und trug eine braune Cordjacke über seiner einzigen Krawatte, blauer Polyester mit rosa Streifen. Die Haare gekämmt und rasiert hatte er sich auch. Nur seine Waffe hatte er zu Hause gelassen. Ziemlich klug, diese Entscheidung, hatte sich herausgestellt. Denn bevor er überhaupt vorgelassen wurde, hatte ihn der Polizist, den er schon aus dem Fensehen kannte, nach allen Regeln der Kunst gefilzt, und die vier

Leibwächter hatten zugesehen. Mercer, die sich mit den anderen Schwestern für den Spätgottesdienst umkleidete, war er nicht über den Weg gelaufen. Einer der Breitschultrigen hatte seinen Namen in ein Notizbuch geschrieben und ihn nach der Leibesvisitation ins Büro geführt und ihn gebeten, sich ein paar Minuten zu gedulden. Ihren ungelenken Bewegungen nach zu urteilen, waren alle vier Leibwächter bewaffnet. Seit Rogers Schulzeit hatte sich die Kirche offenbar ganz schön verändert.

Die Begutachtung des Büros förderte nichts zutage, was ihm von Nutzen sein konnte. Die Schreibtischplatte war leergeräumt, in den Schubladen fand er nichts als Predigtnotizen, Bürokram und Hunderte von Gitarrenplektren. Das Instrument selbst, rot und silbern lackiert und in der Form einem orientalischen Krummsäbel nachempfunden, lehnte an einem Verstärker in einer Ecke. Wenn es in diesem Zimmer tatsächlich einen Safe geben sollte, dann war er ziemlich gut versteckt. Es gab auch keine Bücher, abgesehen von sechs nebeneinander aufgereihten Riesenbibeln, farblich passend zu den verschiedenen Satinroben des Reverends. Vier Regale, die die ganze Länge der östlichen Wand einnahmen, waren mit alten Videotapes beladen. Vermutlich Aufzeichnungen von den Sonntagsgottesdiensten. Roger wußte, daß sie per Kabel mitgeschnitten und dann via Syndikat im ganzen Land vertrieben wurden. Roger wandte den Blick von der Ordinationsurkunde ab und betrachtete das phosphoreszierende Gemälde des großen braunen Mannes in Malve. Ob er unter seiner Robe wohl eine kugelsichere Weste trägt, fragte er sich.

Dann trat das Original selbst ein, sein Kahlschädel glänzte, der grobschlächtige Körper war in einen königsblauen Dreiteiler geschmiedet, mit goldenen Paspeln verziert wie eine Combokluft, die apfelsinenfarbene Krawatte wurde mit einer goldenen Spange in der Form eines überdimensionierten Notenschlüssels an einem Oberhemd derselben Farbe festgehalten. Er bedachte Roger mit einem Grinsen in der Größenordnung des Zimmers, drückte ihm herzhaft die Hand und hieß ihn in einem weißen Ledersessel Platz nehmen. Seine leibhaftige physische Präsenz verwies die Aussagekraft des Gemäldes in ihre Schranken, der Kopf groß wie auf einer Karikatur, und die Körperwärme strahlte von seinem Leib aus wie aus einem tragbaren Taschenöfchen. »Schwester Mercer spricht nur in den höchsten Tönen von dir«, rumpelte er los. »Ich will nur hoffen, daß ihr diskret seid, ihr beiden.«

»Was diese Unterredung betrifft, so habe ich . . .«

»Ich meine eure Kiste. Sie glaubt natürlich, sie sei verliebt in dich. Ich verlange von meinen Schwestern nicht, daß sie sich außerhalb des Chores wie Engel aufführen, aber selbstverständlich erwarte ich, daß sie im Hinblick auf ihr Privatleben wenigstens guten Geschmack walten lassen. Nun, du wolltest ja mit mir darüber sprechen, wie wir dich im Dienste des Herrn einsetzen können.«

»Der Dienst...«

»Den Anfang übernehme ich: Du heißt nicht Martin, und deine Kenntnisse von Werbung passen gebündelt durch mein Knopfloch. Dein Name ist Roger Macklin. Mehrfach vorbestraft wegen Drogenbesitzes. Im letzten Jahr warst du zwei Monate in einer Entziehungsanstalt in Farmington Hills. Dein Vater ist Peter Macklin, bei der Familie Boniface als Killer angestellt, jedenfalls bis er sich selbständig gemacht hat. Junger Mr. Macklin, sowie du hier in der Kirche aufgetaucht bist, hätte ich dafür sorgen können, daß dich meine Ältesten erschießen. Und dieser Fall wäre nie vor irgendein Gericht gekommen.«

Mit seinen Ältesten meinte er wohl die Leibwächter. Roger hatte mit ganzer Kraft versucht, alles zu schlucken, ohne auch nur mit der Wimper zu zucken. Aber als er bemerkte, daß ihm der Mund offenstand, wunderte ihn das auch nicht allzu sehr. Er klappte ihn zu und fuhr sich mit der Zunge im Mund herum, um wieder zu Speichel zu kommen. »Wer hat Ihnen das erzählt?«

»Wir Christen haben überall unsere Freunde. Glaubst du etwa, nur weil du Schwester Mercer kennst, könntest du hier hereinspaziert kommen, Anlauf nehmen und mich umlegen?«

»Sie umlegen? Das meinen Sie doch wohl nicht im Ernst: *Sie* umlegen?« Allmählich kam Roger wieder zu sich. Das, was Sunsmith ihm da gesagt hatte, war auch nichts anderes als das, was auf jedem Löschblatt bei der Polizei stand. »Wieso sollte ich Sie denn umlegen wollen?«

»Vor einer Woche hat eine der Schwestern versucht, mich in der Kirche zu erschießen. Also wirst du wohl entschuldigen, wenn ich einen Menschen, der mir völlig fremd ist, verdächtige, dieselben Pläne zu hegen.«

»Bin ich etwa jemals wegen Mordes oder Mordversuches festgenommen worden?«

»Das nicht, aber Schwester Lucinda auch nicht.«

»Sehen Sie, seit ich herausgefunden habe, was mein Vater von Beruf macht, spreche ich nicht mehr mit ihm. Ich gehe noch nicht einmal auf die Jagd. Gut, ich habe mir mit den Drogen das Leben versaut. Aber jetzt bin ich clean und will von vorn anfangen. Das ist alles.«

Sunsmith entblößte die Zähne. »Du willst mir also allen Ernstes erzählen, daß du bei der Entziehungskur den Weg zu Jesus gefunden hast, wie?«

»Wenn ich Sie für so beschränkt hielte, mir das abzukaufen, könnte ich das jetzt natürlich behaupten. Auf meiner Station war so ein Typ, der hat auf dem Trip mal Joseph getroffen. Meint, daß er ihn an dem bedrippelten Blick erkannt hätte, den einer am Leib hat, wenn ihm seine Alte sagt, daß das Baby, das sie erwartet, vom lieben Gott stammt. Na, ist ja auch egal, jedenfalls habe ich neulich gehört, daß der Typ heute den Contras in El Salvador das Neue Testament verklickert. Aber ich, also wenn ich einen brennenden Busch sehen würde, dann fiele mir dazu doch nichts anderes ein, als daß den ein paar Kids beim Shitrauchen in Brand gesetzt haben. Seit ich ein kleiner Junge war, hab ich keinen Fuß mehr in eine Kirche gesetzt. Ich brauche einen Job, das ist alles. Und zwar einen, der so interessant ist, daß ich nicht immerzu an den Stoff denken muß.«

»Und deshalb hast du wohl die Geschichte mit Mercer angefangen?«

»Ne, das ist einfach so passiert. Die Idee mit dem Job ist mir erst später gekommen.«

Der Reverend kippelte mit einem Bein und hieb mit seinen riesen Wurstfingern im Viervierteltakt auf die Schreibtischplatte ein. »Nicht von jedem, der bei mir angestellt ist, kann ich verlangen, daß er an Gott glaubt. Einer meiner Ältesten ist zum Beispiel Moslem, und bei meinem Werbefritzen könnte ich mir gut vorstellen, daß Jesus dessen Vorfahren in Jerusalem aus dem Tempel geschmissen hat. Das einzige, was ich erwarte, ist, daß alle ihre Arbeit tun und die Kirche nicht in schlechten Ruf bringen.«

»Sie geben mir also eine Chance?«

»Halt mich nicht für bekloppt, bloß weil ich mich so anziehe.« Er kam hinter dem Schreibtisch vor und baute sich vor Roger auf. »Jesus hat ganz genau gewußt, daß ihn einer der Jünger verraten würde. Trotzdem hat er keinerlei Vorsichtsmaßnahmen getroffen. Ich bin da ganz anders gebaut. Sieh bloß zu, daß du hier wegkommst, Mr. Martin-Macklin. Wenn du noch einmal hier auftauchst, kann ich für meine Ältesten nicht einstehen. Auch die haben nämlich vom Charakter her bedauerlich wenig Ähnlichkeit mit Jesus.«

Als Roger das Pfarrhaus verlassen hatte, düste er erst einmal eine geraume Weile querfeldein, bis er sich ganz sicher war, daß ihm niemand folgte. Dann fuhr er seinen *Duster* an der McNichols Road auf eine Tankstelle, ließ volltanken und die Scheiben putzen. Derweil trat er beim Männerklo in eine Telefonzelle. Bevor sich jemand meldete, ging der Ruf bedenklich lang hin.

»Ich bin's«, sagte Roger dann. »Es gibt Probleme mit der Lieferung des Pakets.«

Schweigen am anderen Ende der Leitung. Dann sagte eine Männerstimme: »In Ordnung. Wir treffen uns dann am selben Ort wie letztesmal. Um zwei.«

Roger bestätigte das und legte auf.

»Was ist denn um zwei?«

Mit seinem spinnwebgrauen Vierundzwanzigstundenbart und dem Schmerbäuchlein, das ihm über den Gürtel seines Bademantels schwappte, sah Michael Boniface sehr alt aus, als er jetzt in einem steifen Paar neuer Lederslipper aus dem Schlafzimmer geschlurft kam. Seine Füße hatten sich an die grünen Schaumgummischlappen gewöhnt, die die Insassen in Milan gestellt bekamen. Der Golden Retriever rappelte sich vom Teppich auf und trottete auf sein Herrchen zu, um sich seine Streicheleinheiten zu holen.

»Gar nichts.« Picante legte den Hörer auf. Wieder hatte er seinen schäbigen Anzug und den schmalen, längst aus der Mode gekommenen Binder an. »Ich habe nur Frühstück bestellt.«

»Mir war aber doch so, als hätte ich das Telefon gehört.«

»Nein.«

»Mist. Ich dachte, es wäre vielleicht Macklin.«

Picante warf ihm einen argwöhnischen Blick zu und zögerte. »Ach ja? Nein, er war's nicht.«

»Gibt's denn in diesem Saustall vor zwei kein Frühstück?« Boniface stieß den Hund von sich. »Teufel auch, da war der Service ja sogar in Milan noch besser.«

»*Nach* zwei gibt's keins mehr.«

»Dann ist ja gut. Ich hab einen so mordsmäßigen Hunger, daß ich die Töle hier fressen könnte.«

Picante zeigte grinsend seine langen Schneidezähne.

10

Gordy stellte es sich wie im Kino vor.

In den Filmen lag die Notfallstation immer direkt neben dem OP, damit die Angehörigen der Patienten gleich aufspringen konnten, sowie der Chirurg durch die Schwingtüren gehastet kam, mit grüner Schürze und die Gazemaske noch in Händen, und ihm ein Loch in den Bauch fragen. Das war immer so, und man hat das schon so häufig gesehen, daß man es sich gar nicht anders vorstellen kann.

Im Detroiter Receiving Hospital war es so, daß die Schwester hinter einem Tresen saß, den Telefonhörer auflegte und Gordy von oben bis unten musterte. Dann verkündete sie gnädig, der Doktor stehe ihm nun in seinem Büro zu einem Gespräch zur Verfügung.

Diese Empfangs-Zerbera schlug dabei einen Ton an, als erwarte ihn der oberste Personalchef zum Vorstellungsgespräch.

Zu Dr. Stepps Büro ging es eine halbe Meile den menschenleeren Flur entlang und dann eine Etage hoch mit einem Aufzug, der nicht die Andeutung eines Geräuschs von sich gab. Das Ambiente erinnerte Gordy an die Kulissen eines Zukunftsfilms aus den Fünfzigern. Er fragte sich, ob andere Leute wohl auch so viel an Hollywood denken mußten, wenn sie ein Krankenhaus besuchten.

Im Büro traf Gordy auf einen zirka Achtzehnjährigen in Kamelhaarjacke und rotem Seidenschlips, der ihm ein Händchen übergab, das so rosa und manikürt war, daß es einem Mannequin gut zu Gesicht gestanden hätte. Er bot ihm einen Stuhl an. Aber Gordy blieb lieber stehen. Statt sich wenigstens selbst hinzusetzen, steckte der Halbstarke die Hände in die Hosentaschen.

»Ihr Freund liegt auf der Intensivstation«, sagte er. »Ich will ihn im Moment noch nicht operieren. Als er hier ankam, hatte er fast dreiviertel seines Blutes verloren.« Seine Worte klangen wie eine einzige Anklage.

»Ich habe ihn im Keller gefunden, weiß aber nicht, wie lange er da schon gelegen hat. Ich war allerdings höchstens fünfzehn Minuten oder so aus dem Haus. Dann habe ich ihn sofort hergefahren. Auf die Ambulanz wollte ich gar nicht erst warten.«

»Das war gescheit. Der Notruf hier in der Stadt ist eine Schande. Wir haben eine Bluttransfusion gemacht und warten jetzt, daß sich sein Zustand stabilisiert. Vorher können wir die Kugeln nicht entfernen. Hat Ihnen die Schwester schon gesagt, welchem Umstand er sein Leben zu verdanken hat?«

»Einen Scheiß hat die mir gesagt.«

»Es ist eine absolut verrückte Geschichte«, sagte Dr. Stepp und legte eine Hand in den Nacken. Seine Ausdruckweise hatte das Eis gebrochen. Vielleicht ist er ja doch schon über achtzehn, dachte Gordy. »Kennen Sie die Krankengeschichte Ihres Freundes? Oder wissen Sie vielleicht etwas über seine Geburt?«

»Ich bin nur bei ihm beschäftigt.«

»Na ja, im Grunde ist es auch nur eine Theorie. Geburtsfehler sind so eine Art Hobby von mir. Eigentlich wollte ich mich ja darauf spezialisieren, aber dann fand ich Thorax-Operationen auch ganz faszinierend und bin dabei hängengeblieben. Die Röntgenuntersuchung hat in dem Bereich des Epidermishöckers auf seiner linken Schulter ein paar Sachen ergeben, die da nicht hingehören, und zwar einen halbwegs entwickelten Brustkorb und ein Stückchen Lendenwirbelsäule. Und das, obwohl er selbst eine vollentwickelte hat. Meine Vermutung ist also, daß er einen Teil eines ungeborenen Zwillings im Leibe trägt.«

»Um Gottes willen.«

»Das ist gar nicht so ungewöhnlich. Als zum Beispiel vor einigen Jahren in Südafrika bei einem Dreißigjährigen die Operation eines vermeintlichen Unterleibsgeschwürs vorgenommen wurde, haben die Ärzte in seinem Dickdarm einen geschrumpften Fötus entdeckt. Dieser Mann hatte also die ganzen Jahre ohne es zu wissen seine Schwester mit sich herumgeschleppt.«

»Und was hat das alles damit zu tun, daß Mr. Maggiore die Schußverletzungen überlebt hat?«

»Nun, bei spiegelverkehrten Zwillingen hat nur einer von beiden alle Organe an der richtigen Stelle. Und bei dem anderen sind eben Herz, Leber, Blinddarm und Bauchspeicheldrüse jeweils auf der entgegengesetzten Körperhälfte.«

»Jesses.«

»Die Schwester in der Notaufnahme konnte sich einfach nicht erklären, warum er noch am Leben war, als sie die Löcher in seiner linken Brust gesehen hatte. Nun, die Röntgenstrahlen haben dieses Rätsel gelöst.« Stepp lächelte. »Ich weiß zwar nicht, auf wie vertrautem Fuße Sie mit Ihrem Chef stehen, aber wenn wir Glück haben und ihn durchbringen, können Sie ihm ja erzählen, daß er nur noch lebt, weil er das Herz nicht am rechten Fleck hat.«

Daß er Mr. Maggiore das sagen würde, konnte sich Gordy nicht recht vorstellen. »Kann ich jetzt zu ihm?«

»Vor der Operation möchte ich eigentlich nicht, daß jemand bei ihm ist. Außer den Krankenpflegern natürlich.«

»Ich werde nicht stören. Kein Mensch wird mitkriegen, daß ich ihn besuche.«

Stepp musterte Gordys beeindruckende Körpermaße, verkniff sich aber eine Antwort. »Glauben Sie mir, Ihr Chef ist in Sicherheit. Vor der Intensivstation stehen extra Polizeibeamten. Übrigens möchte einer der Herren mit Ihnen sprechen, ein Inspektor Pontier. Er sitzt in dem anderen Wartezimmer.«

»Passen Sie mir bloß gut auf Mr. Maggiore auf, Doc.«

»Worauf Sie sich verlassen können. Da ist eine Veröffentlichung drin.«

Gordy verließ Stepps Büro durch die Tür, auf die er gezeigt hatte. Die Beine übereinandergeschlagen, saß der kahlköpfige Polizist, der seinen Arbeitgeber vor einigen Tagen in seiner Villa aufgesucht hatte, auf einem brausegrünen Sofa und blätterte in der *National Geographic*.

»Ich habe gerade einen Artikel über den Typen gelesen, der bei Key West diese Galeone der Spanier entdeckt hat«, sagte er ohne aufzublikken. »Gold und Silber im Werte von vierhundert Millionen. Die Schatzsuche hat ihn einen Sohn und die Schwiegertochter gekostet, aber das war es ihm wert, meint er. Was sagen Sie dazu?«

»Kommt ganz auf den Sohn und die Schwiegertochter an.« Die Arme vor dem Körper verschränkt, hatte sich Gordy vor dem Detective aufgebaut.

»Machen Sie sich um Maggiore mal keine Sorgen, der ist in guten Händen. Alle Ärzte, die die *National Geographic* im Wartezimmer haben, sind in Ordnung. In acht nehmen muß man sich nur vor denen, die auf *People* und *Reader's Digest* abonniert sind.« Er legte die Zeitschrift auf einen blutorangenen Beistelltisch und sah an Gordy hoch. »Ob Sie wohl Ihre Knie beugen können?«

»Als ich im Auto herkam, ging's noch.«

»Dann tun Sie meinem Genick doch die Liebe und versuchen es noch einmal.«

Nach kurzem Zögern ließ sich Gordy auf dem Rand eines lachsrosa gepolsterten Stuhls nieder, steif saß er da, die Hände auf den Knien. Die Wände waren pastellblau gestrichen, gegenüber dem Fenster hing ein Aquarell im Stile Toulouse-Lautrecs. Das ganze wirkte anheimelnd wie Kühlschrank.

»Wer wollte Maggiore an den Kragen?« fragte Pontier.

»Weiß nicht.«

»Na los, machen Sie schon.«

»Ich habe ihn im Keller gefunden. Er lag blutüberströmt in seinem Fitneßraum.«

»Das können Sie offiziell zu Protokoll geben. Ich will nur wissen, was Sie vermuten, wer es getan hat.«

»Weiß nicht.«

Pontier machte die Beine gerade und schlug sie in umgedrehter Reihenfolge wieder zusammen. »Ich wollte mir Ihre Akte besorgen. Es gibt aber keine über Sie. Sie müssen sich folglich nicht auf das Aussageverweigerungrecht berufen, um Ihre eigene Haut zu retten. Noch nicht einmal Italiener sind Sie. Dieses ganze *omertà*-Geschwöre und der andere Quatsch paßt doch gar nicht zu Ihnen. Ich will Ihnen nur eins sagen: Wenn wir den Attentäter nicht erwischen, kommt es zu einem Bandenkrieg, der sich gewaschen hat. Und Ihre Arbeit als Leibwächter wird dann bestimmt nicht leichter.«

»Wenn ich sage, ich weiß es nicht, dann heißt das, daß ich es nicht weiß.«

»Gut, dann lassen wir einfach mal die vergangene Woche Revue passieren.« Der Inspektor tippte sich mit einem Finger aufs Knie. »Letzten Sonntag. Eine von Sunsmiths Chordamen versucht den Reverend abzumurksen und wird dabei selbst von seinen Leibwächtern abgemurkst. Montag. Michael Boniface wird aus Milan entlassen und in Belleville um ein Haar abgemurkst. Samstag abend. Wer wiegt sich an den Gestaden von Belle Isle? Die Leiche der Schwester, die an der Stelle der Schwester im Chor singen sollte, die versucht hat, den Reverend abzumurksen. In derselben Nacht versucht jemand, Maggiore abzumurksen. Der ist ja bekanntlich in Sachen Spielkasino anderer Meinung als Sunsmith und darauf angewiesen, daß das Glücksspiel legalisiert wird, damit er auf dem Sessel sitzen bleiben kann, der eigentlich Boniface gehört. So. Was lehrt uns das nun? Abgesehen einmal von der Tatsache, daß bei dem ganzen versuchten Abgemurkse die einzige Person, die im Endeffekt wirklich abgemurkst wird, auch die allerunwichtigste war.«

»Es lehrt uns, daß Sie das Wort abmurksen gern mögen.«

Da mußte Pontier grinsen. »Gar nicht so schlecht, die Antwort. Humor ist mir sonst bei euch durchtrainierten Rinderseiten noch nie untergekommen. Aber mal im Ernst, aus all dem können wir schließen, daß sich was zusammenbraut. Und da ich für Ruhe und Ordnung zuständig bin, bin ich natürlich daran interessiert, daß nichts passiert. Dabei könnten Sie helfen.«

Stets zu Diensten.«

»Ist das Ihre Antwort?«

Bevor Gordy noch antworten konnte, ging die Tür zum Flur auf. Ein in ein gelbes Sakko gestopfter Fettwanst trat ein und flüsterte Pontier etwas ins Ohr. Er sprach so leise, daß Gordy kein Wort verstehen konnte. Während er zuhörte, ließ der Inspektor Gordy nicht aus den Augen.

»Wer löst ihn ab?« fragte er dann.

»Sergeant Twill«, flüsterte der Dicke.

»Ist Ledyard hier?«

»Die Schwester am Tresen hat ihn an der Strippe.«

»Okay.« Pontier stand auf. Er war etliche Zentimeter größer als der Dicke, brachte aber allem Anschein nach bedeutend weniger Pfunde auf die Waage. »Den hier behalten wir erst mal. Nehmen Sie ihm die Knarre weg.«

Die Augen, mit denen der Dicke Gordy ansah, hatten dieselbe unergründliche Tiefe wie seine Pockennarben. »Unverzichtbarer Zeuge?«

»Verdacht auf versuchten Mord.« Und an Gordy gewandt: »Die schlimmsten sind die Klugscheißer. Der Knast von Wayne Countay ist voll von der Sorte.« Er verließ das Wartezimmer, während der Fettwanst anfing, Gordy zu filzen.

»Hat der Satan nicht selbst Gott verführt, die Geschicke Hiobs seines guten und treuen Dieners, zu verwetten? Und war das etwa kein Akt des Bösen?«

Pontier stelle das Kofferradio auf seinem Schreibtisch leiser. Selbst als die Lautstärke schon gegen Null ging, ließ der Bariton des Reverends die Transistoren dröhnen. Lovelady kam herein. Dafür, daß noch Frühling war, war es an diesem Sonntag ziemlich warm. Der Sergeant hatte sich aus seinem Sakko gepellt, unter den Achselhöhlen zierten große Schweißflecken sein Hemd.

»Ganz schön in Fahrt heute früh, unser guter Sunsmith«, meinte Pontier. »King Kong im Knast?«

»Ich habe ihn hier im Präsidium in Verwahrung gebracht. Sie wollen ja bestimmt noch ein bißchen mit ihm plaudern.«

»Da hätte ich vermutlich noch mehr Erfolg, wenn ich versuchen wollte, mit meinem tatkräftigen Blick eine Fensterscheibe zu Bruch zu kriegen. Wir lassen ihn morgen früh wieder frei. Der hat mich auf die Palme gebracht, das ist alles. Was hat Ledyard sonst noch gesagt?«

»Nur das, was Sie schon wissen. Über Sunsmith.«

»Seit Ledyard den Babysitter für Sunsmith spielt, hat er schon ganz interessante Plätzchen kennengelernt. Philip Constables Büro, Carmen Thalbergs Villa in Bloomfield Hills...«

»Constable.« Lovelady legte seinen Fladen von Gesicht in Denkerfalten.

»Präsident von Disiran Chemicals.«

»Eben. Aushängeschild des organisierten Verbrechens.«

»Nicht direkt, aber Maggiore hält bedeutende Anteile. Bevor Maggiore das Kommando übernommen und ihm Disiran übergeben hat, war Constable Konsignat bei Boniface. In dem Zusammenhang sind noch eine ganze Reihe von anderen Firmen und Namen zu überprüfen. Und natürlich Carmen Thalberg. Gäben die nicht ein leckeres Pärchen ab, die beiden: der Evangelist und die stinkreiche Witwe?«

»Möglich, daß die was miteinander haben. Die Welt ist schon sonderbar.«

»Aber so sonderbar vermutlich doch nicht. Ich will sie sprechen. Und Constable auch. Und dann füttern Sie den Computer bitte mit dieser Liste hier. Mal sehen, was er ausspuckt.« Er reichte einen handbeschriebenen Zettel quer über den Schreibtisch. »Wie stehen wohl die Aktien, Disirans Investitionen über die letzten Jahre zu verfolgen?«

»Ich glaube, ich sagte es bereits. Ich werde in zwei Monaten pensioniert.«

Der Inspektor schaltete das Radio ganz aus. Die Schwestern waren gerade dabei, im Chor die »Lektionen des Lammes« zu preisen. »Maggiore wird doch wegen Steuerhinterziehung belangt, oder nicht?«

»Darauf läuft es praktisch immer hinaus, wenn mal Anklage gegen einen Gangsterboß erhoben wird.«

»Haben wir eigentlich einen Freund bei den Bundespinkeln?«

»Nur Randall Burlingame. Aber ob man den nun direkt Freund nennen kann? Außerdem ist er auf Vorruhestandsurlaub.«

»Rufen Sie ihn doch mal an und fragen Sie, ob der uns eine Kopie von Maggiores Steuer-Akten besorgen kann. Und wie läßt sich die Fahndung an?«

»Fahndet so vor sich hin. 'n paar Junkies, die wir in U-Haft haben, werden wohl demnächst zusammenklappen. Aber für die war der Mord der Schwester Vernal mindestens eine Nummer zu groß.«

»Geben Sie Bescheid, wenn Sie was herausfinden, was der Rede wert ist. Und lassen Sie hören, was in der anderen Angelegenheit passiert. Ob Sie sich diesen ganzen Quatsch wohl merken können?«

Lovelady faltete den Zettel zusammen und versuchte ihn in die Brusttasche seines Hemdes zu zwängen. »Mein ganzes Leben besteht daraus, mir Quatsch zu merken.«

Irgendwann hörte es doch noch auf zu bluten.

Sowie die Tür in Maggiores Keller aufgesprungen war, hatte er das Feuer erwidert. Bei der Bewegung hatte er sich den linken Ellbogen böse an den Stahlstreben einer Nautilus-Kraftmaschine angestoßen. Es hatte eine Platzwunde gegeben, und der Arm war bis zum Handgelenk taub. Als Maggiore noch nicht ganz auf dem Boden aufgeschlagen war, hörte Macklin das Quietschen von Reifen auf der Asphaltzufahrt. Er war die Treppen hochgestolpert, hielt sich mit der Hand, in der er immer noch die Waffe hatte, den Ellbogen, und duckte sich, als das Licht der Scheinwerfer über die Souterrainfenster fuhr. Während die Motorgeräusche erstarben, verließ er gerade die Villa durch die Glastüren, die zum Pool führten. Noch bevor er über die Mauer kletterte, hatte er die Waffe in den Pool plumpsen lassen. Sollten sie die Techniker der Polizei ruhig bis zum Sanktnimmerleinstag befingern, nie würde ihre Spur weiter als bis zu der Leiche im Keller führen.

Als er den gestohlenen Nissan abstellte, war das Blut bereits durch den Hemdsärmel gekommen und hatte sein Jackett und den Fahrersitz besudelt. Mit einem Taschentuch hatte er alles, was er berührt hatte, abgewischt und es sich dann oberhalb des Ellbogens um den linken Arm gewickelt. Die elf Blocks bis zu seinem Haus war er zu Fuß gegangen. Dort hatte er sich zunächst die winkelförmige Wunde ausgewaschen und mit Alkohol desinfiziert, den Arm verbunden und den Rest der Nacht durchzuschlafen versucht. Allerdings war er mehrmals von den pochenden Schmerzen wach geworden. Als er am frühen Morgen aufwachte, hatte die Wunde aufgehört zu bluten. Aber den Arm konnte er nur unter Schmerzen beugen.

Er duschte, rasierte sich und klebte sich anstelle des verkrusteten Verbands der vergangenen Nacht ein Pflaster auf die Wunde. Er zog sich ein Polohemd und bequeme Hosen an, packte seine blutverschmierten Klamotten in eine Tüte, die er zu dem übrigen Müll an den Straßenrand stellte, der der Stadtreinigung harrte. Er hatte einen Bärenhunger. Seit dem Frühstück am vergangenen Morgen hatte er nichts mehr gefuttert.

Während er das Kaffeepulver löffelweise in eine Kanne gab, die ihm seine Exfrau freundlicherweise überlassen hatte, und vier Scheiben Speck in eine zischend heiße Bratpfanne legte, spielte leise das Radio. Als die Nachrichten kamen, stellte er es lauter.

»Der Präsident bereitet sich auf den Besuch des Papstes in Washington vor«, verkündete der Nachrichtensprecher. »Das Gesundheitsministerium ruft Pilzkonserven zurück, die in den Lebensmittelfilialgeschäften dreier Bundesstaaten zum Verkauf angeboten wurden. Die Pilze könnten vergiftet sein. Die beiden Insassen eines einmotorigen Sportflugzeuges, das gestern über dem Lake Michigan verschwand, sind vermutlich ums Leben gekommen. Detroit. Der Gesundheitszustand einer mutmaßlichen Schlüsselfigur organisierter Verbrecherkreise wird nach einem Mordanschlag der vergangenen Nacht als kritisch angegeben. Das waren die Schlagzeilen. Nach folgender Durchsage geht es weiter mit den Meldungen im einzelnen.«

»Scheiße.« Macklin hatte sich die Finger an der Pfanne verbrannt. Er zog sie vom Gas, damit das Brutzeln nicht das Radio übertönte. Er steckte sich die Finger in den Mund und wartete auf die Meldungen im einzelnen. Selbst im versiegenden Schein des Mündungsfeuers hatte er noch gesehen, wie die Flecken auf Maggiores Blazer in der Höhe seiner linken Brust immer größer wurden. Er überlegte, ob die Nachrichtenredaktion wohl über brandneue Informationen verfügte, oder ob sie sich immer noch auf einen frühen Bericht aus dem Krankenhaus bezog.

Es drehte sich immer noch um vergiftete Champignons, als es an der Tür klingelte. Macklin fluchte, ging durchs Wohnzimmer an die Tür und legte das Auge an den Spion. Auf der kleinen Vorderveranda standen zwei große schwarze Männer mit Schnauzern und langen Koteletten. Sie trugen die mit Braun abgesetzten dunkelblauen Uniformen der Detroiter Polizei.

11

Picante hatte einen Arm vor sich auf den Tisch gefläzt und schob mit den Fingern Erbsen und Möhrchen auf die Gabel. Als er den Mund randvoll hatte, spülte er mit einem Gläschen Lambrusco nach. Für ihn war jeder Rotwein Lambrusco. Seine Familie war jetzt schon in der vierten Generation vom Heimatkontinent getrennt, erzählte er, und daß alle Italiener, die er kannte, sich auf der Packung von Mueller's

Spaghetti ein Stelldichein gaben. Roger, der sich selbst von der Mode auch nicht gerade terrorisieren ließ, betrachtete Picantes Anzug und bezweifelte sehr, daß er jemals einen anderen besessen hatte. Ein frischer Soßenfleck zierte seinen schmalen Binder.

»Jedenfalls«, sagte Picante und setzte seinen Binder weiteren Risiken aus, als er eine Gabelladung Kartoffelbrei in den Mund schob, »jedenfalls habe ich den Kopf von dem Kerl in den großen Obstkorb gelegt und ihn auf die Schwelle gestellt, damit ihn seine Alte gleich finden konnte, wenn sie von der Arbeit nach Hause kam. Mann, wenn ich bloß hätte sehen können, wie blöd die aus der Wäsche geguckt hat.«

Roger hatte nur die Hälfte von seinem Chef-Salat gegessen. Aber jetzt schob er die Schüssel zur Seite und zündete sich eine Zigarette an. Mit seinem Appetit war es ohnehin noch immer so eine Sache, und die Geschichten, die sein Gastgeber zum besten gab, halfen ihm auch nur unbedeutend auf die Sprünge. »Und wenn ihn jemand anders gefunden hätte?«

»Gottchen, auf die Idee bin ich noch gar nicht gekommen.« Während er alle Möglichkeiten erwog, die sich aus dieser gedanklichen Anregung ergeben konnten, schmatzte er leise vor sich hin. »Na ja, letzten Endes kommt es ja aufs selbe raus. Ich meine, ein Kopf in einem Obstkorb. Wer kommt schon auf sowas? Also eins muß ich mal sagen: Stil hatte ich. Nicht so wie dein Alter. Nun versteh mich bloß nicht falsch, hier in der Stadt ist er bestimmt mit der Beste. Aber Fantasie hat er keine. Das mußt du doch auch zugeben.«

»Denk bloß nicht, daß ich mich besonders stark mache für ihn. Wir kommen nicht gut klar miteinander.«

»Zu doof. Dabei könntest du ganz schön was von ihm lernen. Ich zum Beispiel mußte meine Fehler alle ganz allein machen. Mein Gesellenstück habe ich mit der kleinen Fünfundzwanziger Browning abgelegt, die ich in Sandusky bei einem Trödler gekauft hatte. Zwei Kugeln hatte der Kerl im Leib, und ich hab' ihn vier Blocks weit gejagt, bevor ich ihn da schließlich in der Sackgasse gekriegt habe ...«

Der Kellner, ein hochaufgeschossener schlanker Blonder, kam zu ihnen an den Tisch und erkundigte sich mit flotten Rhythmen in der Stimme, ob alles ihren Wünschen entspräche. »Toll«, antwortete Picante wenig überzeugend. »Einfach allererste Sahne.« Als der Kellner wieder weg war, beugte er sich vor und sprach leiser weiter. »Also habe ich dem die Knarre in den Mund gerammt und losgeballert. Und was passiert? Ob du's glaubst oder nicht: Spuckt der mir doch die Kugel einfach ins Gesicht. Stell dir vor, ist einfach nicht in den Gaumen eingedrungen. Also blieb mir nichts anderes übrig, als ihm in jedes Auge eine reinzudonnern. Und das war's dann. Ich wußte damals nämlich noch nicht, daß eine Zweiundzwanziger mehr Wumm dahinter hat als eine Fünfundzwanziger. Wie einer bloß so blöd sein kann. Ist mir heute noch unbegreiflich.«

»Und was hast du mit dem Kopf angestellt?«

»Also, da hatte ich dann keine Zeit mehr...« Er unterbrach sich und lehnte sich zurück, nahm sein Weinglas auf. »Du hältst dich wohl für was Besseres? Genau wie dein Alter. Ich geb's ja zu, die Arbeit hat mir Spaß gemacht. Aber da sitzen wir doch alle in einem Boot, du und ich und Majestix Macklin. Wenn die Reichen ein Häufchen machen, gehen wir hin und putzen die Scheiße auf.«

»Was willst du denn. Du hast das doch schon hinter dir. Aber glaub mir, mein Leben lang mach' ich das auch nicht.«

»Da bist du schlauer als dein Erzeuger. Wenn du mal über fünfunddreißig bist, fängt dir das Tempo an, an die Nieren zu gehen. Dann lebst du nur noch für die Arbeit, statt daß du arbeitest, um zu leben, machst'n Affen, Gymnastik und so, um irgendwie mit dem Alter schrittzuhalten. Aber ist ja klar: Irgendwann holt's dich ein.«

Roger streifte seine Zigarette an einem kleinen Blechaschenbecher auf dem Tisch ab. »Ehrlich gesagt bin ich mir gar nicht sicher, ob ich jetzt noch einmal nahe genug an Sunsmith rankommen kann. Es war eine blöde Idee, daß ich hingelatscht bin und ihm meine Arbeitskraft angeboten habe. Aber daß der so easy rauskriegt, wer ich bin, hätte ich nicht gedacht.«

»Siehst du, das ist so ein Fall, wo ein bißchen Rat nichts geschadet hätte. Ist er dir auf die Schliche gekommen?«

»Ich glaube, ganz sicher ist er sich nicht. Er kennt von mir nur mein Vorstrafenregister, und da ging's immer nur um Drogen. Trotzdem, wenn mich seine Leibwächter auf dem Kirchengrundstück erwischen, nieten die mich erst mal um. Und heulen dann über mein Ableben. Aber eins ist klar: 'reinspazieren, ihn erledigen und ungeschoren wieder rauskommen is' nich'.«

»Soll das heißen, du paßt?«

»Nicht unbedingt. Wenn du 'ne Idee hast. Weißt du, ich brauche die Knete. Und auf meinem Lebenslauf würde sich das Ding auch ganz gut machen.«

Picante trank aus und wies den Kellner mit einer Handbewegung an, ihm das Glas noch einmal nachzufüllen. Er sah Roger fragend an, aber der schüttelte nur den Kopf und deutete auf sein Glas Wasser. Er war dabei, an seinen Lastern zu arbeiten. Machte die Zigarette aus und zündete sich keine neue an. Als der Kellner wieder fort war, meinte Picante: »Laß mal überlegen. Ich kann es mir ja auch nicht leisten, einfach einen Scharfschützen abzulegen und den nächsten anzuheuern. Bist du immer noch in derselben Wohnung?«

Roger nickte. »Ich muß dich mal was fragen.«

»Warum Sunsmith?«

»Genau. Ich meine, dein Boß ist ja gegen die Legalisierung des Glückspiels, weil das nur Maggiores Position stärken würde. Und den will er ja wieder ausbooten. Und wenn Sunsmith außer Gefecht gesetzt wird, dann steht der ganzen Kasinogeschichte doch so gut wie nichts mehr im Weg.«

»Wenn du das alles für so einfach hältst, müßtest du dich doch eigentlich auch fragen, warum Maggiore ihn nicht schon vorher außer Gefecht gesetzt hat. Schließlich läuft das ganze Gerangel doch schon seit Monaten.«

»Na ja, der hatte ja alle Hände voll mit der Anklage zu tun, von wegen Waffenschmuggel und so.«

»Mhm mhm. Wenn er den Weg für das Kasinospiel freibaggert, kriegt er alle Unterstützung, die er braucht, um die Anklagen zu bekämpfen. Sunsmiths Tod ist natürlich das letzte, was er brauchen kann. Genau den Fehler haben ja schon die Römer mit Jesus gemacht. Kaufen hätten sie ihn sollen. Nur daß Maggiore das zwar versucht hat, aber der hat die Knete einfach eingestrichen und seinen Stiefel weitergefahren, als wäre nichts gewesen. Wenn er stirbt, wird das wohl ziemlich Essig mit den Kasinos. Aber dann ist er wenigstens nicht umsonst gestorben.«

»Ich glaube, allmählich kapier' ich's, meinte Roger nach einer Pause. »Aber von dem ganzen Umdieeckedenken brummt einem ja richtig der Kopf.«

Als Picante verschmitzt grinste, stak eine Erbse zwischen seinen langen Vorderhauern. »Der gute alte doppelte Rückeffet. Denk nur nicht, ich hätte aufgehört, Köpfe in Obstkörben zu deponieren, bloß weil ich mich aus meinem alten Job zurückgezogen habe.«

»Und warum soll ich engagiert werden? Ich meine, Boniface steht doch mit meinem Dad auf ganz gutem Fuß, oder etwa nicht?«

»Sagen wir mal so: Das Gefängnis hat ihn etwas mürbe gemacht.« Picante nahm noch ein Schlückchen von seinem Roten. »Er weiß einfach nicht mehr, was gut für ihn ist.«

12

Der Beamte, der Carmen abholen kam, war noch ziemlich jung und sah gar nicht mal schlecht aus. Er hatte blondes Haar, dem ein neuer Schnitt nicht geschadet hätte. Sein heller, rötlichbrauner Schnauzer ruhte wie draufprojiziert auf seinen sanften Gesichtszügen. Wenn er ihn abgenommen hätte, würde das bestimmt niemandem auffallen, es sei denn, er hätte extra darauf hingewiesen. Aus einem blauen Matrosenblazer mit applizierten Ankern und ebenfalls blauen Wollhosen hatte er sich einen Anzug zusammengeschustert. Er steuerte einen betont unauffälligen grauen Chrysler ohne jeden Chrom. Als sie die Woodward Avenue hinunterfuhren, bemerkte Carmen, daß die anderen Autofahrer sofort das Tempo drosselten, wenn er angerauscht kam. In einem stinknormalen blau-weißen Streifenwagen wären sie bedeutend weniger aufgefallen.

Im Präsidium, 1300 Beaubien Street, wurde sie in ein durch schmuddeliggelbes Grizzelglas abgeteiltes Büro geführt, in dem ein älterer Dicker in einem gelben Jackett ihr Platz und einen Styroporbecher Kaffee anbot. Sie nahm dankend an. Dann empfahl sich der Beamte und ließ sie mit der Brühe allein. Überall an den Wänden waren maschinenbeschriebene Bögen angepinnt, auf dem Stahlschreibtisch häuften sich die Hängeordner. Obenauf thronte eine Thermoskanne aus Plastik, ihr Neigungswinkel legte die Vermutung nahe, sie sei am obersten Ordner angeklebt. Auf dem einzigen freien Fleckchen stand in einem Rahmen das Foto einer attraktiven schwarzen Frau um die vierzig. Über den Raumteiler hinweg schwappten Gesprächsfetzen aus dem Mannschaftsraum zu Carmen.

Nach ein paar Minuten kam ein großer kahlköpfiger Schwarzer mit einem Schnauzer zu ihr, bei dem es mit Sicherheit einen Unterschied gemacht hätte, wenn er ihn sich hätte abnehmen lassen. Er stellte sich als Inspektor George Pontier vor und setzte sich hinter den Schreibtisch. Er nahm die Thermoskanne von dem Aktenhäufchen hinunter, machte dabei einschlägige Raschelgeräusche mit den Hängeordnern, und verstaute die Kanne in einer Schublade. Um Carmen ungehindert ins Gesicht sehen zu können, nahm er noch eine Reihe weiterer Umschichtungen auf dem Schreibtisch vor. Er hatte graue Augen.

»Sehr freundlich von Ihnen, daß Sie sich herbemüht haben«, sagte er zuvorkommend. »Ich hätte Sie ebenso gern zu Haus aufgesucht.«

»So rum ist es mir bedeutend lieber. So kann ich wenigstens aufstehen und gehen, wann immer mir danach ist. Aber es war natürlich trotzdem sehr freundlich von Ihnen, daß Sie jemand geschickt haben, der mich abgeholt hat«, fügte sie noch hinzu und schwächte damit die harsche Wirkung ihrer ersten Worte ab.

»Hat Ihnen der Kollege schon gesagt, um was es sich dreht?«

»Nur, daß es um meine Beziehung zu Reverend Sunsmith geht. Er ist doch hoffentlich bei guter Gesundheit? Ein weiteres Attentat ist ja nicht erfolgt.« Sie sprach mit immer gleichbleibendem Tonfall.

»Nein, heute früh hat er noch zwei Gottesdienste halten können, ohne daß es zu Zwischenfällen gekommen wäre. Die Rechnung dafür wird der Steuerzahler aufgetischt bekommen. Als der sowjetische Botschafter in der Stadt war, um unsere Industrieanlagen zu besichtigen, war das Aufgebot an Sicherheitskräften bei weitem nicht so hoch.«

»Freut mich zu hören.«

Pontier sah sie sich genau an. Hohe Wangenknochen, gesunder, ins Goldene spielender kupferfarbener Teint, kein Rouge, ihre Augen waren verblüffend dunkel im Vergleich zu ihren aschblonden Haaren, die ihr bis auf die Schulter fielen. Die cremefarbene Bluse, die sie trug, war wie für sie entworfen. Auf dem Schlüsselbein ruhte ein schmales Goldkettchen. Ihrem Aussehen nach zu urteilen, war sie an die dreißig. Aber er wußte, daß sie schon älter war. »Wie ist denn nun eigentlich Ihre Beziehung zum Reverend?«

»Er ist ein Freund. Außerdem bedenke ich seine Kirche mit Geldspenden.«

»Darf ich fragen, weshalb?«

»Ich bin eine religiös empfindende Frau, komme aus einem religiösen Land und glaube an das, was er tut.«

»Mit der römisch-katholischen Kirche hat sein Glaube aber reichlich wenig zu tun.«

»Als der amtierende Papst ans Ruder kam, bin ich aus der Kirche ausgetreten. Plötzlich konnte ich den lieben Gott einfach nicht mehr erkennen. Er stand im Weg.«

Das klang echt. Pontier glaubt allmählich, sie zu verstehen. Aber hundertprozentig sicher war er sich noch nicht. »Darf ich fragen, wie lange Sie sich dem Reverend nun schon verbunden fühlen, und wieviel Sie bereits gespendet haben?«

»Warum nicht. Ich kriege es schon mit, wenn ich meine Steuererklärung mache. Ungefähr vor sechs Monaten war ich zum erstenmal in einem Gottesdienst von ihm. Da habe ich gleich eine kleinere Summe gespendet, und seither spende ich regelmäßig. Insgesamt jetzt vielleicht eine Viertelmillion. Bedauerlicherweise habe ich die genauen Zahlen im Augenblick nicht im Kopf. Wenn Sie mir am Telefon gesagt hätten . . .«

»Das ist aber eine ganze Stange Geld.«

»Ich besitze bedeutend mehr.«

»Was hat der Reverend eigentlich an sich, daß er Ihren Glauben so inspiriert?«

»Daß er an das glaubt, was er sagt.«

»Ist das wirklich der Grund?«

Sie setzte sich anders hin. Als sie die Beine übereinanderschlug, verrutschten ihre Popelinehosen und ließen ein Stückchen ihrer schlanken Fesseln frei. Ihre nackten Füße steckten in Goldsandaletten. »Da, wo ich herkomme, ist die Kirche nichts als eine Unterabteilung der Regierung. Die Padres sind Werkzeuge des Staates, die gebraucht oder abgelegt werden, je nach ihrer Macht, das Volk zu manipulieren. Hierzulande gibt es auch ein paar von der Sorte. Ganz anders der Reverend. Natürlich sehe ich auch, daß er sich wie ein Clown kleidet und ganz gerne eine Show abzieht. Aber wenn ihn das Feuer packt, wird er ganz davon erfüllt, und mit ihm alle, die in seiner Nähe sind. Das ist kein Theater. Aber warum fragen Sie das eigentlich alles? Was hat das mit dem Mordversuch zu tun?«

Pontier berührte seinen Schnauzer mit einer Fingerspitze. »Sind Sie gegen die Legalisierung des Glücksspiels in Detroit?«

»Ja.«

»Manche Leute, unter ihnen der Bürgermeister, befürworten diese Gesetzesinitiative. Sie versprechen sich davon die Schaffung neuer Arbeitsplätze und ein höheres Steueraufkommen.«

»Wenn jemand wirklich arbeiten will, findet er auch was«, entgegnete sie. »Die Anzeigen in den Zeitungen sind voll mit Angeboten. Und glauben Sie mir, ich sage das nicht einfach, weil ich jetzt zu Geld gekommen bin. Mein Vater war ein armer Mann. Er war sich nie zu schade, jede ehrliche Arbeit anzunehmen, um seine Familie ernähren und anzukleiden zu können.«

»Entschuldigen Sie bitte, aber wir sprechen über Sunsmith und nicht über Ihren Vater.«

»Ich bin noch nicht fertig. In meinem Land ist das Glücksspiel gesetzlich erlaubt. Es hat *las turistas* gebracht und *mucho dinero*. Mein Vater hat sich so bemüht, eine Anstellung in den Kasionos zu kriegen, als Hilfskellner, Page, egal was. Ausgelacht haben sie ihn, als er sich bewarb, die *americanos*, die das Spiel mit dem Glück kontrollieren.

Sie haben ihm gesagt, daß die Amerikaner, die ins Land kommen, um ihr Geld dort auszugeben, nicht von einer Meute kleiner brauner Latinos angequatscht werden wollen, die sie in gebrochenem Englisch vollabern. Wenn sie darauf scharf wären, würden sie sich einen Reisebus mieten und über die Dörfer kutschieren. Dann haben sie meinem Vater noch gesagt, daß alle Angestellten aus dem Norden kämen, die Ausstattung der Kasinos sowieso, und haben ihn vor die Tür gesetzt.«

Plötzlich ertappte sie sich dabei, daß sie die Konsonanten verschluckte, und versuchte sich zu entspannen. Pontier konnte förmlich sehen, wie die elegante Witwe aus dem Ausland wieder Platz griff. »Hier wäre es doch ganz genau dasselbe«, fuhr sie fort. »Erkundigen Sie sich doch mal in Atlantic City, wie viele Arbeitsplätze da geschaffen worden sind. Die mit ihren miesen kleinen Verschleierungen von Holdinggesellschaften, die direkt in die Unterwelt führen, und einer Verbrechensrate, die sich seit der Einrichtung der Kasinos verdoppelt hat. Nein, mein Glauben liegt in den rosa Roben des Reverends.«

Der Inspektor lächelte seine Frau auf dem Schreibtisch an. Würdest du der das etwa abkaufen? Laut sagte er: »Wissen Sie, ich glaube Ihnen nicht, daß Sie die Kirche Sunsmiths so reich mit Spenden bedenken, bloß weil Ihnen seine Predigten gefallen. Ich glaube eher, daß Sie wie ein Unternehmen in ihn investieren, Sie kriegen es als bare Kralle von ihm zurück, unter dem Tisch und nicht über die Bücher versteht sich, während Sie die Hauptsumme als gemeinnützig von der Steuer absetzen. Genau das glaube ich.«

»Ich bitte Sie, Inspektor! Mein Besitz beläuft sich auf etliche Millionen. Ich zahle meinen Anwälten mehr, damit sie meine Steuern so niedrig halten wie möglich, als Sie insgesamt an Steuern zahlen müssen. Weshalb sollte ich mich auf so komplizierte Transaktionen einlassen?«

Ungehalten wurde sie nicht, sie riß die Augen auch nicht auf oder beteuerte ihre Unschuld. Das mußte er ihr zugute halten.

»Das will ich Ihnen gern sagen: Je mehr Geld man hat, desto mehr will man besitzen. Besonders, wenn man aus einem Land kommt, in dem der Regierung alles gehört, und man nicht will, daß der Staat hier mehr kriegt als unbedingt nötig«, sage er. »Und weil die Steuer zu umgehen ebenso typisch amerikanisch ist wie Elvis. Sie sind am heutigen Morgen nicht der erste von Sunsmiths Gimpeln, mit dem ich spreche, Mrs. Thalberg. Ich kenne die Machenschaften.« Das war gelogen, denn Lovelady hatte bislang weder Philip Constable auftreiben können noch die anderen auf der Spendenliste.

»Gimpel?«

»Soviel fährt der Reverend einfach nicht ein, jedenfalls nicht genug, um all die Unternehmen und Einzelpersonen der Höhe ihrer Investitionen entsprechend zufriedenzustellen, mit denen er in Verbindung steht. Aber was sage ich Investitionen. Entschuldigen Sie, Spenden. Folglich leitet er das Geld, das er von später hinzukommenden Spendern erhält, an die ursprünglichen Wohltäter weiter, die an der Spitze der Pyramide stehen. Für die ist das gut, aber weniger toll natürlich für das Völkchen am Fuße der Pyramide. Wenn das ganze Gebäude einstürzt, und das wird früher oder später unvermeidlich sein, werden die am übelsten zerquetscht. Und was meinen Sie, Mrs. Thalberg, wo Sie da wohl stehen?«

Sie zupfte sich mit einem ihrer manikürten Finger einen Fussel von der Hose. »Sie sind es doch, der diese zugegebenermaßen beeindrukkende Pyramide errichtet«, meinte sie. »Vermutungen über Vermutungen. Aber das Ganze klingt mir eher wie ein Fall für das Betrugsdezernat. Doch nicht nach Mord.«

»Ich kümmere mich nicht drum, wer wen um sein Geld behumst. Mir ist auch absolut Wurscht, ob Sie Ihre Steuern in Dollars oder in Zahnstochern oder überhaupt nicht zahlen. Auch nicht mein Bier, ob die Gesetzesinitiative in Sachen Glücksspiel durchkommt oder nicht. Nur daß ich es dann mit einer anderen Kategorie von Gaunern zu tun kriege, wenn sie tatsächlich erfolgreich ist. Nun bin ich leider kein Finanzgenie. Aber wenn ich mit dem bißchen, was ich von derlei Dingen im Köpfchen habe, Sunsmiths Machenschaften durchschauen kann, dann muß jemand anders auch dazu in der Lage sein. Und wenn dieser Jemand zufällig von der Sorte ist, daß er einen Killer engagiert, um die Bilanzen hinzubiegen, *dann* ist mir das nicht mehr Wurscht. Dafür werde ich bezahlt.«

»Verdächtigen Sie mich?«

»Es würde meine Aufgabe bedeutend vereinfachen, wenn Sie mir einen Grund nennen könnten, weshalb ich es nicht tun sollte.«

»Bin ich festgenommen?«

Ohne sie aus den Augen zu lassen, schüttelte er den Kopf. Sie grinste ihn affektiert an.

»Sehe ich so unschuldig aus?«

»Ich glaube nur, wenn Sie jemanden umbringen wollten, würden Sie es selbst tun.« Er erhob sich. »Ich stelle einstweilen erst einmal alle

Damesteinchen auf und beobachte, ob da vielleicht einer über die anderen springen will. Haben Sie noch einmal vielen Dank für Ihren Besuch, Mrs. Thalberg.«

Einen Moment später stand auch sie auf. »Merkwürdige Arbeitsmethoden haben Sie, Inspektor.«

»Das sagt mein Chef auch immer. Sergeant Lovelady wird Sie nach Hause fahren.«

Sie hatte nicht gesehen, daß er die Sprechanlage betätigt hatte, aber als sie sich umdrehte, hielt der dicke Beamte im gelben Jackett die Tür für sie auf. Sie blickte sich noch einmal um.

»Sagen Sie, ist es eigentlich nur im Film so, daß der Inspektor dem Tatverdächtigen untersagt, die Stadt zu verlassen?«

»Im Grunde ja. Aber wenn Sie eine längere Reise vorhaben, würde ich es trotzdem sehr zu schätzen wissen, wenn Sie uns wissen ließen, wo wir Sie erreichen können.«

Sie versprach es.

Auf dem Weg zum Ausgang kamen Carmen und Lovelady an einem etwa vierzigjährigen Mann vorbei, den zwei Uniformierte in den Mannschaftsraum führten. Der Mann warf ihr nur einen kurzen Blick aus müden Augen zu, und dann traten die drei durch eine Tür. Sie schwang hinter ihnen zu. Das Ganze wäre Carmen gar nicht aufgefallen, wäre Sergeant Lovelady nicht extra stehengeblieben, um sich die Prozession anzusehen.

»Wer war das?« fragte sie.

Die Antwort kam ganz automatisch. »Peter Macklin.« Ein bißchen erschrocken verstellte er ihr dann die Aussicht auf die Tür, hinter der das Trio verschwunden war, legte ihr eine Hand an den Ellbogen und schob sie auf den Flur.

»Wen hat er getötet?«

Der Dicke sah sie ausdruckslos an.

»War ja nur ein Scherz«, sagte sie.

Er begleitete sie nach draußen.

13

Sonntag früh, eine Stunde nach dem Spätgottesdienst, versuchte sich Schwester Mercer im Badezimmer an einem Beleuchtungskörper zu erhängen. Die insgesamt eher leiwändige Konstruktion des Mietshauses rettete ihr das Leben. Zusammen mit einem halben Quadratmeter Decke donnerte der Beleuchtungskörper auf den Boden. Beim Fallen stieß sich Schwester Mercer den Kopf am Fuße der Kloschüssel an. Als das geschah, saß Schwester Asaul, die der Reverend gebeten hatte, bei Mercer zu bleiben, gerade in der Küche und trank ein Täßchen Kaffee. Als sie dem Getöse auf die Spur gekommen war, rief sie den Reverend an und die Rettungswache. Und zwar genau in dieser Reihenfolge.

Sunsmith empfing die Sanitäter in einem roten Velourjogginganzug, den er sich zum Auftakt seiner neuen Fitneßkampagne gekauft hatte, und während Asaul feuchte Kompressen bereitete, blieb er bei Schwester Mercer, hielt ihr die Hand und flüsterte ihr beruhigende Worte zu. Die vier Ältesten und Sergeant Twill, der an diesem Sonntag an der Stelle Paul Ledyards den Babysitter bei Sunsmith spielte, ließen die Sanitäter und einen uniformierten Polizisten durch, der zu Protokoll nahm, daß Schwester Mercer in einer Pfütze im Bad ausgerutscht sei. Über diese Version hatten sich der Reverend und Asaul telefonisch verständigt, bevor sie den Krankenwagen gerufen hatte. Anschließend ließ er sich in seiner Limousine hinter dem Krankenwagen her ins Detroit Receiving fahren.

Während er im Wartezimmer vor der Notaufnahme saß und sich nach Kräften von den anderen Menschen, die ihre Lieben den Ärzten anvertraut hatten und wie er Wache schoben, anstarren ließ, kam Sunsmith zu der Überzeugung, daß er mehr Bargeld brauchte. In genau dreiundzwanzig Tagen fand das Volksbegehren statt, das darüber befinden sollte, ob im November auch über die Legalisierung des Glücksspiels abgestimmt wurde, und in einer Schreibtischschublade im Pfarrhaus lag das Ergebnis einer privaten Umfrage, der zufolge mehr als dreißig Prozent der stimmberechtigten Detroiter Bürger noch unentschieden waren. In drei Wochen würde kein Mensch mehr an den Anschlag auf sein Leben denken, und dann wäre auch der damit verbundene Werberummel verrauscht. Und er bot einfach eine zu große Zielscheibe ab, um ein sich weiteres Attentat leisten zu können. Als ihm Asaul am Telefon die Neuigkeiten von Mercer mitgeteilt hatte, hatte er den Bruchteil einer Sekunde lang mit dem Gedanken gespielt, ihren Selbstmordversuch politisch zu seinen Gunsten auszuschlachten, war dann aber zu dem Schluß gekommen, daß die ganze Geschichte mit diesem Roger Macklin so verschwiemelt war, daß sie ihm nicht viel Gutes einbringen konnte. Außerdem erweckte es in den sensationsgeilen Hirnen einer verwöhnten Öffentlichkeit immer nur ungesunde Spekulationen, wenn sich eine Anhängerin eines Geistlichen zu erhängen versuchte.

Wenn er die abgrundtiefe Sündhaftigkeit des von der Regierung sanktionierten Glücksspiels erfolgreich denunzieren wollte, brauchte er Großkundgebungen unter freiem Himmel, Werbespots in Funk und Fernsehen, ganzseitige Anzeigen und Benefizveranstaltungen, die in der Hauptsendezeit übertragen wurden. Aber solche Maßnahmen kosteten Geld, und solange er ständig damit beschäftigt war, die Kohlen, die von neuen Investoren reinkamen, an die ursprünglichen Finanziers weiterzuleiten, fraßen die Instandhaltung der Kirche und der Betrieb der Kabelsendungen immer wieder die Differenz auf. Wenn er nun versuchte, wieder neue Investoren an Land zu ziehen, komplizierte das die Situation nur weiter, aber was blieb ihm anderes übrig, er mußte ja die Gläubiger ruhigstellen, die ungeduldig mit den Füßen scharrten, wenn die, die vor ihnen in der Schlange standen, ihr Geld schon wieder zurückkriegten. Das ganze war ein bißchen, als hielte er an einer goldenen Kette den Griff einer Winde in den Händen, von Umdrehung zu Umdrehung ging sie schwerer, aber wenn er sie losließe, würde alles außer Kontrolle geraten und die Kurbel ihm beim Rückschlag den Kopf absäbeln. Also mußte ihm irgend etwas einfallen, was den gegenwärtigen Geldgebern runterging wie Butter und ihnen den Goldbeutel locker macht, so daß alle ihre Zweifel und Verdächtigungen sich in nichts auflösten und die Bedrohung des Glücksspiels auf einer Woge von Papiergeld dahinschwappen würde.

Nachdem er eine Stunde vor der Notaufnahme gewartet hatte, kam eine Schwester heraus und teilte ihm mit, daß Schwester Mercer außer Lebensgefahr sei. Allerdings wolle der Arzt sie gerne über Nacht zur Beobachtung in der Klinik behalten, um eine Gehirnerschütterung endgültig auszuschließen. Zerstreut bekundete der Reverend sein Einverständnis. Er war bereits dabei, sich einen Plan zurechtzulegen. Er wollte für den Kongreß der Vereinigten Staaten kandidieren.

Als Pontier am Montag früh Randall »Red« Burlingame in seinem ranchartigen Backsteinhaus im ländlichsittlichen Farmington aufsuchte, stand der Regionalleiter Michigan des Federal Bureau of Investigation gerade über seinen blauen Ford *Escort* gebeugt in der Auffahrt und war dabei, die Zündung einzustellen. Der grobschlächtige, ergrauende Rotschopf wirkte in den alten Arbeitshosen und seinem weißen Sweatshirt, das an den Ärmeln schon recht schmuddelig war, älter und sanfter als sonst; und als er sich tiefer über den Motor beugte, um die Flügelmutter auf dem Luftfilter zuzudrehen, bemerkte Pontier erste Spuren einer Tellerglatze. Bei Gelegenheit richtete sich Burlingame auf, wischte sich mit dem einzig verbliebenen sauberen Fleckchen eines grauen Lumpens, der auf dem Kühler lag, die Hände ab, stieg in den Wagen und ließ den Motor an. Er startete sofort und lief ganz gleichmäßig.

»Den Vertragswerkstätten gehört doch der Arsch versohlt«, meinte er, als er die Zündung wieder ausstellte und aus dem Wagen kletterte. »Sie müssen meine Ausdrucksweise entschuldigen, aber es ist doch wahr: Wollten die mir in der Werkstatt doch tatsächlich fünfzehn Kröten für das abzocken, was ich hier eben in knapp fünf Minuten selbst zustande gebracht habe.«

»Der Bericht von der Steuerfahndung«, erinnerte ihn Pontier.

»Im Haus.« Burlingame warf Fahrertür und Kühlerhaube zu, stopfte den Schmuddellumpen in die Hosentasche und führte Pontier durch die unordentliche Garage ins Haus. In der Küche holte er eine Büchse Budweiser aus dem Kühlschrank und wollte sie Pontier in die Hand drücken. Aber der lehnte freundlich ab. Es war zehn Uhr früh.

Der FBI-Mann zuckte mit den Achseln und petzte die Büchse auf. »Grace hat unsere Enkeltochter zum Einkaufen geschleppt. Sie kommt im Herbst in die Schule.«

»Ich wußte gar nicht, daß Ihr Enkelkind schon so alt ist.«

»Nein, *Grace* fängt mit der Schule an.« Er nahm einen herzhaften Schluck Bier. »Jetzt ist sie neunundvierzig und muß unbedingt noch Schreibmaschine und Steno lernen. Wenn sie nicht so Wurstfinger hätte, daß sie es auf diesem Gebiet nie zu was bringen wird, müßte ich mir wohl Gedanken machen, daß sie sich scheiden lassen will.«

Durch eine kleine Eßnische kamen sie in das zwei Stufen tiefer gelegene Wohnzimmer, in dem kühle Farben den Ton angaben. Eine gläserne Schiebetür führte auf einen Hof hinaus, der mit Kiefern gegen die Nachbargrundstücke abgeschirmt war. Burlingame plazierte Pontier auf einen hochmodernen grauen Vinylsessel und verschwand durch eine andere Tür. Wenig später kam er mit seiner Bierdose und einem dicken, weckringumschnürten grauen Aktenordner zurück, den er dem Inspektor in den Schoß warf.

»Ich habe den Empfang quittieren müssen, seien Sie also bitte so gut und lassen ihn nicht im Waschsalon liegen«, sagte er und ließ sich auf eine Couch fallen, die mit dem Sessel zusammen eine Garnitur bildete. »Der Beamte, der mir das Teil besorgt hat, hat vermutlich gedacht, daß ich nichts mehr zu verlieren habe, von wegen Vorruhestandsurlaub. Dabei muß ich doch an die Pension denken.«

»Bis zum heutigen Tag habe ich weder ein Beweisstück verloren noch je einen Informanten im Regen stehen lassen.« Pontier schnippte den Weckring ab und blätterte den Inhalt des Aktenordners durch. »Schönen Dank für Ihre Hilfe übrigens.«

»Keine Ursache. Über alles, was Charles Maggiore tiefer in die Scheiße stumpt, könnte ich mich freuen wie ein Itsch.«

»Ich will nur hoffen, daß Ihr Amtsnachfolger genauso denkt wie Sie.«

»Das liegt ganz an Ihnen. Wenn die so einen komischen Jungschen aus Washington berufen, womit ich eigentlich rechne, können Sie sich den mit Sicherheit irgendwie zurechtzuppeln. Den lassen Sie dann einfach in den Genuß Ihrer langjährigen Erfahrungen im Dienste von Friedefreudeeierkuchen bei den Polizeidienstkräften kommen. Schwieriger wird die Angelegenheit allerdings, wenn ein alter Knakker auf meine Stelle kommt, der nur noch an die Pensionierung denkt. Bevor Ihnen so einer auch nur eine Rolle Klopapier leiht, müssen schon mittelprächtige Weltwunder geschehen.«

Im Moment konnte Pontier mit den Informationen aus der Akte nicht viel anfangen. Er legte den Weckring wieder um und trommelte mit den Fingern auf den Karton. »Wie ist es denn so? Ich meine, der Ruhestand.«

Burlingame setzte sich so hin, daß er den ölbeschmierten Lumpen aus der Hosentasche ziehen konnte, und wedelte ihn wie eine Waffenstillstandsfahne im Wohnzimmer herum. »Das war einmal mein letzter grauer Anzug. Am letzten Arbeitstag habe ich Grace gebeten, alle zu Putzlumpen zu verarbeiten. Das heißt, bis auf einen. In dem gedenke ich zur Beerdigung von Freunden und zu meiner eigenen zu gehen.« Er schleuderte den Lappen auf den Couchtisch. »Mein Vater hat sich dumm und dusselig geschuftet, nur damit sein Sohn einmal keine alten Klamotten anziehen muß. Und ich habe mir den Arsch aufgerissen, damit ich es einmal kann. Ist schon verrückt, das Leben.«

Beide Männer schwiegen einen Moment lang. Pontier stützte die Hände auf die Armlehnen seines Sessels. »Also. Nochmals schönen Dank.«

»Was hoffen Sie eigentlich herauszufinden, was der Steuerfahndung bislang entgangen ist?«

Pontier zuckte mit den Schultern. »Wenn ich mit meiner Vermutung richtig liege, hat Maggiore via eine seiner legalen Holdinggesellschaften Spenden an Sunsmiths Kirche geleistet und sie von der Steuer abgesetzt.«

»An diesen Scharlatan? Da will sich der olle Itaker wohl Ablaßzettel kaufen?«

»Ich halte das Ganze für eine üble Masche. Und zwar in beiden Richtungen. Wenn dem so ist, dann ergibt sich daraus ein bedeutend besseres Motiv, den Reverend auszuschalten, als seine Haltung in der Spielfrage.«

»Sieht ja ganz so aus, als wäre eine Menge Fleißarbeit für die Katz, wenn Maggiore jetzt abnippelt.«

»Ich habe heute früh im Krankenahus angerufen. Sein Zustand hat sich stabilisiert. Morgen wollen sie ihm die Kugeln operativ entfernen. Aber es ist genausogut möglich, daß Maggiore für das Attentat gar nicht verantwortlich ist. Da sind auch noch andere im Spiel.«

»Haben Sie die Fahndung ausgeschrieben?«

»Läuft auf vollen Touren.«

»Kenne ich ihn?«

»Tja, also . . . Peter Macklin.«

Burlingames Grinsen war nicht die Spur freundlich. »Das einzige, was Macklin für Maggiore tun würde, ist, seine Leiche aus dem Weg zu räumen.«

»Gekascht haben wir ihn uns wegen des Mordes an dieser Chordame. Im Moment behalten wir ihn wegen des Attentats auf Maggiore. Wenn wir diese Kugeln in die Pfoten kriegen, bevor wir Macklin wieder freilassen müssen, können wir vielleicht anfangen, eine Anklage zusammenzuschustern.«

»Ich wüßte nicht, wie das gehen sollte. So wie ich Macklin kenne, ist seine Knarre jetzt schon 'n paar Kilometer weit den Fluß runter.«

»Wir tun jedenfalls unser Möglichstes.« Geistesabwesend streichelte Pontier die Ränder des Aktenordners. »In einer idealen Welt kämen Macklin und Maggiore lebenslänglich wegen Mordes hinter Gitter, und Sunsmiths fetten Arsch würden die Tunten in Milan wegen Steuerbetrug ficken. Die nächsten zehn Jahre lang.«

Der FBI-Beamte fingerte einen vier Zentimeter langen Zigarrenstumpen aus dem Aschenbecher, der auf dem Couchtisch stand, und schien mit dem Gedanken zu spielen, ihn anzuzünden. »Ja, aber in einer idealen Welt hätten wir zwei auch einen anderen Beruf.«

»Ich könnte zum Beispiel bei Ford am Band arbeiten.«

»Aber gewiß doch.« Er legte den Stumpen wieder in den Ascher zurück und nahm statt dessen die Bierdose zur Hand. »Könnte ich auch nicht.«

Morgen früh bemühte ein jungscher blauer Nadelstreifenanzug, der sich als Sozius von Howard Klegg vorstellte und einen Verband auf der Stirn trug, die Habeas-Corpus-Akte und haute den Killer raus. Macklin bestätigte den Erhalt seines persönlichen Eigentums und zeigte sich geneigt, die Einladung des Anwalts anzunehmen, ihn nach Hause zu fahren. Er fühlte sich unbehaglich in seinen Klamotten und mußte sich dringend rasieren. Sie waren schon fast beim Wagen, der vor dem Polizeipräsidium in der Haltezone geparkt war, als ein grauer Maserati vor ihnen anhielt. Eine Frau mit dunklem Teint und hellen Haaren kurbelte die Fensterscheibe auf der Beifahrerseite herunter. »Soll ich Sie mitnehmen, Mr. Macklin?«

Als sie ihre große gelbe Sonnenbrille abnahm, erkannte Macklin sie. Er hatte sie am Tag zuvor im Mannschaftsraum der Polizei gesehen. Bei dem Wagen war sie aber bestimmt keine Polizistin. Er warf dem Anwalt nur einen kurzen Blick zu. »Trotzdem vielen Dank.«

Über das Dach seines Autos hinweg lächelte der Anwalt anzüglich zurück. »Gute Wahl getroffen.« Und stieg ein.

Nachdem Macklin neben ihr Platz genommen hatte, sah ihm die Frau ins Gesicht. »Möchten Sie sich nicht anschnallen?«

»Komme gerade aus dem Knast.«

»Verstößt aber gegen das Gesetz.«

Er blickte ihr so lange in die Augen, bis sie wegsah. »Na gut«, meinte sie dann und legte den Gang ein. Mit quietschenden Reifen fuhren sie los.

Auf der Beaubien fragte sie: »Wohin? Zu Ihnen nach Southfield?«

»Ich hab's ja gewußt«, meinte er.

»Was gewußt?«

»Wenn mich eine gutaussehende Frau vor dem Polizeipräsidium aufliest, dann bestimmt nicht, weil sie gerade vorbeigefahren kommt und ihr mein Gang gefällt.«

»Ich habe im Telefonbuch nachgeguckt. Wundert mich eigentlich, daß Sie drinstehen.«

»Da bin ich aber neugierig, wo Sie zuerst nachgesehen haben. Bestimmt im Branchenbuch unter K wie Killer?«

»Sie haben ja sogar Humor«, entgegnete sie. »Da bin ich also offenbar falsch unterrichtet worden.«

»Übertrieben viel Verwendung habe ich in meinem Beruf nicht dafür.«

»Muß schon sagen, Sie nehmen kein Blatt vor den Mund.«

»Habe gerade vierundzwanzig Stunden Knast hinter mir. Seit gestern habe ich jedenfalls keinen Menschen getroffen, der nicht weiß, was ich von Beruf bin. Und wer sind Sie?«

»Carmen Contrale Thalberg. Hab' zuerst im Gefängnis angerufen, dort hat man mir gesagt, Sie würden im Präsidium festgehalten. Und von dem Beamten, mit dem ich da gesprochen habe, habe ich erfahren, daß Sie gerade entlassen würden. Ich habe Sie also grade noch erwischt.«

Sie fuhren den John Lodge Freeway in Richtung Norden. Sie behandelte den Maserati, als wäre sie stinksauer auf ihn, wechselte unvermittelt die Spur und schien die Bremse nur vom Hörensagen zu kennen. Sie hatte eine nachtblaue Bluse an und einen beigefarbenen Rock. Macklin bemerkte, daß sie keine Schuhe trug. Auf dem Armaturenbrett lag ein Paar hochhackige Silbersandaletten.

»Ich habe zufällig gesehen, wie Sie gestern eingeliefert worden sind«, fuhr sie fort. »Und von einem Beamten habe ich erfahren, wer Sie sind.«

Er überlegte, ob sie wohl auch zu diesen gelangweilten reichen Witwen gehörte, die es in der Fantasie mit Schwerverbrechern treiben. Schon eine ganze Menge von der Sorte hatten ihm nachgestellt, aber er wäre vielleicht nicht ganz so Hals über Kopf weggerannt, wenn eine von ihnen auch nur annähernd so ausgesehen hätte wie diese hier. Aber einen Ehering trug sie nicht. Ihr einziger Schmuck war ein kleines goldenes Kruzifix, das ganz sanft zwischen ihren Brüsten pendelte, wenn sie einen anderen Gang einlegte. Eigentlich war er gar nicht mehr müde.

Als könne sie Gedanken lesen, erklärte sie: »Den Wagen habe ich von meinem verstorbenen Mann geschenkt bekommen. Ich finde, er sieht ganz gut aus, aber für meinen Geschmack hat er zuviel PS. Außerdem ist man im Stadtverkehr nicht beweglich genug damit. Möchten Sie mal fahren?«

»Alles, was mehr als drei Gänge hat, ist nichts für mich.«

»Dabei habe ich immer gedacht, daß alle amerikanischen Männer ganz scharf darauf wären, hinter dem Steuer mal ordentlich den Larry zu machen.«‹

»So 'n Quatsch.«

Als das Radarwarngerät zu piepen anfing, drosselte sie die Geschwindigkeit. »Was ist mit Ihnen?«

»Daß Sie hier das naive Latinopusselchen spielen, gefällt mir nicht.

Den Akzent können Sie doch ablegen, wann immmer Sie wollen. Aber lassen Sie uns jetzt mal darüber sprechen, weshalb Sie mich aufgelesen haben.«

»Okay, okay. Im Handschuhfach liegt eine Kassette.«

Nach etlicher Fummelei fand er das Handschuhfach und öffnete die Klappe. Es enthielt ein paar Autofahrerhandschuhe aus Hirschleder – zum allerersten mal sah er in einem Handschuhfach tatsächlich Handschuhe – und drei Kassetten in Kunststoffschutzhüllen. »Welche meinen Sie?«

»Die ohne Beschriftung. Legen Sie sie ein.«

Während er sich noch redlich mühte, sich auf dem Armaturenbrett zurechtzufinden, nahm sie ihm das Band aus der Hand und schob es durch eine Kippklappe unter dem Radio.

»›Und Ahab redete mit Naboth und sprach‹«, dröhnte es aus den verborgenen Lautsprechern, »›gib mir deinen Weinberg: Ich will mir einen Kohlgarten daraus machen, weil er so nahe an meinem Hause liegt. Ich will dir einen besseren Weinberg dafür geben, oder, wenn dir's gefällt, will ich dir Silber dafür geben, soviel er wert ist.‹«

Nach einer Kunstpause fuhr der Redner fort: »Und was, meine lieben Brüder und Schwestern, ist dann geschehen? Ob Naboth wohl darauf angesprungen ist, ob er das schnelle Geld angenommen hat? Oder hatte er es vielleicht auf ein besseres Angebot abgesehen? Nein, meine lieben Brüder und Schwestern, Naboth sagte: ›Das lasse der Herr fern von mir sein, daß ich dir meiner Väter Erbe geben sollte!‹«

Carmen Thalberg erhob die Stimme, um das Donnergedröhn aus den Lautsprechern zu übertönen. »Wissen Sie, wer da spricht?«

Macklin bejahte. Er wurde langsam wieder müde.

Sie fuhren noch eine ganze Meile, bevor sie mit der Sprache herausrückte.

»Sind Sie gegenwärtig frei?«

14

Der Schütze war dreiunddreißig Jahre alt und hieß Caudhill. Er hatte bei den Spezialeinsatztruppen in Kambodscha gedient und gerade in Toledo ein Ding mit geklauten Kreditkarten für die Familie Truzzi abgewickelt. In Zusammenhang mit den Autobahnmorden an zwei Miteigentümern eines Pornokinos in Cleveland hatte ihn die Polizei von Ohio verhört, und am kommenden Donnerstag hatte er sich wegen Erpressung und vorsätzlicher schwerer Körperverletzung in einem anderen Fall vor Gericht zu verantworten. Als er sich nach der Nummer von Michael Bonifaces Suite im Pontchartrain erkundigte, würdigte ihn der Angestellte an der Rezeption kaum eines Blickes. Er war nur mittelgroß, aber recht stämmig gebaut, er hatte eine ingwerfarbene Tolle über der Stirn, und unter einem schwarzen Rolli, verwaschenen Jeans und einer blauen Windjacke verbarg sich neben der Statur eines Gewichthebers ein Ithaca-Schießgewehr in einem Spezialgurt ohne Schaft.

Bewaffnet mit der Zimmernummer ging er an den Aufzügen vorbei, wo ein uniformierter Wachmann stand und alle Gäste bat, ihm ihre Zimmerschlüssel zu zeigen, bevor er sie in die Kabine ließ, und marschierte auf eine Reihe hausinterner Fernsprechapparate zu. Er ließ das Telefon in Bonifaces Suite zweimal klingeln.

Als jemand ranging, meldete sich Caudhill: »Hier ist der Kassierer des Hotels. Ich will mir nur schnell Ihren Anruf nach Auckland in Neuseeland bestätigen lassen, bevor ich ihn auf die Rechnung setze.«

»Neuseeland?« hieß es ungläubig am anderen Ende der Leitung. »Da haben Sie sich wohl in der Zimmernummer geirrt, Freundchen.«

»Ist denn da nicht Suite sieben sechzehn, Michael Boniface?«

»O Mann, sind Sie sicher, daß es nicht Oakland, Michigan, war oder so?«

»Die Gebühr beläuft sich auf achtzig Dollar fünfundsiebzig.«

»Also von uns hier hat niemand in Neuseeland angerufen.«

»Verstehe. Könnte Mr. Boniface dann bitte kurz herunterkommen und das klarstellen?«

»Was heißt hier klarstellen. Ich sag' Ihnen doch, daß der Anruf nie erfolgt ist.«

»Also wenn da ein Irrtum der Telefongesellschaft vorliegt, brauchen wir eine schriftliche Bestätigung, daß ...«

»Sie müssen ja einen an der Waffel haben. Aber von mir aus. In zehn Minuten bin ich unten.«

»Sind Sie Mr. Boniface?«

»Der schläft. Ich bin sein Mitarbeiter. Mein Name ist Picante.«

»Tut mir leid, Mr. Picante, aber wir brauchen die Unterschrift von Mr. Boniface. Die Suite läuft auf seinen Namen.«

»Hat das denn nicht bis morgen früh Zeit?«

»Fürchte nein. Ich will gerade die Bücher fertigmachen, denn morgen früh kommt der Rechnungsprüfer von unserer Muttergesellschaft. Aber es dauert ja nur einen Moment. Anderenfalls sehe ich mich gezwungen, Ihnen die Gebühren in Rechnung zu stellen.«

»Scheiße.«

»Wie bitte.«

»Wir sind in zwanzig Minuten unten.« Klick.

Caudhill legte auf und nahm im Foyer Platz. Er ließ die Fahrstühle nicht aus den Augen. Das Gewehr drückte ihn.

Der Angestellte an der Rezeption, von dem er die Zimmernummer bekommen hatte, hieß Leon. Früher hatte ihm die Leitung des Hotelpagendienstes oblegen, heute besuchte er Abendkurse an der University of Detroit und hatte eine Affäre mit dem Zimmermädchen im vierten Stock, die fand, daß er James Brown ähnlich sähe. Es gehörte unter anderem zu seinen Pflichten, allabendlich die Bareinnahmen zur Bank zu bringen, und obwohl heutzutage nur noch wenige Gäste bar zahlten, war bis zum Spätnachmittag doch immer schon ein erkleckliches Sümmchen zusammengekommen. Etliche hundert Dollar bestimmt. Er hatte bei der Polizei die Genehmigung beantragt, während des Weges von und zur Bank zu seinem Schutz eine Waffe tragen zu dürfen, aber die war ihm verweigert worden. Und so hatte er sich eben eine halbvernickelte automatische Browning-Pistole Kaliber fünfundzwanzig angeschafft und trug sie ständig unter dem Blazer seiner Uniform bei sich. Und obwohl es bis zum heutigen Tage noch nicht zu Zwischenfällen gekommen war, achtete er immer darauf, daß die Pistole auch geladen war.

Außer Caudhill saß in der Lobby auch noch ein Zivilpolizist namens Richard Weinacre, den seine Kollegen beim Streifendienst wegen seiner Ähnlichkeit mit einem Riesenberufsringer mit mehrfach gebrochenem Nasenbein und dem lieblichen Stimmchen einer Kreissäge liebevoll »Schlägerbulle« nannten. Ostentativ in ein zerfleddertes Taschenbuchexemplar von *Der Feuersturm* versunken, hatte er in den Polstern Stellung bezogen, um einem Treffen zwischen dem Chef eines Detroiter Rings von Autodieben und einem Kerl beizuwohnen, der eigens per Flieger aus Los Angeles angedüst gekommen war, um ihn auszuzahlen. Heute war eigentlich Weinacres freier Tag, aber nächste Woche würde die Beförderungsliste veröffentlicht werden, und er war schon seit acht Jahren Sergeant. Er konnte die bevorstehende Verhaftung schon förmlich auf der Zunge schmecken. Bei seinem Lieblingscolt handelte es sich um einen achtunddreißiger *Cobra Special*, den er über der rechten Niere in einem Halfter aus Krokoleder trug.

Der Chef der hoteleigenen Wachmannschaft war diese Woche krank. Seinen Platz nahm in der Zeit ein Mitarbeiter einer Detroiter Privatfirma ein, ein gewisser David W. Thornton, früherer FBI-Mann im Außendienst, der mit achtunddreißig den Dienst quittiert hatte, um die Tochter eines libyschen Ölmillionärs zu ehelichen, der sein wertes Fräulein Tochter längst enterbt hatte, als alle Formalitäten schließlich erledigt waren. Jetzt war er vierzig, hatte zwei Kinder, seine Frau war bereits wieder guter Hoffnung, und verdingte sich nebenher schwarz als Privatdetektiv. Er verfügte über eine gute Spürnase und den gesunden Sinn der FBI-Leute für exquisite Klamotten. Am meisten Vertrauen setzte er in maßgeschneiderte braune Anzüge, die seinem Wellenhaar mit den vereinzelten Silberfäden und dem Bart schmeichelten, den er sich letzten Monat hatte stehen lassen und der jetzt bereits ganz gut kam; seine Anzüge mußten immer unter der Achsel Spielraum genug für das Halfter aus steifem Leder lassen, in dem er seine halbautomatische Smith-&-Wesson-Neunmillimeter trug. Nur schade, daß er heute abend den grauen mit den Nadelstreifen trug.

Er stand in der Tür zum Büro des Wachschutzchefs und sah immer wieder zu dem großen Mann mit dem gebrochenen Nasenbein hinüber, der im Foyer gegenüber der Lobby saß und in einem Buch las. Für ihn bestand nicht der geringste Zweifel, daß dieser Kerl auf einen der Hotelgäste wartete, um sich eine Spielschuld oder ein Privatdarlehen zurückzahlen zu lassen. Als er noch *undercover* für die Polizei tätig war, hatte er mit dieser Sorte Erfahrungen genug gemacht.

Keiner der vier bewaffneten Männer ahnte, was die anderen in die Lobby des Pontchartrains geführt hatte.

Obwohl er hinter großen Farngewächsen verborgen saß und Thornton ihn desahlb gar nicht sehen konnte, war Caudhill fest davon überzeugt, daß er derjenige sein mußte, den der Hoteldetektiv beobachtete. Ursprünglich hatte er mit dem Gedanken gespielt, ausnahmsweise einen Anzug anzuziehen, um in der eleganten Umgebung nicht aufzufallen, aber derart aus dem Ei gepellt fühlte er sich nie recht wohl. Hinzu kam, daß er partout noch kein Jackett auftreiben konnte, unter dem er seine Lieblingswaffe, eben jenes abgesägte Gewehr, tragen konnte, ohne gleich wie ein schwangeres Rhinozeros auszusehen. In einem Beruf wie dem seinen ist Bewegungsfreiheit das A und O.

Nach einer Viertelstunde stand er auf, räkelte sich und schlenderte gemächlich Richtung Aufzug. Der uniformierte Wachmann wurde ganz hippelig, als er ihn auf sich zukommen sah.

»Gibt's hier in diesem Schuppen einen Zigarettenkiosk?« fragte ihn Caudhil.

»Der ist um diese Zeit leider schon geschlossen. Tut mir leid.«

Er hörte, wie eine Aufzugskabine heruntergerumpelt kam. »Na, dann muß es eben ohne gehen, danke jedenfalls.«

Als der Aufzug leise klingelnd zuverstehen gab, daß die Kabine im Erdgeschoß angekommen war, wandte er sich ab. Er stimmte sein Herumschwingen genau mit den Geräuschen ab, die das Auftrudeln der Türen verursachte. Mit einer Hand zippte er den Reißverschluß seiner Windjacke auf, mit der anderen wirbelte er das fünfundvierzig Zentimeter lange Gewehr heraus.

Als das Glöckchen des Aufzugs anschlug, blickte Sergeant Weinacre von seinem Roman hoch. Er sah noch, wie der stämmige Mann herumwirbelte und gleichzeitig die Jacke aufzog. Die Bewegung kannte er. Er sprang auf, ließ das Buch fallen und zog den *Cobra.*

Was vor den Aufzügen vor sich ging, konnte David W. Thornton zwar nicht überblicken, aber er bekam mit, daß der Mann mit dem gebrochenen Nasenbein aufsprang und einen Revolver ins Spiel brachte. Mit der Routine, die lange Übung im Dienste des FBI mit sich bringt, zog er seine Smith & Wesson aus dem Achselhalfter.

Leon reagierte am langsamsten, obwohl er von seinem sicheren Plätzchen hinter der Rezeption aus alles beobachten konnte: wie das Gewehr des Mannes in der blauen Windjacke eine Flamme ausspie und den Wachmann umnietete; er sah den Großen mit dem gebrochenen Nasenbein, der etwas brüllte, was aber in dem allgemeinen Aufruhr unterging, und der Windjacke zweimal in den Rücken ballerte; schließlich sah er auch Thornton, der in den Knien federnd die Waffe in beiden Händen hielt und dem Großen mit dem gebrochenen Nasenbein einmal in die Brust schoß. Als die Kugel an dem großen Farngewächs vorbeipfiff, wiegten sich seine Wedel sanft im Luftzug. Leon fummelte in seiner Hose nach der Browning, aber die hatte sich in den hintersten Winkel der Tasche verzogen. Er riß sich den Saum seines Blazers ein Stück auf und verrenkte sich fast den Arm bei seinen Bemühungen. Schließlich bekam er die kleine Fünfundzwanziger doch noch in die Finger. Die Pistole glitt ihm aber gleich wieder aus der Hand, weil die Vernickelung so schlüpfrig war.

Totenstille fiel auf den Nachhall der Schüsse hinab, die so dicht hintereinander erfolgt waren, daß sie sich wie eine einzige lange

Explosion angehört hatten. Der Wachmann am Aufzug krümmte sich in den letzten Zuckungen auf dem Teppich, der ganz dick geworden war von all dem geronnenen Blut, sein Mörder mit dem Gewehr über den Schenkeln und zwei Kugeln im Rücken lag halb auf ihm. Weinacre lag quer über den Polstern, aus denen er sich doch eben gerade erst erhoben hatte, die Hacken baumelten herab, der Revolver lag zu seinen Füßen auf dem Teppich. Thornton stand immer noch in den Knien federnd da. Aus seiner Neunmillimeter, den er mit beiden Händen fest umklammert hatte, kräuselte sich der Rauch. In der offenen Aufzugskabine kauerte eine zirka fünfzigjährige Frau, barfuß und nur mit einem Nachthemd bekleidet. Sie hatte sich selbst ausgesperrt und wollte nur kurz zur Rezeption und sich einen Ersatzschlüssel holen. Ihre Augen waren voller Entsetzen aufgerissen.

Ein scharfer Knall zerriß die Stille. Thornton wirbelte auf dem rechten Fuß herum, in einer Vierteldrehung hob er seine Smith & Wesson. Mit der blitzenden Browning in der Hand stand Leon schafsdämlich dreinschauend hinter der Rezeption. Der Schuß hatte sich versehentlich gelöst, als er beim Aufstehen mit dem Lauf gegen die Theke gestoßen war. Die Kugel war in den Fußboden gegangen.

Picante und Michael Boniface kamen ein paar Minuten später. Picante setzte einen Fuß aus der Kabine, blickte sich schnell um, schob seinen Chef ganz nach hinten und setzte den Aufzug in Bewegung.

»Davon, daß Sunsmith getötet wird, kriegen Sie ihr Geld auch nicht wieder«, sagte Macklin. »Außerdem besitzen Sie doch Millionen, wie Sie selbst sagen.«

»Es geht gar nicht ums Geld. Es geht ums Prinzip.«

Sie saßen im Wohnzimmer von Macklins Haus in Southfiled. Carmen Thalberg nippte an ihrem mit Soda verdünnten Whisky. Sie hatte es sich in dem karierten Sessel bequem gemacht, den Macklin sich anstelle des alten Möbels angeschafft hatte, in das seine Exfrau vor dem Eindösen im Suff unzählige Brandlöcher eingestanzt hatte.

Die hier konnte auch ganz schön was vertragen; aber sie hatte jetzt bereits ihren dritten Whisky intus und bislang noch nicht eine einzige Silbe verschluckt. Nur ihr Akzent war jetzt deutlicher als sonst.

»Wenn man so was hört, geht es den Leuten doch letztendlich immer um Geld.« Er trank Whisky-Pepsi. Die Uhr oben auf dem Bord des Kamins, den er nie anmachte, zeigte drei Minuten vor elf. Vor einer Stunde war er aus dem Gefängnis nach Hause gekommen.

»Frauen meiner Preislage pflegen bei einer einzigen Spritztour nach

New York die Summe zu verpulvern, die er gestohlen hat«, meinte sie. »Ich nicht. Aber wie man sich fühlt, wenn man ständig behandelt wird, als wäre man irgend so eine leicht bescheuerte Latinoschnepfe, die mit dem letzten Banandendampfer in die Staaten gekommen ist, werden Sie im Leben nicht verstehen. Wissen Sie, was ich will? Ich will, daß dieser Scheißkerl herkommt und sagt: Da habe ich mir die Falsche ausgesucht. Genau das will ich.«

»Das ist exakt der Fehler, den die meisten Schützen machen. Ihr Opfer soll ganz genau wissen, was passiert. Statt einfach zu schießen. Wollen Sie seinen Tod, oder wollen Sie, daß er sich winselnd vor Ihnen in den Staub wirft? Da müssen Sie sich schon entscheiden. Beides zusammen geht nicht.«

»Ich möchte nicht, daß er stirbt.«

»Mhm, mhm.« Er schwenkte sein Glas. Keine Eiswürfel klirrten.

»Im Grunde mag ich den Mann ja wirklich gern«, meinte sie. »Ich glaube an ihn, auch an seine Haltung in der Kasinofrage und so weiter. Wenn er gekokmmen wäre und mir direkt gesagt hätte, daß er Geld braucht, um seinen Kreuzzug finanzieren zu können...«

»... hätten Sie es ihm gegeben.«

»Mhm. Ich bin auf ehrliche Weise an mein Geld gekommen, ich habe es nämlich ganz legal geheiratet. Im übrigen glaube ich nicht, daß wir Reichen irgend jemandem etwas schuldig sind. Wir leben schließlich in Amerika, und das ist der American Way of Life. Ich bin gegen die Legalisierung des Glücksspiels in Detroit, aber das hat nichts mit dem Geld zu tun, das ich in ein illegales, aber ethisch absolut einwandfreies Unternehmen investiert habe. Heute früh war er bei mir und hat mir erzählt, daß er für den Kongreß kandidieren will, und zwar auf der Grundlage einer Interessengemeinschaft, die das Glücksspiel in den ganzen Vereinigten Staaten für illegal erklären will. Ich denke einfach, daß dieser Gauner den Ranzen nicht schnell genug voll kriegen kann. Er braucht eine Lektion.«

Während Macklin in die Küche ging, um ihr noch einen Drink zu machen und sich selbst ein paar Eiswürfel aus dem Kühlschrank zu holen, umriß sie die Lektion, die sie ausgeheckt hatte. Als er wieder ins Wohnzimmer trat, war ihre Stimme schon bedenklich am Schlurren. Sie kickte die Sandaletten, die sie sich für den kurzen Weg vom Auto ins Haus angezogen hate, von den Füßen, und ihm fiel auf, daß sich ein weiterer Knopf an ihrer Bluse geöffnet hatte. Die kleine Schnalle vorn an ihrem champagnerfarbenen BH war zu sehen.

»Aber das ist doch völlig verrückt.« Er setzte sich wieder hin.

»Die Einzelheiten vielleicht. Aber was sagen Sie zu dem Plan als solchem?«

»Der Reverend hat vier Leibwächter und steht außerdem noch unter Polizeischutz. Er ist eine frei herumsspazierende Menschenmenge.«

»Gerade heute früh hat er mir erzählt, daß er fürderhin auf den Polizisten in seinem Troß verzichten will. Er meint, sowie er seine Kandidatur bekanntgibt, wäre ohnehin die ganze Polizei auf den Beinen.«

»Und wenn es nach Ihnen geht, wird es dazu gar nicht erst kommen.«

»Ich glaube, er weiß, daß die Polizei ihn auf dem Kieker hat. Er wird sich die Splio... Spione schon vom Hals schaffen.« Sie schielte das Glas in ihrer Hand freundlich an.

»Vielen Dank, Madam«, meinte er. »Aber die Stadt ist voll von Cowboys. Sie versuchen Ihr Glück besser bei einem von denen.«

»Ich kann mir den allerbesten leisten. Wie hoch war Ihr bislang höchstes Honorar?«

»Hunderttausend.«

Sie runzelte die Brauen. »Dann sind Sie der beste.«

»Nur der teuerste.«

Sie stellte ihr Glas auf den Beistelltisch neben ihrem Sessel, streckte die Beine aus und versuchte mit der Hand in eine Tasche ihres Rocks zu greifen. Daß sie keine Handtasche bei sich trug, hatte er schon bemerkt. Nun bemerkte er auch, daß die Falte vorn in ihrem Rock aufgesprungen war und vom Zeh bis zur Hüfte ein seidenbestrumpftes Bein freigab. Sie zog ein Bündel Banknoten aus der Tasche, zog die Silberspange ab, die die Scheine zusammenhielt, und blätterte das Geld durch. Sie reichte ihm einen Schein.

Er betrachtete die Banknote von allen Seiten und sah ihr dann ins Gesicht. »Hunderttausend und einen?«

»Lassen Sie uns das als Anzahlung betrachten.«

Er steckte den Dollar in seine Hemdtasche. Sie lächelte erfreut. Dann blickte sie verträumt um sich.

»Ich bin viel zu betrunken, um noch nach Haus fahren zu können.«

15

Und noch ’ne Beerdigung. Er mußte hin, da gab es nichts. Dabei war sich Pontier noch nicht einmal sicher, ob die Zeit noch reichen würde, die Ausgehuniform in die Reinigung zu bringen und rechtzeitig zurückzukriegen.

Das war sein erster Gedanke, als er Dienstag morgen erfuhr, daß Richard Winacre nach der operativen Entfernung der Neunmillimeterkugel aus seiner Brust gestorben war. Als er selbst noch Lieutenant bei der Streife war, hatte er den Sergeant flüchtig kennengelernt. In Pontiers Augen war er ein Faulpelz, der so lange eine ruhige Kugel schob, bis er über etwas stolperte, was ihm einer gewissen Mühewaltung wert schien, und sich dann alle Mühe gab, geschäftig auszusehen – das polizeiliche Gegenstück zum akademischen Dünnbrettbohrer, der kurz vor der Prüfung zu büffeln anfängt, um die vergammelte Zeit aufzuholen. Solche Cops sind gefährlich, und zwar gar nicht so sehr, weil sie über kurz oder lang zusammenklappen, sondern weil sie dabei meistens wertvollere Menschen mit ins Unheil stürzen. In diesem Fall war es Thornton, der Hoteldetektiv. Wäre Pontier im Disziplinargericht, würde er ihn *prima facie* freisprechen. Aber so, wie die Dinge nun einmal lagen, lief es aller Wahrscheinlichkeit nach auf eine Verurteilung wegen fahrlässiger Tötung hinaus; und das nur, weil Weinacre versäumt hatte, sich sofort auszuweisen und klarzustellen, was er in der Lobby zu schaffen hatte. Außerdem hatten sich, was fast genauso bitter war, die beiden Männer, die er verhaften wollte, in Luft aufgelöst – und mit ihnen achtzehn Monate knochenharter Ermittlungsarbeit. Und dafür wurde er nun mit allen Schikanen feierlich aufgebahrt. Und keine der drei örtlichen Fernsehstationen würde es sich nehmen lassen, live über die Beerdigungsfeierlichkeiten zu berichten.

Der Hotelangestellte saß im Gefängnis. Ihm wurden unerlaubter Waffenbesitz und illegale Benutzung einer Handfeuerwaffe innerhalb der Stadtgrenzen von Detroit zur Last gelegt. Die Polizei puzzelte sich nach seinen Aussagen die Ereignisse zusammen, die zu dem blutigen shakespeareschen Tableau geführt hatten, das die Uniformierten in der Lobby des Hotels vorgefunden hatten. Von ihm erfuhren sie auch, daß sich der bis dato noch nicht identifizierte Mann, den zwei Kugeln aus Weinacres Waffe erst ins Koma und dann ins Detroit Receiving befördert hatten, nach Michael Bonifaces Zimmernummer erkundigt hatte. Die sterblichen Überreste des bei den Aufzügen postierten

Wachtmannes waren zu einer vorletzten Ruhe in den schwarzen Gummisack der Spurensicherung geschaufelt worden. Er war versehentlich vor dem Schießgewehr ausgerutscht und auf der Stelle tot. Die Waffe hatte eine Seriennummer, aber auch vor Abschluß der Untersuchungen wußte Pontier schon, daß ihre Spur ohne Zwischenaufenthalt geradewegs in die Herstellerfirma zurückführen würde. Die Frau aus dem Aufzug, die der Scharfschütze für Boniface gehalten hatte, lag ebenfalls im Detroit Receiving, sie stand immer noch unter Schock. Ein schwarzer Tag für die Krankenversicherung!

Gerade als Pontier seine Frau anrufen und sie bitten wollte, seine Ausgehuniform in die Reinigung zu bringen, trat Sergeant Lovelady zu ihm an die Kaffeemaschine. Der dicke Polizist war in Hemdsärmeln und strömte ein sanftes Duftgemisch aus Achselschweiß und Aftershave aus.

»Haben Sie schon aufgegeben?« Pontier reichte ihm den Becher, den er sich gerade eingeschenkt hatte, und nahm sich selbst einen anderen.

Lovelady pustete auf die braune Brühe. »Nur ein bißchen Luft schnappen. Der will nichts sagen, bevor sein Anwalt eintrifft.«

»Ich dachte, dieses junge Kerlchen da wär' sein Anwalt.«

»Nur Vertreter von Klegg.«

»Was soll denn das alles. Wir wollen ihn doch nur befragen, er ist ja noch nicht einmal verhaftet.«

»Dann sagen Sie ihm das mal.«

Als der Inspektor das Vernehmungszimmer betrat, saß Boniface am Tisch. Der jungsche Anwalt stand am Belüftungsrohr und rauchte eine Zigarette. Als Pontier das große Pflaster über seiner linken Augenbraue bemerkte, kam ihm die Schießerei in Belleville in den Sinn. In der unbarmherzigen Beleuchtung wirkte Boniface alt und plump, sein schwarzes Haar glänzte wie Schuhputze auf einem abgelatschten alten Stiefel. Pontier setzte sich.

»Aber Mike, was soll denn das Theater mit Klegg? Sie sind nicht verhaftet.«

»Für Sie heißt mein Mandant immer noch Mr. Boniface«, wies ihn der Anwalt zurecht.

»Ich habe Ihnen gesagt, daß Sie meinen Namen nie mehr in den Mund nehmen sollen«, stauchte ihn Boniface zusammen. »George, ich könnte wetten, daß diese Idioten Ihren Namen noch übler verhunzen.«

Pontier gab sich redlich Mühe, ihm an Gruseligkeit nicht nachzustehen, als er zurückgrinste. Sie hatten sich nie zuvor getroffen. »Als wir in dem Alter waren, haben wir uns doch bestimmt auch nicht viel anders aufgeführt.«

»Lassen Sie mich aus dem Spiel. Als Sie nämlich in dem Alter waren, war ich so alt wie Sie jetzt.«

»Hat Ihnen Lovelady die Fotos gezeigt, die wir von dem Mann im Krankenhaus gemacht haben?«

Boniface nickte.

»Machen Sie jetzt den Mund auf?«

»Ich finde diesen fetten Sergeant einfach widerlich. Dem seine Fresse ist zum Kotzen.«

Hör sich einer diesen Fettarsch an, dachte Pontier. Aber er sagte: »In Detroit ist der Typ im Krankenhaus behördlicherseits nicht bekannt, was mich allerdings nicht überrascht. Maggiore würde bestimmt nicht so blöd sein, einen von hier zu engagieren, um Sie in der Lobby des Pontchartrains umzunieten.«

»Maggiore, scheiß ich doch drauf. Meinetwegen kann er die Stadt haben. Ich hab' mich zur Ruhe gesetzt.«

»Dabei dachte ich immer, daß niemand die Organisation verläßt.«

Wieder dieses Grinsen. Seine Zähne hatten dasselbe Grau wie seine Gesichtsfarbe. »Immer dieser bescheuerte Quark aus der Sonntagsbeilage. Wir sind doch nicht der Oberste Gerichtshof. Wir sind ja noch nicht einmal mehr wir selbst. Kolumbianer, Kubaner, scheiß, sogar die Araber kommen mit der Brise aus dem Mittleren Osten, die würden doch ihre Mütter umlegen, nur damit die Bullen ihnen ihre Perserbrücken umsonst reinigen. Ich bin verdammt froh, daß ich damit nichts zu tun habe.«

»Picante meint aber, daß Maggiore den Schützen gekauft hat.«

»Einen feuchten Kehricht hat Picante gesagt. Hören Sie schon auf, George. Maggiore liegt im Receiving, nicht mal pissen kann der von alleine, und da soll der sich ausgerechnet um meine Gesundheit scheren? Ich hatte eigentlich gedacht, ihr Cops wärt vielleicht ein bißchen schlauer geworden, während ich in Milan war.«

»Nein, wir sind immer noch so blöde wie zu der Zeit, als wir Sie da reingeschafft haben.«

»Ich habe schon bessere Cops als Sie gekauft, Nigger«, kollerte Boniface.

Der junge Anwalt trat ein paar Schritte vom Belüftungsrohr weg. »Sie haben gesagt, daß mein Mandant nicht unter Arrest steht,

Inspektor. Das bedeutet, daß wir dieses Gebäude jederzeit verlassen können.«

»Mann, was ich mich wohl fühle.« Boniface öffnete einen Kragenknopf, ein Röllchen geröteten Fleisches ergoß sich über seinen Krawattenknoten. »Nichts für ungut, George. Man sollte eigentlich meinen, daß ein Mensch nach drei Jahren Knast ein bißchen geduldiger geworden sein müßte, was?«

»Ich glaube, daß Sie es einfach nicht mehr erwarten können, bis Sie endlich Ihren alten Job zurückkriegen. Das ist auch der Grund, weshalb Maggiore Sie zum Abschuß freigegeben hat. Und deshalb haben Sie Macklin engagiert, damit er ihn vergangenen Samstag abend erledigt.«

»Haben Sie Macklin verhaftet?«

»Ihre Beziehungen zu diesem Hause reichen weit genug, daß Sie ganz genau wissen, daß wir ihn vergangene Nacht entlassen haben.«

»Ich habe Macklin nicht mehr gesehen, seit ...«

»Vorsicht, Mike. Am Tag nach Ihrer Entlassung hat er Sie in Ihrer Suite aufgesucht.«

»Das wollte ich ja gerade sagen. Es handelte sich aber nur um einen Höflichkeitsbesuch. Er ist jetzt freiberuflich tätig. Finde ich gut, das habe ich ihm gesagt. Mac hat schon immer viel zuviel im Oberstübchen gehabt, um anderen Leuten die Scheiße aufzuputzen.«

»Daran hat sich aber nichts geändert. Nur, daß er sich die Leute jetzt selbst aussucht, hinter denen er aufputzt.«

»Ich habe natürlich nicht die geringste Ahnung, wovon Sie sprechen.«

»Mike, Mike.« Pontier schüttelte den Kopf. »Ich gebe einen Scheiß drauf, wie viele von euch Mafia-Typen sich gegenseitig das Licht ausdrehen. Aber jemand muß schließlich die Interessen der Unschuldigen vertreten, die sterben, bloß weil sie zu nahe dabeistehen, die Wachleute vom Hotel und die alten Damen, die sich ausgesperrt haben.«

»Stets zu Diensten.«

»Der letzte, der hier diese Worte in den Mund genommen hat, war der Leibwächter von Maggiore. Wir haben ihn daraufhin für vierundzwanzig Stunden eingebuchtet.«

»Machen Sie nur zu. Habe gerade drei Jahre abgesessen.«

Die Tür ging auf, und Lovelady schob sich halb durch die Öffnung. Pontier stand auf und ging zu ihm.

»Klegg ist jetzt da«, flüsterte der Sergeant.

»Mit Gerichtsbescheid?«

»Was haben Sie denn gedacht?«

Pontier warf ihm einen undurchdringlichen Blick zu. »Ihr Mundwerk muß wohl davon Wind gekriegt haben, daß Ihr Verstand bald pensioniert wird.«

»Sorry, Inspektor. Mit Ihnen hat das nichts zu tun, sondern mit diesen Federfuchsern und ihren Rechtsverdrehern.«

»Schon gut.« Beim Umdrehen brüllte er: »Raus hier, Boniface.«

Boniface erhob sich. »Was ist denn mit Mike passiert?«

»Sehen Sie ganz schnell zu, daß Sie Ihren Arsch aus meinem Vernehmungszimmer kriegen.«

»Inspektor, Ihr Verhalten . . .«, hob der Anwalt an.

»Und nehmen Sie bloß den Fladen Jurascheiße mit, in den Sie da getreten sind.«

Boniface, der schon am Gehen war, blieb noch einmal stehen. Er sah jetzt aus wie ein italienischer Obstverkäufer auf dem Weg zu einer Beerdigung. »Und wenn mein Hund den Teppich versaut hat, wird das Präsidium für die Rechnung aufkommen.«

»Fällt doch gar nicht auf. Schließlich wohnen ja Sie in der Suite.« Mit diesen Worten hielt Pontier ihm die Tür auf.

Von den Sonnenstrahlen wurde Macklin schließlich munter.

Normalerweise wachte er morgens mit demselben Gedanken auf, der ihn beim Einschlafen bewegt hatte, aber insgesamt achtundvierzig Stunden Gewahrsam und Verhör waren ihm doch heftig an die Nieren gegangen, und deshalb blieb er ein paar Minuten im Bett liegen und versuchte sich mit aller Kraft darauf zu konzentrieren, wer die nackte Frau wohl sein konnte, die da neben ihm lag und obendrein auch noch ganz vertraulich ein Bein um seinen Schenkel geschlungen hatte. Ganz schwach roch sie nach ihm und etwas weniger schwach nach halbverdautem Whiskey. Als er das registrierte, klinkte sich auch sein Gedächtnis wieder ein. Vorsichtig machte er sich von ihrer Berührung los und schlich sich unter der Decke fort. Carmen wälzte sich auf den Rücken und begann zu schnarchen. Im Morgenlicht wirkte ihr Haar noch heller, ihr Teint sehr dunkel in der hellen, zerknitterten Bettwäsche.

Auf dem elektrischen Wecker, der auf dem Nachttisch stand, war es zehn Uhr. Seit Monaten war er nicht so spät aufgestanden. So leise wir irgend möglich zog er sich an, beim Hosehochziehen stützte er sich an der Wand ab. Als er sich das Hemd zuknöpfte, raschelte etwas in der Brusttasche. Eine zusammengefaltete Dollarnote.

Als er so dastand und mit der einen Hand die Hose hochhielt und in der anderen den Schein, da dachte er: für 'n Dollar und 'nen Fick. Wird noch so weit kommen, daß ich's für 'nen Riegel Schokolade mache.

16

Für die Entfernung der beiden Kugeln aus Charles Maggiores Brustkorb brauchte Dr. Stepp je drei Minuten. Binnen weiterer zwei Stunden beseitigte er die Verwüstungen, die die Kugeln beim Eintritt angerichtet hatten, und die Spuren seines Eingriffs in die Wundkanäle. Vom OP wurde der Patient wieder in die Intensivstation gebracht, Dienstag nacht wurde eine Infektion diagnostiziert, und am Mittwoch mußte Dr. Stepp in aller Frühe in die Klinik, um ihn noch einmal aufzumachen und den Eiter abzusaugen. Am Nachmittag desselben Tages war das Fieber gesunken, und eine Krankenschwester weckte Gordy, der wieder im Wartezimmer vor dem OP saß, und teilte ihm mit, die Genesungsaussichten seines Chefs stünden gut. Gordy dankte ihr und fragte, wann er zu ihm könne.

»Im Moment steht er noch unter Beruhigungsmitteln. Warum gehen Sie jetzt nicht nach Hause und ruhen sich etwas aus? Sie können ja morgen wiederkommen.«

»Weil ich fürs Ausruhen nicht bezahlt werde.«

Wie stets seit seiner Entlassung aus dem Gefängnis von Wayne County übernachtete er auch diesmal wieder im Wartezimmer. Die Schwester, die ihn seinerzeit vergeblich aufgefordert hatte, die Besuchszeiten zu respektieren, hatte damit gedroht, den Wachschutz zu rufen, aber Gordy war nur aufgestanden und hatte sich an den Arzt gewandt, der hereingekommen war, um nach dem Rechten zu sehen. Der Doktor lächelte schwach und versicherte der Schwester, er könne sich nicht vorstellen, daß sich die Besuchszeiten auch auf das Wartezimmer bezögen. Seit der Nacht, in der er seinen Chef blutüberströmt in seinem Fitneßraum gefunden hatte, war Gordy nicht mehr zuhause gewesen.

Donnerstag früh schreckte ihn wieder eine neue Schwester aus der Lektüre von *Psychologie heute* hoch und richtete ihm aus, daß Maggiore ihn sehen wolle.

Der Sizilianer lag jetzt nicht mehr auf der Intensivstation, sondern in einem Privatzimmer im zweiten Stock. Gordy kannte die beiden uniformierten Polizisten nicht, die vor der Zimmertür standen. Aber sie betrachteten sich nur seinen Ausweis und gaben ihn wortlos zurück. Als er hineinging, hörte er gerade noch, wie einer zum anderen sagte: »Und was hättest du getan, wenn der nun jemand anders gewesen wäre, als er behauptet hat?«

Maggiore lag auf dem Rücken, ein durchsichtiger Plastikschlauch ragte ihm aus der Nase, und ein anderer war ihm mit einem Pflaster auf den linken Arm geklebt. Aus einer auf den Kopf gestellten Flasche, die über seinem Bett hing, tröpfelte Nährflüssigkeit durch diesen Schlauch. Trotz seiner Sonnenbräune schimmerte seine Haut gräulich, und unter dem weißen Krankenhauskittel wirkte sein Buckel größer als gewöhnlich. Er sah sich Gordy an und meinte: »Um Gottes willen, du siehst ja noch elender aus als ich.«

Gordy hatte sich zwar in einer Besuchertoilette neben dem Wartezimmer das Gesicht gewaschen, aber seit dem Gefängnis hatte er sich weder umgezogen noch rasiert. Sein Anzug war zerknittert, und vor zwei Tagen hatte er sich den einen Ärmel seines Jacketts bekleckert, als er in der Krankenhauskantine Spaghetti mit Soße gegessen hatte. Er sparte sich eine Entgegnung auf den unausgesprochenen Vorwurf seines Chefs.

»Ist die Tür zu?«

Gordy ging noch einmal zurück und machte sie zu.

»Wie tot ist Boniface?«

»Nicht sehr.«

»Und was zum Teufel ist da vorgefallen?«

Gordy berichtete ihm von der Schießerei in der Lobby des Pontchartrain.

»Constable, dieser Schweinepriester. Sieh bloß zu, daß du ihn mir ranschaffst.«

»Wie fühlen Sie sich?«

»Als hätte ich zwei Schüsse abbekommen. Wie denn wohl sonst? Und die Bullen stellen wohl jetzt die ganze Stadt auf den Kopf?«

»Keine Ahnung. Bin ja nur hier gewesen.«

»Die ganze Zeit etwa? Jesses!«

»Eine Nacht war ich im Knast, um genau zu sein. Sie wissen ja, dieser Inspektor Pontier.«

»Dieses elende schwarze Miststück.«

»Dacht' ich mir's doch. Meine Ohren haben nämlich gerade geklingelt. Sie plaudern wohl über mich?«

Pontier hatte lautlos die Tür geöffnet. Er trug einen braunen Nadelstreifenanzug, der seine hochgewachsene schlanke Figur betonte. Sergeant Lovelady, breit und unförmig in seinem gelben Sakko, schloß die Tür hinter ihm und bezog davor Stellung. Maggiore meinte: »Das ist eben der Ärger an diesen Krankenhäusern. Man kann sich nicht aussuchen, wer einen besucht.«

»Ich habe gehört, daß Sie wieder bei Bewußtsein sind. Und da dachte ich mir, gehste mal hin, vielleicht ist er ja in der Stimmung, ein paar Fragen zu beantworten. Nur um mal zu gucken, ob das Hirn auch nicht in Mitleidenschaft gezogen wurde.«

»Ich glaube, mir wird schwach zumute. Gordy, hol die Schwester.«

Als sich der Leibwächter zum Gehen wandte, legte ihm Pontier einen Finger auf seine zerknitterte Hemdbrust. »Sie besorgen sich Ihre Schützen wohl im Ausverkauf«, meinte er im Plauderton zu Maggiore. »Die Schießerei da in der Lobby war bestimmt das lausigste, was es auf diesem Gebiet seit dem Valentinstag in Chicago gegeben hat.«

»Hab' davon gehört. Irgendwas mit Drogen.«

»Hören Sie, von uns ist ganz bestimmt niemand sauer auf Sie. Boniface hat es bei Ihnen versucht, und da ist es doch nur allzu natürlich und völlig verständlich, wenn Sie Ihr Glück bei ihm auch mal probieren. Aber ein Polizist und ein unschuldiger Mitbürger sind getötet worden. Und einer muß eben die Zeche zahlen.«

»Gordy hat mir aber doch erzählt, daß Sie den Hotelschnüffler eingelocht haben.«

»Der war auch nicht direkt beteiligt.«

»Wenn ein Polizist getötet wird, gefällt mir das ebensowenig wie Ihnen, das können Sie mir glauben. Schlecht für's Geschäft und färbt auch auf alle ab. Aber in diesem Fall rufen Sie in den falschen Wald hinein.«

»Lassen wir das. Ich bin aus einem anderen Grund hier. Wer Sie einlochen will, muß sich sowieso hinten in der Schlange anstellen. Und da drängt die Zeit überhaupt nicht. Sprechen wir doch lieber über Reverend Sunsmith.«

»Aber ich bitte Sie! Das hatten wir doch schon längst.«

»Das stimmt, aber zu der Zeit wußte ich noch nicht, daß Sie zu seinen Wohltätern gehören.«

»Keine Witzchen bitte, Inspektor. Ich habe mehr Stiche in mir als eine Bocciakugel.«

»Ich will Ihnen die Zeit und Energie ersparen, das zu bestreiten. Wir haben alles schwarz auf weiß, inklusive Ihrer Unterschrift. Im letzten Jahr haben Sie regelmäßige Spendenleistungen erbracht. Sie sind ein großzügiger Ganove, Maggiore. Sie sollten eigentlich einen Pressereferenten einstellen, damit die Welt auch erfährt, *wie* großzügig Sie tatsächlich sind.«

»Daß ich exkommunziert wurde, hat an meinem Gottesglauben nichts geändert.«

»Die Sache ist nur die: Hätten Sie mir gleich gesagt, daß Sie zu den Spendern gehören, als wir letztes Mal über Sunsmith sprachen, hätte ich nicht soviel Zeit darauf verwandt zu versuchen, Sie des versuchten Mordes an ihm zu überführen. Deshalb frage ich mich jetzt, warum Sie es mir verheimlicht haben.«

»Ich bin Privatmann. Meine Religion ist meine Sache.«

»Quatsch. Ihr Geschäft ist Ihre Religion.«

Maggiore schwieg.

»Detroit ist für seine Kirchen bekannt«, sinnierte Pontier weiter. »Wenn jemand an unsere Stadt denkt, fallen ihm nach Autos, Morden und korrupten Politikern wohl als erstes unsere Kirchen ein. Da muß sich ein Polizist doch wohl oder übel fragen, weshalb Sie sich ausgerechnet Sunsmith ausgesucht haben, um ihm finanziell unter die Arme zu greifen. Wo der doch so lautstark gegen das Glücksspiel wettert und Sie soviel Kapital in die Ausstattung von Kasinos investiert haben. Sie müssen sich also einen ganz schönen Reibach davon versprochen haben, der Sie für die ganze Galle entschädigt, die Sie schlucken mußten.«

Maggiore schwieg immer noch. Jetzt sah er wirklich schwächlich aus.

»Alles Gold ist geschürft«, fuhr Pontier fort, »und in Öl können Sie auch kaum mehr spekulieren. Die letzte Möglichkeit, die schnelle Mark zu machen, liegt also darin, den guten alten Onkel Sam zu behumsen. Die Tarnfirma, über die Sie Ihre Spenden abwickeln, zieht Dividenden aus den Operationen des Reverends, gibt sie aber gegenüber der Steuer nicht an.

Was Sie aber vielleicht nicht wissen, ist, daß Sie nicht der einzige waren, der über diese spezielle Goldmine gestolpert ist. Mindestens sechs andere sind mit von der Partie. Und man muß nicht Einstein heißen, um sich vorstellen zu können, daß Sunsmith gar nicht genug in den Klingelbeutel kriegen kann, um all seine Investoren zufriedenstellen zu können. Folglich beklaut er Sankt Peter, um Sankt Paul auszahlen zu können.«

»Müssen Sie sich so wie bei den Kettenbriefen vorstellen«, schaltete sich Türsteher Lovelady ein.

»Nennen wir es ruhig Sunsmiths Brief an die Tauben.« Pontier betrachtete den Patienten im Krankenbett. »Oh doch, Sie haben es längst gewußt. Und deshalb haben Sie auch den Anschlag auf den Reverend in Auftrag gegeben.«

»Ich habe Ihnen doch hinlänglich erklärt, warum ich es nicht getan habe.«

»Damals hörte sich das ja auch ganz schlüssig an, das gebe ich gerne zu. Aber jetzt habe ich eben diese neue Entwicklung am Wickel, das ist mein Bällchen, und ich lasse es bestimmt nicht vom Fuß. Aber vorhin habe ich übrigens die Unwahrheit gesagt. Natürlich will ich Ihnen wegen des toten Polizisten an den Kragen. Aber wenn ich Sie deshalb nicht kriegen kann, dann eben meinetwegen wegen Anstiftung zum Mord an Reverend Sunsmith.«

Die Tür ging auf, und Dr. Stepp betrat das Krankenzimmer. Er hatte eine düstere Miene auf seine jugendlichen Gesichtszüge gezaubert. »Wir sind hier aber nicht auf einer Pressekonferenz, meine Herren.«

Pontier hatte sich scheinbar immer noch nicht an Maggiore sattgesehen. »Beim nächsten Mal bringe ich Ihnen Blumen mit. Eingewickelt in einen Haftbefehl.«

Gordy zögerte.

»Das gilt auch für Sie«, sagte der Chirurg. »Ihr Chef ist noch lange nicht über den Berg.«

»Geh nach Hause«, meinte Maggiore zu Gordy.

Aber der große Leibwächter konnte sich immer noch nicht recht entscheiden. »Sind Sie ganz sicher?«

»Babysitter habe ich hier wirklich reichlich. Stimmt doch, Doc?«

»Fehlt nur noch, daß sie die Krankenschwestern einer Leibesvisitation unterziehen.« Aber sein Tonfall war ganz und gar nicht spaßig.

»Morgen komme ich wieder«, sagte Gordy.

»Und bring mir ja diesen Constable mit«, erinnerte ihn der Sizilianer.

Als Gordy am nächsten Morgen wiederkam, rasiert, in einem frischen schwarzen Anzug nebst gebügeltem weißem Oberhemd und in Begleitung des adretten Bläßlichen in Gelb, konnte Maggiore bereits aufrecht im Bett sitzen. Die Kanüle in der Nase war ihm entfernt worden, aber er wurde immer noch durch den Schlauch im Arm künstlich ernährt. Am Fuß des Bettes füllte Reverend Thomas Aquinas Sunsmith mit seiner Körperfülle einen Sessel mit Stahlrahmen und orangefarbenem Vinylpolster aus. Er hatte einen anthrazitfarbenen Dreiteiler an, einen rötlichbraunen Schlips und ein eierschalfarbens Oberhemd.

»Das hätte ich mir nicht mal im Traum zu hoffen gewagt, daß ich einmal auffälliger gekleidet sein würde als der Reverend«, kommentierte Constable die Kleiderordnung.

»Es ist inkognito hier«, witzelte Maggiore, »ein Meter neunzig und dreihundert Pfund Inkognito.«

Sunsmith stand auf und wickelte Constables adrettes weißes Händchen in seine braune Pranke. »Zuerst wollten mich die Beamten gar nicht vorbeilassen«, tönte er. »Aber dann hat Mr. Maggiore sie doch noch überreden können. Allerdings mußte ich meine Ältesten heimschicken.«

Gordy pflanzte sich vor der Tür auf und sagte keinen Ton. Obwohl er über zehn Zentimeter größer und sechs Kilo schwerer war als der Reverend, hielten ihn die trüben schwarzen Augen des Geistlichen in Alarmbereitschaft.

»Trifft sich gut, daß wir mal alle hier zusammen sind«, wandte sich Sunsmith an Constable.

»Warten Sie's ab«, schnauzte Maggiore dazwischen.

Sagte Sunsmith: »Einen Tag vor dem Volksentscheid darüber, ob die Glücksspielfrage im November zur Abstimmung gestellt wird, halte ich auf der Hart Plaza eine Kundgebung ab. Sie wird von allen drei lokalen Fernsehstationen übertragen, von meinem privaten Kabelsender natürlich auch. Und dann werde ich es bekanntgeben.«

»Bekanntgeben . . . was?« Constable starrte ihn verständnislos an.

»Meine Entscheidung, in diesem Bezirk für das amerikanische Repräsentantenhaus zu kandidieren. Da wird im November ein Platz frei, und ich gedenke ihn auszufüllen.«

»Na, groß genug sind Sie dafür ja.« Offenbar mühte sich Constable, dem allen eine witzige Seite abzugewinnen.

Die Augen des Reverends ruhten unbeweglich in seinem babypoglatten runden Gesicht. Sie sahen so aus, als wäre es keine Schwierigkeit, Fingerabdrücke davon abzunehmen. »Eine Wahlkampfspende von fünfzigtausend Dollar würde meiner Position in dem Wettbewerbsgerangel fürs erste auf die Sprünge helfen.«

»Das wollte ich nur hören«, meinte Maggiore.

»Bislang war unsere Vereinbarung finanzieller Natur«, fuhr der Reverend fort. »Was die Sündhaftigkeit des Glücksspiels angeht, so sind wir nicht derselben Meinung, aber davon einmal abgesehen, vertreten wir in Sachen Geschäft und Kirche, was die legislative Seite angeht, doch einwandfrei dieselbe Position. Also könnte ich ganz persönlich unsere Interessen in Washington vertreten.«

»Aha.« Constable fiel nichts ein, was er sonst noch sagen konnte.

»Und woher weiß ich, daß Sie nicht auf die Idee kommen und eine komplett idiotische Initiative ergreifen, das Spiel in den gesamten Vereinigten Staaten zu untersagen?« erkundigte sich Maggiore. »Schließlich halten wir Anteile in Vegas und Atlantic City.«

»Gegen das Spiel werde ich immer sein. Aber ich werde schon alle Hände voll zu tun haben, die Auswüchse möglichst gering zu halten, ohne daß ich versuche, die ganze Entwicklung rückgängig zu machen. Eine Seele, die einmal dem Teufel verfallen ist, kann man nicht zurückkaufen. Aber Sie können sich darauf verlassen, daß ich die Gläubigen, die mir zu meinem neuen Amt verholfen haben, nicht vergessen werde. Ich sehe keinerlei Grund, weshalb sich unsere Vereinbarung allein deshalb verändern sollte, weil ich die Kanzel gegen das Rednerpult eintausche.«

»Da ging es um Geld. Aber jetzt sprechen Sie über Einfluß. Geld kann man zählen. Aber mir gehört schon ein Richter und ein halber Senator. Was soll mir das Ganze also bringen?«

»Eine Stimme in der anderen Kammer.«

Maggiore kratzte sich am Buckel. Außerhalb der Krankenhausmauern hätte er etwas Derartiges nie getan. »Sprechen Sie mich nach dem Volksbegehren noch einmal darauf an. Ich kann immer nur an eine Wahl auf einmal denken.«

»Dann sind Sie hoffentlich in Stimmung, sich anzuhören, was ich zu sagen habe.«

»Das hängt ja wohl ganz vom Ausgang ab, oder?«

Der Reverend zuckte die Schultern. Bei der Geste verdrängte er ungefähr soviel Luft wie ein anrollendes Fahrzeug ausländischer Bauart. »Die ersten Wahlkampfspenden sind bereits eingetroffen. Leider kann ich nicht mit Sicherheit sagen, wie lange ich mein Angebot aufrechterhalten kann.«

»Das Leben ist voller Risiken.«

Sunsmith schob seine Grandezza aus dem Raum. In seiner Abwesenheit schien das Krankenzimmer bedeutend größer. Als sich die Tür hinter ihm geschlossen hatte, warf Maggiore einen Blick auf den unbelebten Fernsehschirm, der von der Decke hing. »Ich würde für diesen fetten Nigger noch nicht einmal stimmen, wenn er gegen Mussolini kandidieren würde.«

»Und warum hast du ihm das nicht ins Gesicht gesagt?« wollte Constable wissen.

»Du hast ihn doch gehört: Der Schisser hat 'ne Kanzel. Dem würde ich zutrauen, daß er unseren ganzen Deal platzen läßt. Nur um uns zu ärgern. Im Moment hat die Steuerfahndung meinen persönlichen Besitz auf dem Kieker; aber wenn die sich die Gesellschaft auch vorknöpft, brauche ich wegen der anderen Sachen nicht mal mehr einen Jurastudenten im ersten Semester zu engagieren versuchen. Wo hast du eigentlich die Null her, die das Pontchartrain zusammengeballert hat?«

»In Toledo haben sie auf ihn geschworen.«

»Und du hast auf die beiden Früchtchen geschworen, die das Ding in Beleville letzte Woche verzockt haben. Sag mal, wofür bist du eigentlich noch nütze, Phil? Eins kannst du mir glauben: Wenn Gordy nicht so unnatürlich viel Wert auf die gesunde Atmung anderer Leute legen würde, hätte ich dich schon längst ausgebootet und ihn an deine Stelle gesetzt.«

Constable knöpfte sein Jackett auf. »Da mußt du dich schon entscheiden. Entweder führe ich dir das Geschäft hunderpro, oder ich spiele das Personalbüro für Killer. Beides zusammen wird auf Dauer ein bißchen schwierig.«

»Dann laß doch die teure Nutte, die du im Vorzimmer sitzen hast, die Geschäfte führen.«

»Du weißt ganz genau, daß das nicht geht.«

»Dann besorg mir jemanden. Und zwar was Reelles und nicht noch mal so einen Streichholzcowboy, der gerade soviel Hirn hat, wie man durch einen Abgesägten ballern kann. Und wenn du in Sizilien suchen mußt: Ist mir völlig wurscht. Bloß nicht noch mal so 'ne Niete.«

»Die Polizei wird Boniface jetzt bestimmt nicht aus den Augen lassen. Mach dich drauf gefaßt, daß dich das 'ne Stange kosten wird.«

»Scheiß doch auf Boniface. Der kann warten. Du hast genau zwei Wochen und vier Tage Zeit, um einen Knopf aufzutreiben, der es wert ist, daß ich ihn drücke. An dem Tag findet der Volksentscheid statt. Unabhängig vom Ergebnis will ich, daß Sunsmith hopsgeht. Ich will, daß er in so viele Einzelteile zerlegt wird, daß ihn der liebe Gott ohne Gebrauchsanweisung nicht wieder zusammenbauen kann.«

17

Spätestens am Mittwoch kam es ihn dann wirklich hart an, nicht in der Suite anzurufen.

Als er mit Picante beim Essen gesessen hatte, schien es ihm noch kein Problem, auf den Anruf von Bonifaces Mitarbeiter zu warten. Aber eine Woche später hatte er zu überlegen begonnen, ob er vielleicht zugunsten eines Mannes übergangen worden war, den der Reverend nicht kannte. Da er keinen Kabelanschluß hatte, hatte er Sunsmiths Sonntagspredigt im Radio gelauscht und halb damit gerechnet, dabei Schüsse zu hören. Als die Gottesdienste ohne Zwischenfälle verliefen, war das nur ein kleiner Trost. Die hundert Dollar, die ihm Picante beim Abschied als Vorschuß in die Hand gedrückt hatte, waren bereits ausgegeben, und wenn nun das Telefon nicht bald klingelte, mußte er im Supermarkt anfangen, den Kunden ihren Scheiß in braune Tüten packen. Wenn er auch nur im entferntesten damit gerechnet hätte, daß in dieser Branche soviel Warten im Spiel war, hätte er sich vielleicht doch lieber für einen anderen Beruf entschieden. Als er gerade überlegte, ob er es darauf ankommen lassen und sich kurz Zigaretten besorgen könnte, klingelte es.

»Roger? Ich bin's. Am Brunnen.« Und damit war die Verbindung schon wieder tot.

Zitternd vor Aufregung legte er den Hörer auf.

Obwohl auf der Hart Plaza kürzlich erst ein regelrechtes Ungetüm kunsttriefender Wasserspiele eingeweiht worden war, gab es für alte Detroiter immer noch nur einen Brunnen. Er befand sich am Ende einer Landzunge namens Belle Isle mitten auf dem Detroit River. Schon als Roger in der einbrechenden Abenddämmerung auf die schmale Brücke fuhr, die von der Jefferson Avenue aus auf die Insel führte, sah er die Fontäne in rotem und blauem Licht. Er stellte seinen Wagen auf dem Parkplatz ab und schlenderte auf den Brunnen zu, genoß die kühle Luft und den Sprühnebel, der sein Gesicht benetzte. Seit der Entziehungskur hatte er nicht mehr so lange Zeit in geschlossenen Räumen verbracht.

Daß Picante noch nicht da war, gefiel ihm gar nicht. Belle Isle war bei den Dealern ein beliebter Umschlagsplatz, und bei dem Gedanken an die Transaktionen, die in den Büschen vor sich gingen, hielten seine Venen einen mittelschweren Parteitag ab. Ob ich diesen Jeaper wohl jemals unter Kontrolle kriege, fragte er sich.

Nur wenn er die Waffe auf einen Menschen richtete, mußte er nicht daran denken. Allein dieser Adrenalinschock war mit dem Gefühl äußerster Zufriedenheit zu vergleichen, den er immer empfunden hatte, wenn er die Nadel herauszog.

Als Picante dann schließlich auftauchte, erkannte ihn Roger sofort. Außer ihm trug am Brunnen niemand einen braunen Polyesteranzug und einen schmalen Binder. Die farbigen Lichter, die sich auf seinen Gesichtszügen reflektierten, ließen ihn einmal weniger wie eine wandelnde Leiche aussehen.

»Wenn das mal kein Anblick ist«, sagte er zur Begrüßung. »Bei Tage ist hier alles voll von Taubenscheiße und jeder Menge Mist, die im Wasser rumschwimmt. Ich glaube, der liebe Gott muß die Nacht erfunden haben, als er mit uns fertig war und sich alles noch einmal ganz genau angeguckt hat. Knarre?«

»Auf Belle Isle, wenn's dunkel ist? Da kannst du aber Gift drauf nehmen.« Der Sprühnebel kondensierte auf Rogers Gesicht und rann ihm in kleinen Tröpfchen die Wangen hinab.

Picante zog ihn vom Brunnen weg, wandte sich von den Männern und Frauen in kurzärmeligen Hemden und ärmellosen Kleidern ab, die lustwandelnd die schöne Abendluft genossen, und schirmte Roger mit seinem Körper vor ihren Blicken ab. »Dann zeig mal her.«

»Hier?«

»Was issn los, hast du ihn dir um den Pimmel gewickelt?«

Roger zog sein T-Shirt aus den Jeans und zeigte ihm den Kolben des Colt *Woodsman*.

»Mannomann, du willst wohl Möwen jagen, oder was?«

»Ist 'ne Profiknarre.«

»Logo. Du sitzt hinten im Fond, dein Mann vor dir am Steuer, du bittest ihn, kurz anzuhalten, und ballerst ihm eine Kugel in den Hinterkopf. So. Und wie bitte stellst du dir vor, daß du Sunsmith in ein Auto kriegst, wenn du auf dem Rücksitz hockst? Komm, laß uns ein paar Schritte gehen.«

Roger bedeckte den Kolben wieder mit seinem Hemd und ging mit Picante zum Parkplatz zurück. Sie warteten, bis zwei Männer in einem Buick *Riviera* mit ihren Geschäften fertig waren und in entgegengesetzte Richtung davonschlenderten. Erst dann führte ihn Picante zu einem braunen Wagen, der hinter einem lila Fliederbusch stand. Er schloß die Beifahrertür auf, langte unter das Armaturenbrett und zog ein in Zeitungspapier gewickeltes Päckchen aus einem Gewirr herabhängender Kabel. Er packte eine rechteckige, stahlblaue halbautomatische Pistole aus und reichte sie Roger, der sie am Kolben anfaßte. Schwer war sie.

»Eine Fünfundvierziger?« Der Griff war aus Kirschholz, und die Waffe hatte keine Seriennummer. Sah auch nicht so aus, als hätte sie jemals eine gehabt.

»Fünfundvierziger Magnum.«

»Jesses.«

»Dirty Harry ist aus der Mode gekommen«, sagte Picante. »Das hier ist die schlagkräftigste Waffe, die man überhaupt kriegen kann. Ein Mann wie Sunsmith wird dir vermutlich keine Chance geben, mehr als einmal zu schießen. Mit diesem Gerät brauchst du auch nur eine.«

»Mein Dad hat immer gesagt: Laß bloß die Finger von automatischen Waffen.«

»Aber nur, weil sie die Hülsen ausspucken. Bei der hier spielt das gar keine Geige, du schmeißt nämlich die Waffe gleich dazu. Es ist ein Prototyp, also keine Seriennummer, keine Herstellerplakette. Wenn die Cops ihr auf die Spur zu kommen versuchen, werden sie im Dreieck springen vor Verzweiflung.«

»Und wo soll ich sie wegschmeißen?«

»Auf der Hart Plaza, *high-noon*, zwölf Uhr mittags, genau heute in zwei Wochen.«

Roger grinste, um kundzutun, daß er die cineastische Anspielung verstanden hatte. Picantes Gesicht war in der Dunkelheit nur ein schwarzes Oval. Er hätte nicht zu sagen vermocht, ob er zurückgrinste.

»Und bring bloß all deinen Mumm mit«, fügte Picante noch hinzu.

18

Carmen Thalberg wußte, daß sich Sunsmith seine Anzüge und Roben immer in einem kleinen Schneideratelier bauen ließ, das über einem Tätowierstudio auf der Montcalm lag. Sie konnte sich noch gut erinnern, daß er sie einmal in einem besonders augenfälligen gurkengrünen Dreiteiler besucht hatte. Und als sie schockiert gefragt hatte, wo er das Teil denn herhabe, hatte er ihre Frage wohl für bare Münze genommen und es ihr verraten.

Der Eingang zu dem Geschäft befand sich auf einer schmalen Gasse. Macklin stieg eine steile, quietschende Treppe mit Gummibelag hoch und ging dann einen getäfelten Flur lang durch eine offenstehende Tür in einen großen Raum, in dem es nach Stoffen und Vlieseline roch. Hinter einem hohen Holztresen hingen Regale voll Anzügen und Smokings in allen möglichen Farben und Mustern. Unter den Fenstern, die nach hinten rausgingen, türmten sich Stoffballen wie Holzscheite in einem Kamin. Er betätigte die Klingel auf dem Tresen. Einen Moment später tauchte aus dem Dschungel von Wolle und Seide ein hemdsärmeliger grauhaariger Koreaner in Weste auf.

»Ich bin Kirchenältester in der Gemeinde des Reverend Sunsmith«, stellte sich Macklin vor. »Er hat mich gebeten, bei Ihnen reinzuschauen und zu fragen, wann er das nächstemal zur Anprobe kommen soll.«

Der Koreaner zog ein in schwarzes Leder gebundenes Notizbuch aus der Brusttasche seines Hemdes. Während er es durchblätterte, feuchtete er sich wiederholt den Daumen an. »Keine Anprobe. Neues Robe fertig Dienstag.« Damit schlug er das Buch zu.

»Gut. Ich hole sie dann ab.«

Der Koreaner sah ihn ungerührt an. »Sie neu?«

»Wie kommen Sie denn darauf?«

»Reverend holt Garderobe selbst. Sagen, riechen gut hier.«

»Oh.«

»Und auch anderes Farbe«, meinte der Koreaner verwirrt. »Jetzt weißes Ältestes. Wo führen hin?«

Macklin sah zu, daß er aus dem Geschäft rauskam. Manchmal war es leichter als sonst. Das stank dann immer am meisten.

Er aß in Greektown zu Mittag und fuhr von dort aus nach Romulus auf einen Wohnwagenhof, wo er einen schwarzen Waffenhändler kannte. Sooty, wie er genannt wurde, bot ihm drei halbautomatische MAC-10 an, die in vollautomatische Pistolen umgewandelt worden waren. Zweitausend insgesamt, inklusive 50-Schuß-Magazine. Macklin fragte ihn, was er an Revolvern dahabe.

»Revolver, pah! Von Zwohundertfünfzigern bis zu kistenweise Granatwerfern kannste alles kriegen. Wenn der Herr vielleicht Schnürschuhe wünschen...« Sooty kratzte sich seinen Wassermelonenbauch, der braun und unbehaart unter dem weißen T-Shirt hervorlugte, zu dem er am Knie durchgescheuerte Khakihosen trug. »Ich zeige dir, was diese Woche Sache ist. Bei Sonderwünschen kann ich nicht dafür garantieren, daß die Knarre, die du dann kriegst, Freitag nacht nicht irgendeinen Krämer in seinem Lädchen umgenietet hat. Allererste Sahne, spritzen in einer Sekunde zwanzig Schuß in die Landschaft.«

»Und wo sind sie?«

»Mann, du stützt dich drauf.«

Auf dem einzigen Fleckchen, auf dem keine Kiste oder Holzkiste stand, hockte Sooty. Macklin mußte stehen, er hatte einen Arm auf einer Apfelsinenkiste mit der Aufschrift GOLD COAST ORANGES. Sie stand auf einem Küchentisch, übersät mit Schrauben und Verschlußfedern. »Daß sie dich nicht schon längst eingebuchtet haben, ist mir ein reines Rätsel«, meinte Macklin.

»Auf meiner Warteliste sind mehr goldene Erkennungsmarken, als zum Frühappell im Präsidium auf der Matte sind. Hast du was gegen Magnums?«

»Wenn du nichts anderes hast.«

»Ich kann dir einen .357 für fünfhundert geben. Zweihundertfünfzig, wenn du die zwei Riesen für die MAC-10s noch dazublätterst.«

»Mensch, vollautomatische sind mir doppelt so zuwider wie halbautomatische. Zwei Sekunden daneben, und du bist ein für allemal aus dem Geschäft.«

»Kein Problem, sie wieder umzuwandeln. Sperre weg und die Stifte des Abzugsstollens wieder rein, schon hast du's. Mach ich dir gern.«

»Du kannst es wohl kaum erwarten, die Dinger endlich loszuwerden.«

Der Schwarze rülpste. »Bei mir ist Räumungsverkauf. Im Detroit River habe ich ein Schiff zu liegen, die *John Brown*, Kabinenkreuzer, fast zehn Meter lang. Im November hab' ich den St. Lawrence schon hinter mir und bin die Küste runter, verhökere den Affenärschen in Nikaragua astreine japanische Maschinenpistolen. Dann müssen die Scheißwinter in Michigan ohne mich auskommen.«

»Mit der Küstenwache kannst du so ein Spiel aber nicht machen. Die haben ihre Quellen an beiden Ufern.«

»Ich habe zwei Rolls-Royce-Motoren mit Direkteinspritzung und einen Turbo zum Zuschalten. Sollen ruhig versuchen, mich einzuholen.«

»Zwei Riesen für den ganzen Krempel. Und umwandeln tu' ich sie selbst.«

»Wohl gaga, wie? Denkst du vielleicht, diese Riesenviecher haben bei mir vor der Tür gelegen?«

»Als ich mich das letzte Mal umgeguckt habe, gab es die MAC-10s für dreihundertsechzig«, meinte Macklin. »Einsfuffzig für den Magnum, Reingewinn fast ein Tausender. Ist doch 'ne Stange Geld.«

»Das wirst du nicht mehr erleben: einen Magnum für hundertfünfzig.« Als Sooty grinste, tauchte seine Zunge auf der Stelle auf, an der sich eigentlich seine Schneidezähne hätten befinden sollen. »Muß ich aber erst besorgen. Den hab ich nicht hier.«

Macklin hatte nicht den geringsten Zweifel, daß er seinen ganzen Warenbestand bei sich im Wohnwagen hatte. Aber er war diese Hinhaltemanöver schon gewohnt. Sooty würde in der Zwischenzeit seine Referenzen überprüfen. »Wäre es morgen abend in Ordnung?«

»Bin sowieso ein Nachtmensch.«

Als die Abenddämmerung aufzog, stand Macklin im obersten Stock eines neuen, nach Art der Tannenzapfen gebauten Hochhauses in Windsor und beobachtete, wie die Skyline Detroits nach und nach die Sonne verschluckte. Der Fluß verfärbte sich ganz allmählich von Rosa über Grün zu einem tiefen Schwarz. Der Raum, in dem er sich befand, war fast so groß wie Macklins ganzes Haus, ein langfloriger Teppich äffte die Farbe von Blutorangen nach, die Einrichtung war wenn nicht schwarz, dann verchromt, an den Wänden hingen abstrakte Aquarelle. Ein spinnenförmiger neumodischer Beleuchtungskörper spuckte sanftes gelbliches Licht durch Kupfertrichter.

Hinter der Bar kippte ein Mann, dessen kalifornische Sonnenbräune in merkwürdigem Kontrast zu seinem schütteren weißen Haar stand, ein Schnapsglas voll Bourbon in einen Tumbler mit Milch. Er hatte feingeschnittene Gesichtszüge, war frisch rasiert, und hatte sich ein tiefblaues Seidenhemd lose in den Bund schwarzer Wollhosen gestopft. Er sah aus wie der geborene Aristokrat. Wären da nicht seine Hände gewesen. Die waren rissig. Die Knöchel gerötet, in den Hautfalten hatte sich vor langer Zeit der Schmutz festgesogen.

»Auf Anweisung des Arztes«, erklärte er, als er bemerkte, daß Macklin ihn beobachtete. »Er hat gesagt, daß Milch für meine kaputte Speiseröhre das einzig Erträgliche wäre. Aber ich habe mir mein Studium an der Managerakademie damit finanziert, daß ich nebenbei für einen Milchbauern gearbeitet habe. Ich kann den Geruch einfach nicht mehr ertragen. Nur so krieg' ich das Zeugs überhaupt runter.«

Sein jiddischer Akzent war kaum zu erkennen. Die meisten, denen überhaupt etwas auffiel, hielten ihn für deutsch. Macklin konnte sich an die Zeiten erinnern, in denen er noch viel auffälliger war. Da hatte sein Vater auf dem Schrottplatz gearbeitet, der dem Mann und seinen Brüdern gehört hatte. Heute konnte von Schrottplatz keine Rede mehr sein. Es war ein Hotel in *downtown*, und keiner der Gäste hätte sich träumen lassen, daß sein Touristenhaupt auf sechs

Opfern dessen ruhte, was die Presse zur Zeit der Prohibition als kleine jüdische Mafia zu apostrophieren pflegte. Hermann hieß der Mann.

Als er Macklin zu einem Drink einlud, war sein erster Impuls, dankend abzulehnen. Aber ganz vage dämmerte ihm die Erinnerung an die Gepflogenheiten der Alten Welt. Man durfte die Gastfreundschaft eines Mannes in seinen eigenen vier Wänden nicht zurückweisen. Und für Hermann war diese Benimmregel bestimmt noch brandaktuell. »Aber die Milch heb besser für dich auf«, sagte er daher.

Der alte Mann kam mit einem zweiten Tumbler an, nur daß er anstelle der Milch Wasser enthielt. Die Hand, mit der er das Glas Macklin hinhielt, war so sicher wie das ganze Gebäude. Erst als sein Gast den ersten Schluck getrunken hatte, setzte er sich auch auf einen Stuhl ihm gegenüber. Er nippte an seinem Glas, wischte sich mit einem Finger über seinen Schnauzer und stellte das Glas dann in eine kreisrunde Vertiefung in der Armlehne ab.

»Peter, wie lange ist das jetzt her?«

Hermann war einer der wenigen Menschen, die ihn bei seinem Taufnamen kannten. »Seit der Beerdigung meines Vaters«, sagte er. »Jetzt also vierzehn Jahre.«

»Vierzehn Jahre. Eigentlich gar nicht so lange, wenn man bedenkt, daß ich jetzt schon siebzig bin. Aber alt bist du geworden.«

»Kann's auch nicht ändern.«

Die Mundwinkel des Alten zuckten. Vielleicht ein nervöser Tick. »Ein guter Mann war er. Man konnte sich immer auf ihn verlassen. Als damals diese beiden Itakerheinis meinen Bruder David an die Kasse gedrückt haben und ihm drohten, ihm seine Männlichkeit abzuschneiden, wenn er nicht zahle, da kam dein Vater direkt mit einem Kenworth-Taxi durchs Fenster gebraust. Und als ihm dann mein anderer Bruder Simon die Unkosten für die Reparaturen an den Scheinwerfern, dem Kühler und unser Büro auf die Backe drücken wollte . . . Wollte ihm das doch tatsächlich vom Lohn abziehen. Aber wir konnten es ihm ausreden. Statt dessen hat David deinem Vater dann eine Gehaltserhöhung gegeben und ihm aus dem Sack des Itaker noch ein hübsches Portemonnaie anfertigen lassen. Ich wüßte zu gerne, was aus dem geworden ist.«

Macklin entgegnete, daß er das auch nicht wisse.

»Üble Zeiten.« Hermann nahm sein Glas zur Hand. »Aber damals wußte man wenigstens noch, wer seine Feinde waren. Die Italiener gegen die Juden, die Polen gegen die Ukrainer, und alle zusammen gegen die Griechen. Und heutzutage? All die Schwarzen, die Puertos,

Araber. Kein Mensch weiß, was denen im Kopf rumspukt. Jetzt geht doch alles durcheinander, und ein Jude ist ebenso schnell bereit, einem anderen Juden die Gurgel durchzuschneiden, wie jeder x-beliebige andere. Guck dich doch selbst an. Ein braver Schottenbub ... und arbeitet für die Itakerbanden.«

»Ich bin jetzt selbständig.«

»Wie 'ne Straßennutte läßt du dich kaufen. Aber macht dir ja keiner einen Vorwurf draus. Du bist ja dazu gezwungen. Simon würde sich im Grab rumdrehen. Vorausgesetzt, er hätte eins. Und läge nicht mit hundert Pfund Beton über sich auf dem Grund des Erie-Sees.«

Macklin befürchtete, daß sich da schon wieder eine Anekdote zusammenbraute. »Bei der Beerdigung hast du mir versprochen, daß du mir einen Gefallen tun würdest, wenn ich deine Hilfe mal brauche«, flickte er deshalb schnell ein.

Hermann drehte das Glas mit der bläßlichen Flüssigkeit in der Hand. »Er wollte, daß aus dir etwas Besseres würde, dein Vater. Von der Taufe an hatte er dein ganzes Leben fix und fertig entworfen. Vor deinem dreißigsten Geburtstag solltest du Babe Ruths Rekord an Home-runs eingestellt haben, und dann solltest du für den Senat kandidieren. Er wollte sicherstellen, daß du aus dem Stoff bist, aus dem die Präsidenten gemacht werden, bevor du fünfunddreißig würdest und damit wählbar.« Er nahm einen Schluck, berührte seine Lippen mit einem Finger. Allmählich schien die Gegenwart wieder durch die Pupillen seiner blaßblauen Augen zu dringen. »Was möchtest du?«

»Ich möchte jemanden kidnappen«, sagte Macklin.

19

Während der Trockenzeit diente das Gebäude inmitten der anderen Lagerhäuser zwei Block östlich des Renaissance Center als Schnapsversteck, nach Aufhebung der Prohibition wurden dann Maschinenteile da gelagert. In den sechziger Jahren hatte Hermann es in Büros umwandeln lassen, aber de facto hatte es zehn Jahre leergestanden, die letzten fünf, weil die städtische Planungsbehörde den früheren Schrottmagnaten mit allen juristischen Tricks heftig in den Schwitzkasten genommen hatte. Sie wollte das Gebäude enteignen. Es bestand aus geschwärzten Backsteinen, großen, mehrfach unterteilten Fenstern, die im Zuge der Renovierungsarbeiten übermalt worden waren, und einem geräuschisolierten ersten Stock, der einmal ein Ballettstudio mit allen Schikanen beherbergt hatte. Sogar die fünfzehn Meter lange Messingstange war noch da, und wo das Klavier gestanden hatte, befand sich ein blasses Rechteck auf dem Parkett. Indem er ein paar Faschingskracher in den großen Raum warf und die Tür schnell wieder zumachte, testete Macklin die Geräuschisolierung. Dann stützte er sich mit seinem ganzen Gewicht auf die Stange, die Dübel hielten es ohne weiteres aus, und erklärte den Raum für perfekt.

Am nächsten Tag, Mittwoch früh, ließ er die Lampen wieder anbringen und Gitter an den Fenstern befestigen sowie ein Sicherheitsschloß zur Flurtür, nur für den Fall, daß die Stange möglicherweise doch nachgab. Den Nachmittag erstattete er Carmen Bericht, zeitweise im Bett, und fuhr dann später noch einmal zu der Wohnwagenburg, um seine Geschäfte mit Sooty zu einem beidseitig zufriedenstellenden Abschluß zu bringen. Von da aus ging's wieder ins Ballettstudio. Er war dort mit den Leuten verabredet, die Hermann vorbeizuschicken versprochen hatte.

Drei waren es. Er kannte nur ihre Spitznamen, aber sie wußten überhaupt nicht, wer er war. Zwei von ihnen waren Schwarze. Der eine, er wurde Deac genannt, hatte siebenundzwanzig Monate in Marquette wegen eines bewaffneten Überfalls abgesessen, den er zusammen mit drei anderen von der *Nairobi Army of Liberty* begangen hatte. Von der Statur her stand er den Ältesten des Reverends kaum nach, er trug die Haare im Mohikanerschnitt gestylt, Glasperlchen in allen Regenbogenfarben baumelten auf seiner Jeansjacke, deren Ärmel er sich an den Schultern abgeschnitten hatte, damit seine Bizepse auch niemandem entgehen konnten. Auf dem linken prangte die Tätowierung eines Wasserbüffelkopfes. Zwischen den Hörnern hatte er die Buchstaben N. A. L. Der andere Schwarze, Ski, war ebenso groß wie Deac, wog aber bestimmt hundert Pfund weniger und war in den Schultern so breit wie an den Hüften. Seine schwarzen Jeans hatte er mit Hosenträgern vor dem Rutschen gesichert, darüber trug er ein braunes Seidenjackett, das lose fiel wie ein Saunatuch. Er hatte sich das Haar entkrausen lassen, und nun türmte es sich zu einem fettigen Pompadour. Astrein verbarg eine Panoramasonnenbrille seine Augen. Die Polizei von Willow Rund hatte ihn wegen des Mordes an einem Angehörigen des Gemeinderates verhaftet, aber als kein einziger Zeuge mit der Sprache herausrücken wollte, war das Verfahren niedergeschlagen worden.

»Warum wirst du eigentlich Ski genannt?« fragte ihn Macklin. »Pole bist du doch bestimmt nicht.«

Wenn er grinste, sah er fast aus wie Stevie Wonder. »Ich habe so einen schlitternden Gang.«

Macklin reckte sich und nahm ihm die Sonnenbrille ab. Bei dem plötzlichen Lichteinfall zogen sich Skis Pupillen zusammen. »Drogen?«

»Hin und wieder 'n bißchen Shit. Hab' auch mal Koks probiert, aber dabei wär' ich fast ersoffen.« Er kicherte leise blubbernd.

»Das läßt du mir schön bleiben, solange du für mich arbeitest.«

Kichern ab. Kein Grinsen. »Verstanden.«

Macklin reichte ihm die Brille zurück.

Der Weiße im Trio war eins siebzig groß, breitschultrig, aber nicht fett, sein dünnes braunes Haar fiel stracks über die Stirn, und die Augen standen so weit auseinander, daß man lässig eine Hand dazwischenlegen konnte, ohne größere Verwirrungen anzurichten. Braun waren sie, die Augen, und wirkten wie ausgeschnitten und aufgeklebt. Ohne sie war das Gesicht von großer Schlichtheit, makellos geschnitten und komplett unauffällig. Er trug eine braune Jacke mit Schnappverschlüssen und ein ebenfalls braunes Sporthemd, das er sich in – natürlich – braune Wollhosen gestopft hatte. Braune Jesuslatschen an den Füßen. Ihn überhaupt zu bemerken, erforderte schon gehörige Anstrengungen. Macklin scheute sie nicht. »Und du bist also Hank?«

»Muß ja wohl.«

»Und was machst du so?«

»Nichts, wovon du schon gehört haben kannst.«

Hörer ab, seine Stimme hatte die Modulationsfähigkeit eines telefonischen Freizeichens.

»Keine Vorstrafen?«

Er schüttelte den Kopf.

»Mußt schon etwas Nachsicht mit mir haben.«

»Chile 1974, El Salvador 1982, Grenada 1983, Indien 1984.«

»CIA?«

»Selbe Geschichte – andere Buchstaben.«

»Und warum hast du da aufgehört?«

»Fing schon an, mein Englisch zu vergessen.«

»Was hast du zwischen 1974 und 1982 getrieben?«

»Mich erholt.« Er knöpfte sich sein Hemd bis zum Nabel auf. Sein Unterleib war eine einzige Reliefkarte verheilter Narben.

»Schrapnell?«

»M-16«, schnarrte er. »Von einem unserer Männer. Eine Niere haben sie mir rausgenommen und ein Meter zwanzig Gedärme, und dann bin ich acht Jahre lang mit der Leitung des Einsatzes in Mittelamerika betraut worden.«

»Hast du aufgrund dieser Geschichte vielleicht irgendwelche Vorbehalte gegen automatische Waffen?«

»Nicht, solange ich am Abzug stehe.« Er knöpfte sich sein Hemd wieder zu.

»Was hältst du von MAC-10s?«

»Kinderkram. Machen aber ihre Arbeit.«

Macklin wandte sich von ihm ab und sprach das Trio insgesamt an. »Keine Toten diesmal. Wenn nämlich einer mit Atmen aufhört, dann hört die Lady mit Blechen auf.«

»Wieso 'n Lady?« Und schon wieder grinste Ski.

»Ihr lernt sie schon noch kennen. Hat euch Hermann erzählt, worum es geht?«

»Wir holen uns einen«, meinte Deac.

Macklin nahm einen kleinen Stapel Flugblätter von der Fensterbank, die er aus einem der Lesesäle hatte, die Reverend Sunsmiths Kirche überall in der Stadt unterhielt, und reichte jedem der Männer ein Exemplar. Passagen aus der Bibel enthielten sie, die die Sünde der Habgier geißelten, und die Geschichte mit Jesus' Rock. Außerdem ein Bild von Sunsmith in einer seiner unvermeidlichen Roben, wie er auf der Kanzel stand. Vor einem lebensgroßen Bronze-Christus am Kreuz. »Kennt ihr den?«

»Bei den Löchern, die der in den Händen und Füßen hat, klingelt irgendwas«, meinte Ski.

»Du weißt ganz genau, wen ich meine.«

»Und ob ich den kenne. So 'n Ekelpaket.«

»Er wird lebend hier eintreffen und solange bleiben, bis die Lady meint, daß er wieder abziehen kann. Hat damit vielleicht irgend jemand irgendwelche Probleme?«

»Wie kriegen wir die Leibwächter von dem los?« wollte Deac wissen.

»Die krallen wir uns auch.«

»Du meinst doch wohl nicht lebend?«

»Ihr habt gehört, was ich zu diesem Thema zu sagen habe.«

Erkundigte sich Hank: »Und was springt dabei raus?«

»Zehntausend für jeden. Vorausgesetzt, es gibt keine Toten.«

Ski faßte sich an seine Sonnenbrille. »Ist ja wenigstens mal 'ne Abwechslung.«

»Bist du dabei?«

»Jaja, ich bin dabei.«

»Hank?«

»Wo und wann soll's steigen?«

»Morgen. In einer Gasse an der Montcalm Street.«

»Will erst den Plan sehen.«

»Nix is. Wir sind hier in keiner von Sunsmiths Lesehallen. Die Literatur bleibt hier.« Er deutete sich an die Stirn.

»Und woher weiß ich, daß du nicht einfach so ein hergelaufener Irrer bist, der sich für James Bond mit 'nem Steifen hält?«

»Und woher weiß ich, daß du dir die Narben nicht geholt hast, als dir beim Fußnägelschneiden ein Röllchen Stacheldraht im Weg war?«

»Weil Hermann dir gesagt hat, was Sache ist.«

»Stimmt.«

Seine stumpfen Augen weigerten sich, das Licht zu reflektieren. »Schon verstanden. Kannst auf mich rechnen.«

Macklin sah Deac an. Der zuckte die Achseln und ließ seinen Bizeps spielen. Das war ihm Antwort genug. Er drehte sich um und warf Ski seine Schlüssel zu. Vor der Brust fing er sie auf.

»Der grüne Camaro hinter dem Haus. Im Kofferraum ist eine Kiste. Aber laß sie nicht fallen.«

An seinem rechten Zeigefinger wirbelte Ski den Schlüsselring herum, er ließ ihn in einem steilen Bogen in die Luft fliegen, der fast bis unter die Decke ging, und fing ihn mit der Linken wieder auf. Dann ging er hinaus. Fünf Minuten später kam er mit einer Apfelsinenkiste wieder, die er auf dem Boden absetzte. Nachdem Macklin sie geöffnet hatte, beugten sich die drei Männer darüber und holten die flachen schwarzen automatischen Handfeuerwaffen sowie die dazugehörigen fünfzehn Zentimeter langen Magazine aus der Holzwolle. Innerhalb von drei Sekunden hatte Hank seine zusammen und auch schon eine Patrone in der Kammer. Er nahm sie wieder auseinander und wiederholte den Vorgang für die anderen noch einmal etwas langsamer. Eine Minute später hatten alle ihre Waffen schußbereit.

»Eigentlich wollte ich ja wieder Halbautomatische daraus machen«, sagte Macklin, »aber es kann sein, daß wir ein bißchen Blei verspritzen müssen, um die Leibwächter bei der Stange zu halten. Hank, wenn das nötig sein wird, wirst du dich darum kümmern. Diese Dinger sind schlechter unter Kontrolle zu halten als die schwereren Selbstlader.«

»Man muß sich halt damit auskennen.«

»Aber denk dran: Getötet wird mir keiner. Wenn was schiefgeht, hauen wir ab.«

»Was issn eigentlich los? Magst wohl kein Rot?«

Macklin zog den vernickelten .357 Magnum unter seinem Jackett hervor und schoß Hank ins linke Auge. Die Kugel zertrümmerte ihm den Hinterkopf und verzog sich in der Wandverkleidung. Während ihm die Knie versagten, krampften sich Hanks Finger um den Abzug seines MAC-10. Das Gewehr spuckte eine leere Hülse aus, dann klemmte der Mechanismus. Nach dem Brüllen des Revolvers war in der Stille, die darauf folgte, sogar zu hören, wie die Hülse auf den Parkettboden klackte. Hank sank nieder und blieb auf dem Gesicht liegen.

Ski und Deac fummelten an ihren Waffen herum.

»Bemüht euch nicht«, sagte Macklin. »Eure Patronen sind auch leer. Die richtigen gibt's später.«

»Du hast doch aber gesagt, keine Toten.« Ski war verwirrt.

»Das gilt für die Aktion selbst. Das hier habe ich Hermann zuliebe gemacht, sozusagen als Raummiete. Hank war so scharf darauf, seinen alten Job wiederzukriegen, daß er sogar ein Nümmerchen mit dem Geheimdienst abgezogen hat.«

»Ein Mordkomplott. Mein Gott!«

»Dachte mir, wenn's denn schon sein muß, kann es ja auch gleich noch für was nütze sein. Den ersten, der vom Drehbuch abweicht, lege ich um.«

»Und was passiert mit der Leiche?« erkundigte sich Deac.

»Hermann schickt eine Putzkolonne rüber. Will einer von euch jetzt vielleicht lieber gehen?«

Ski grinste. »Mann, du hast gerade eben vor unseren Augen einen kalt gemacht. Rausschmeißen wirst du uns nicht. Also warum fragst du noch?«

»Wollte nur mal den Teamgeist testen.«

»Jetzt fehlt uns ein Mann«, meinte Deac.

»Ein Mann vielleicht.«

Deac und Ski drehten sich um und starrten die schlanke Frau mit dem aschblonden Haar an, die durch die Tür trat. Sie hatte einen olivgrünen Overall an und abgetragene Wanderstiefel.

»Ihr könnt sie Carmen nennen«, gestattete ihnen Macklin. »Sie fährt ihm in die Karre.«

Als die Frau den Raum betreten hatte, war Ski das Grinsen

vergangen. Jetzt begann es leise wieder aufzuflackern. »'ne Braut! Auch das noch.«

Macklin steckte sich den Magnum in den Gürtel und bückte sich, um Hanks MAC-10 vom Boden aufzuheben. Als er sich wieder aufgerichtet hatte, reichte er ihn Carmen, die beim Anblick der Leiche unter ihrer Sonnenbräune ein klein wenig bleicher geworden war. Aber sie zögerte nur eine Sekunde, dann entsicherte sie mit dem Daumen das Magazin, kippte den Verschluß zurück, um die verklemmte Patrone herauszunehmen, und setzte die Waffe wieder zusammen. Das ging fast so schnell wie vorher bei Hank.

»Sie kommt aus einem Land, in dem jede Rotznase ein künftiger Revolutionsgeneral werden kann«, erklärte Macklin. »Wäre sie in Kansas aufgewachsen, könnte sie einen zwölfscharigen Pflug bedienen. Und Auto fahren kann sie...«

»Mein Gott.« Ski begann sich zu wiederholen.

Macklin schwieg. Die Blutlache aus Hanks Kopf, die sich jetzt nur noch langsam ausbreitete, hatte das Bild des Reverends vor dem großen Kruzifix besudelt, das zu seinen Füßen lag.

20

Seit acht Jahren hatte Sergeant Lovelady schon nicht mehr mit seiner Frau geschlafen.

Sie hatten einander herzlich lieb, zusammen einen Sohn und eine Tochter durchs College geschleppt, ein vietnamesisches Flüchtlingsmädchen adoptiert, als sie schon beide über vierzig waren, und ihm alle Möglichkeiten der Sonderschulerziehung angedeihen lassen, nachdem sich herausgestellt hatte, daß es geistig stark zurückgeblieben war. Aber nach vierundzwanzig Jahren Ehe wog die Angewohnheit des Sergeanten, sich des Nachts nicht nur über seine eigene Betthälfte zu ergießen, sondern sich auch noch jenseits der Besucherritze breitzumachen, schwerer als alle Bedenken, und so war er zum Schlafen eben in eines der früheren Kinderzimmer gezogen. Aber wie es das Pech so wollte, hatte er ausgerechnet in dieser Nacht seiner Frau einen Besuch im Ehebett abgestattet, und da klingelte das Telefon. Nach dem elften Klingeln hob sie den Hörer auf, lauschte einen Moment lang und reichte ihn dann kommentarlos weiter.

»Lovelady?«

»Mhm. Ach, Inspektor.«

»Mit Ihnen ist doch hoffentlich alles in Ordnung? Sie hören sich ja an, als kämen Sie gerade vom Joggen.«

»Treibe manchmal Gymnastik. Soll gesund sein. Wo brennt's denn?«

»Mir ist gerade eingefallen, wer versuchen könnte, Sunsmith umzubringen.«

Der Sergeant war sich der forschenden Blicke seiner Eheliebsten bewußt. Sein Ohr war schon ganz heiß. Er nahm den Hörer in die andere Hand. »Maggiore?«

»Nein, dessen Leben ist auch so schon kompliziert genug. Denken Sie mal über Mike Boniface nach.«

»Der hat doch keine Ahnung vom Spiel. Könnte wetten, der stimmt dagegen. Wenn er überhaupt ins Wahlregister eingetragen ist.«

»Genau das meine ich. Wir haben die Geschichte völlig falsch angepackt. Die Befürworter des Spiels können alles brauchen, nur nicht, daß der Reverend mitten in seiner Kampagne gegen die Legalisierung umgelegt wird. Denn das würde ja all die, die im Moment noch unentschlossen sind, in seine Arme treiben. Und genau darauf zählt die Person, die ums Verrecken seinen Tod will.«

»Kann mir nicht helfen, aber für meine Begriffe hört sich das gar nicht nach Boniface an. Dem seine Gehirnwindungen sind doch nicht so verschlungen.«

»Das war Boniface Vau Em.«

»Wie meinen?« Er klemmte sich den Hörer noch einmal ans andere Ohr.

»Vor Milan. Ich kenne keine bessere Erziehungsanstalt als den Knast.«

»Gut. Und wer steckt dann hinter dem Attentat auf Maggiore?«

Pontier zögerte. »Da bin ich noch am Arbeiten.«

»Reizend von Ihnen, daß Sie mich daran Anteil nehmen lassen, Inspektor.«

»Ihnen fehlt doch wirklich nichts? Habe schon kaputte Heizungen gehört, die sich besser angehört haben als Sie.«

Lovelady sagte, es ginge ihm einfach prima und gute Nacht. Er reichte den Hörer wieder an seine Frau zurück. »Wo waren wir stehengeblieben?«

»Beim Stimmung verderben.« Und legte den Hörer auf die Gabel.

Privat bekannte sich der Reverend Thomas Aquinas Sunsmith zu einer einzigen materiellen Schwäche, und das war seine Schwäche für schöne Materialien. Wenn der liebe Gott verlangt hätte, daß er sich im Namen seines Glaubens von seinem Schmuck, seiner Kirche oder sogar von seiner Gitarre trennte, so hätte er ohne zu zögern gehorcht; es wäre für ihn aber einer der Prüfungen des Hiob gleichgekommen, wenn sich dieses Ansinnen auch auf seine Anzüge und Roben beziehen würde.

In Rot- und Violettönen tobte sich sein Musikergeist aus, in Orgien von Rosa und kühlen Pastellfarben. Und keine nackte Frauenhaut konnte es mit den taktilen Reizen aufnehmen, die Rohseide und Schurwolle seinen schwieligen Fingerkuppen bescherten. Abgesehen von seiner Kirche war der kleine Schneiderladen im ersten Stock in der Montcalm Street der einzige Ort, an dem er sich Gott wirklich nahe fühlte.

Kwan Duc wartete schon auf ihn und schloß mit einem kleinen Diener die Tür zur Umkleidekabine auf. Die vier Ältesten mußten derweil auf dem Flur warten. Der Reverend zog Mantel und Weste aus und hängte sie auf einen Kleiderhaken. Dann schlüpfte er in die kardinalsrote Satinrobe, vermied es aber so lange, in den dreiteiligen Spiegel zu blicken, bis er sie vorne geschlossen hatte. Als er sich dann betrachtete, schreckte er beinahe vor den Höllenflammen zurück, die der hochglänzende Stoff ausspie. Zur Kundgebung auf der Hart Plaza Montag in einer Woche wollte er sie zum erstenmal anziehen. Er hatte vor, einen Tag vor dem Volksentscheid über die Spielinitiative noch einmal allen Schwefel aufzubringen, der ihm zu Gebote stand, und das Zocken in Grund und Boden zu verdammen.

Als er aus der Umkleidekabine trat, wirkte er im Licht, das durch die Fenster fiel, gewaltig, breit und sehr rot. Kwan Duc wirbelte um ihn herum, glättete hier eine Falte, zoppelte da an einer Beule und schnipste an den Stoffmassen, um zu überprüfen, wie sie fielen. Er bat den Reverend, die Arme zu heben und die Schultern zu bewegen, und während er um ihn herumwieselte, führte er flüsternde Selbstgespräche auf koreanisch. Er bückte sich, um eine Stecknadel aus dem Saum zu entfernen.

»Schultern eng?«

»Nein, genau richtig.«

»Zu lang, glaube.«

»Nicht die Spur, sie soll bis auf den Boden gehen.«
»Mehr Passe vielleicht.«
»Wie Darth Vader will ich ja nicht aussehen.«

Ein letztes Mal bewunderte sich der Reverend im Spiegel. Dann knöpfte er die Robe auf und zog sie wieder aus. Da stand er nun in seinem lachsfarbenen Hemd und dem neonblauen Binder mit blaßrosa Streifen. Er reichte dem Schneider die Robe. »Packen Sie sie mir bitte ein.«

Ein paar Minuten später bekam er sie, zusammen mit der Anweisung, sie zuhause sofort auf einen Bügel zu hängen, in einem länglichen weißen, mit Bindfaden verschnürten Karton wieder. Er klemmte sich den Karton vorsichtig unter den Arm und trat auf den Flur. Zwei Älteste vor ihm, zwei hinter ihm, stieg der ganze Troß die Treppen hinab, die zur Straße führten.

Die cremefarbene Limousine und der zweifarbige Buick *Electra* füllten fast die ganze Gasse aus. Bevor er in den Fond der Cremeschnitte kletterte, gab der Reverend einem der Ältesten den Karton, damit er nicht beschädigt wurde. Als er Platz genommen hatte, riß er ihn gleich wieder an sich und behielt ihn voller liebender Fürsorge auf dem Schoß. Zwei der Ältesten setzten sich vorne in den Wagen, die beiden anderen stiegen in den Buick. Dann begann die Prozession davonzurollen.

Ein weißer Lieferwagen zischte über die Gasse und kam mit quietschenden Reifen zum Stehen. In diesem Moment flog die Beifahrertür auf, und ein Mann mittleren Alters mit schütteren Haaren und müden Gesichtszügen setzte einen Fuß auf das Pflaster. Er richtete einen blitzenden Revolver auf die Windschutzscheibe der Limousine.

Da war der Älteste hinter dem Steuer schon in voller Aktion. Er legte blitzschnell den Rückwärtsgang ein und rammte den kleineren Wagen dahinter. Die Haube sprang auf, Dampf stieg aus dem Kühler. Als der Reverend mit der Stirn gegen die Kopfstütze des Fahrersitzes prallte, hörte es sich an, wie wenn ein Basketball gegen eine Gummiwand prallt. Der Fahrer des zerbeulten Buick brauchte ein bißchen länger, bis auch er den Rückwärtsgang einlegte, aber er mußte sofort wieder bremsen, denn ein städtischer Müllwagen kam hinter ihm die Gasse entlanggetrudelt und hielt mit hydraulischen Zischlauten an. Die Türen des Führerhauses flogen auf, zwei Schwarze sprangen heraus. Sie trugen Waffen, deren lange gerade Clips verrieten, daß es sich um automatische handelte. Der Älteste neben dem Fahrer machte seine Tür auf und sprang aus dem Wagen. Er zog seine Neun-Millimeter-Pistole unter dem Jackett hervor. Einer der beiden Schwarzen, ein großes Muskelpaket mit Haaren wie ein übergeschnappter Indianer, jagte dem Buick hinten einen Kugelregen rein, der sich anhörte wie ein einziger Mündungsknall, so schnell aufeinander erfolgten die Schüsse. Später würde der Älteste schwören, er habe gesehen, daß die Kugeln wie Leuchtkugeln bei einem Feuerwerk an die Rücklichter spritzten und sich über die Kofferraumhaube ergossen. Blitzartig legte der Älteste seine eigene Waffe gut sichtbar auf das Verdeck des Buick und riß die Hände hoch.

Der Älteste, der hinter dem Steuer der Limousine saß, schien mit den Händen in der Jacke zu versteinern, er starrte durch die Windschutzscheibe in die müden Züge des Mannes aus dem Lieferwagen und in die Mündung des glänzenden Revolvers, den er in den Händen hielt. Der Mann konzentrierte sich ganz auf den Fahrer. »Schieß doch, um Gottes willen!« zischte der Fahrer gerade so laut, daß ihn der Älteste, der neben ihm saß, hören konnte.

Der sagte nur: »Fick dich doch selber.« Er blickte an dem Mann vorbei auf die Frau im Overall, die offenbar auf dem Trittbrett des Lieferwagens stand. Sie hatte die Arme aufs Dach gestützt und krampfte die Hände um den Kolben einer automatischen Pistole. Sie hatte sich ihr helles Haar am Hinterkopf hochgesteckt, und da sie von den Schultern an über dem Lieferwagen hervorragte, wirkte sie drei Meter groß.

Es dauerte fast fünf Minuten, bis die vier Leibwächter und Sunsmith aus den Wagen geholt, entwaffnet und in die vorher festgelegte Sitzordnung gebracht waren. Unter Macklins Vorsitz nahmen der Reverend und einer seiner Männer im Lieferwagen Platz, die anderen drei kamen zu Deac und seiner Waffe hinten in den Müllwagen. Als Sunsmith aus der Limousine stieg, hatte er den Karton, mit dem er aus dem Laden getreten war, liebevoll im Arm. Ski vermutete, er enthalte eine Waffe, und nahm ihn ihm weg. Als er die blutrote Robe sah, pfiff er leise durch die Zähne und zog sie sich über seinen blauen Rolli und die grauen Cordhosen. In dekorativen Falten fiel sie über seine magere Karosserie, und als er mit seinem MAC-10 hinter das Steuer des Lieferwagens kletterte, umspielte sie seine Hacken. Der Reverend streckte verlangend die Hände nach dem Karton aus, aber als Deac ihm die Mündung seiner Pistole seitlich den Schädel runterrammte, brüllte er wie am Spieß und taumelte einem seiner Ältesten in die Arme. Aus einer zehn Zentimeter langen Wunde troff das Blut in sein linkes Auge. Er hockte hinten auf dem Boden des Lieferwagens und preßte sich ein Schmuckstück von Seidentaschentuch an die Wunde. Carmen fuhr los, ihr folgte Ski in dem Müllwagen.

Der Lieferwagen hatte hinten keine Seitenfenster, und die Fahrerkabine war durch einen undurchsichtigen Vorhang abgetrennt, so daß die Gefangenen nicht sehen konnten, wohin die Fahrt ging. Macklin setzte sich auf einen niedrigen Küchenstuhl und versperrte ihnen mit seinem Oberkörper auch die Sicht nach hinten heraus. Er hielt den Magnum auf den Knien.

Die zwei Fahrzeuge kurvten ein paarmal um verschiedene Straßenblocks, damit ihre Geiseln völlig die Orientierung verloren, dann ging es über einen privaten Parkplatz, und schließlich hielten sie vor dem leerstehenden Gebäude etwas abseits der Jefferson. Ein zweieinhalb Meter hoher Bretterzaun schnitt die Sicht auf den Fluß und das Renaissance Center ab, das gespenstisch schimmernd über den verkohlten Backsteinfassaden der vor Ratten nur so wimmelnden Lagerschuppen aufragte. Der Zaun hatte kein richtiges Tor, aber Macklin und seine männlichen Kollegen hatten aus den Resten von Bauholz und einer alten Sturmtür eine provisorische Tür zusammengeflickt. Ski sprang aus dem Lieferwagen und öffnete sie, bevor auch die Geiseln aussteigen durften. Ski und Deac setzten sie im Gänsemarsch auf die offene Hintertür in Bewegung. Da konnte Sunsmith die Frau zum erstenmal aus der Nähe sehen.

»Carmen?«

Sie schwieg. Deac packte Sunsmith an der Schulter und schob ihn mit einem eindeutigen Grunzlaut vorwärts. Der Reverend kam ins Stolpern und ließ sein blutbeflecktes Taschentuch fallen. Die Rißwunde war schwarz verkrustet.

Als erster stieg Macklin die Treppe hinauf. Er stand schon auf dem ersten Absatz, als Sunsmith angewackelt kam, gefolgt von seinen Ältesten. Deac und Ski bildeten die Nachhut.

»Zieh diese verdammte Robe aus«, fauchte Macklin.

Ski zuckte die Achseln und ließ sie achtlos in den Staub und die Rattenhäufchen fallen.

Als sie schon fast ein Drittel der Stufen hinter sich hatten, drehte sich der Älteste, der Sunsmith unmittelbar folgte, um und ließ sich gegen den Ältesten hinter ihm plumpsen. Die ganze Phalanx geriet in Bewegung. Deac fluchte und stemmte sich mit seinem Gewicht gegen die Schulterblätter des Ältesten vor ihm. Damit war die Menschenlawine gestoppt. Einen Moment lang starrte der Älteste, der den Zwischenfall verursacht hatte, in die Mündung von Skis Automatikwaffe, die er vom Fuße der Treppe aus auf ihn gerichtet hatte. Dann drehte er sich wieder um, und die Prozession nahm friedlich ihren Fortgang.

Als alle im Flur vor dem Ballettstudio standen, marschierte Deac an den drei hinten stehenden Ältesten vorbei und stieß dem Unruhestifter seine Faust in den Unterleib. Die Waffe schwang er hart an seinem Schädel entlang. Der Älteste brach zusammen, aber Deac packte ihn vorne am Hemd, dabei platzte ein Knopf auf, und schleuderte ihn gegen die Wand. In umgekehrter Richtung fuhr er ihm noch einmal mit der Waffe an den Schädel. Die Backe platzte auf. Macklin sah zu.

Sunsmith wollte impulsiv eingreifen, aber Macklins Magnum auf seiner Schläfe hielt ihn zurück. »Aber er wird ihn umbringen.«

Ungerührt ließ Macklin Deac noch einmal zuschlagen. Dem Leibwächter trat das Blut aus der Lippe. »Bring ihn rein«, befahl er.

Deac hätte zu gern noch einmal zugeschlagen. Erst als Macklin seine Anweisung wiederholte, ließ er die Waffe sinken. Er packte den Ältesten fester am Hemd und schleppte ihn durch die Tür in das Studio. Die Absätze des Bewußtlosen hinterließen zwei schwarze Striemen auf dem Linoleum im Flur.

Nach einem Nicken von Ski folgten die anderen.

Im letzten Akt des Zwischenspiels war Carmen oben auf der Treppe erschienen. Sie hielt Macklin noch vor der Tür auf. »War das wirklich nötig?«

»Ich hab' doch gar nichts getan.«

»Das meine ich ja.«

»Solange man nicht schießt, sind Revolver und Pistolen nur Requisiten.«

»Als ich gesagt habe, daß es keine Toten geben darf, meinte ich damit nicht, daß ich damit einverstanden bin, daß ein gesunder Mann zu schlappem Grünzeug verarbeitet wird.«

»Er wird sich schon wieder erholen.«

»Wird sich der Mann, den du gestern getötet hast, auch wieder erholen?«

»Da ging es um was anderes.«

»Du Bastard.« Ihr brauner Teint rötete sich. »Nur um dich zu schützen, hast du mich zur Mitwisserin eines Mordes gemacht. Hast du etwa gedacht, ich würde zur Polizei rennen, wenn wir das hier hinter uns haben?«

»Ich mache mir da gar nichts vor«, meinte er. »So toll bin ich nun auch wieder nicht im Bett, daß dich meine Lendenkraft davon abhalten könnte, deine Pläne auszuführen. Wenn du welche hast.«

Sie hob die Hand wie um ihn zu schlagen, ließ sie dann aber wieder fallen. »Ein Menschenleben ist mehr wert als ein Fick«, sagte sie mit gleichmütigem Ton.

»Der Wert errechnet sich exakt nach dem Tagespreis für Patronen. In diesem Fall liegt er jedoch bei hunderttausend Dollar.« Leise sprach er und ernst. »Guck mich nicht an wie ein Stück Scheiße. Dir geht es doch um die Summe, um die dich Sunsmith ausgenommen hat. Ein Killer ist einer, der eine Waffe nimmt oder jemanden dafür bezahlt, daß er eine zur Hand nimmt. Dafür sind sie da. Wenn es um Geld geht, bist du ein bezahlter Killer. Bild dir nichts ein, wir kommen beide aus demselben Schweinestall.«

»Heilige Mutter Gottes. Hast du eigentlich jemals etwas *für* das Leben eines Menschen getan? Oder bist du nur zum Töten zu gebrauchen?«

Er trat einen Schritt von der Wand weg. »Gleich hebt sich der Vorhang.«

»Heilige Mutter Gottes.« Sie bekreuzigte sich und betrat den Raum.

Ein Uniformierter mit dem Haarschnitt der Polizeischule warf einen kurzen Blick auf Pontiers Marke, dann zog er einen Absperrblock zur Seite und ließ den Inspektor in die Gasse. Als er an dem kugelgespickten Buick und der Cremeschnitte vorbeiging, wäre er beinahe über einen Fotografen gestolpert, der auf dem Rücken lag und einen besonders dramatischen Blickwinkel auf die Unfallstelle reinkriegen wollte. Im Haus war Sergeant Lovelady in ein Gespräch mit einem grauhaarigen Koreaner vertieft, den er als Schlüsselanhänger hätte mit sich herumtragen können.

»Das ist Kwan Duc, Inspektor«, stellte Lovelady vor, »Sunsmiths Schneider. Er hat Schüsse gehört, und als er endlich all seinen Mut zusammengerappelt hatte, um runterzugehen und nachzusehen, waren alle schon weg.«

»Sind Sie immer so langsam, Mr. Duck?«

»Duc«, korrigierte ihn der Schneider. Pontier konnte keinen Unterschied in der Aussprache hören. »Ich hier fünf Jahre. Wo ich kommen her, man nicht läuft in Richtung, von wo kommen Schuß.«

»Dafür, daß Sie schon so lange in den Staaten leben, läßt Ihr Englisch aber noch reichlich zu wünschen übrig.«

»Ich danke.« Kein Fältchen trübte die Miene des Koreaners.

»Sunsmith hat sich eine Robe abgeholt, die er in Auftrag gegeben hatte«, unterrichtete Lovelady den Inspektor. »Dann hat er zusammen mit seinen Leibwächtern das Haus verlassen. Unmittelbar darauf fielen die Schüsse.«

»Hatte er einen Termin?«

»Er wurde erwartet.«

»Kapier ich einfach nicht: Warum haben die ihre Leichen bloß mitgenommen?«

»Vielleicht gab es ja gar keine. Blutspuren sind jedenfalls nicht zu sehen.«

»Reverend gutes Kunde«, fügte Kwan Duc ungefragt hinzu. »Aber Problemfigur.«

Pontier kratzte sich den Schnauzer. »Sagen Sie bloß nicht, daß es eine Entführung war.«

»Wenn Sie nicht wollen.«

»Ich jetzt gehen?«

Lovelady reckte einen Zeigefinger in die Luft. »Kwan Duc hatte vorgestern Besuch. Erzählen Sie dem Inspektor davon.«

»Weißes Jünger. Seltsam. Will holen Reverends Robe. Aber Reverend immer holen selbst.«

»Würden Sie ihn wiedererkennen?« fragte Pontier.

Unschlüssig bewegte der Koreaner eine Schulter.

»Zeigen Sie ihm in Gottes Namen die Alben«, fügte der Inspektor hinzu. »Auf ein neues. Ich sehe die ganze Reporterplage schon wieder vor mir.«

»Wir hätten den Personenschutz für Sunsmith nicht aufheben dürfen.«

»Dann müßten wir jetzt wieder einen Kollegen beerdigen. Das war doch von vorne bis hinten Profiarbeit. Sehen Sie nur zu, daß er sich die Alben auch wirklich gut ansieht.«

»Verwette meine Pension, daß der Typ nicht drin ist.«

»Wenn Sie bloß endlich aufhören würden, ständig von Ihrer Pensionierung zu reden. Allmählich wünschte ich mir nämlich auch schon, ich könnte den Hut nehmen.«

Vor dem Haus gab sich der Fotograf alle Mühe, sich selbst in der spiegelnden Windschutzscheibe der Limousine zu knipsen.

Als Ski und Deac die beiden Fahrzeuge unweit der Stellen, an denen sie sie gestohlen hatten, wieder abgestellt hatten und zurückkamen, hatte Macklin Sunsmith und seine Leibwächter bereits an die Messingstange gebunden. Die mit Kombinationsschlössern ausgestatteten Fesseln waren aus stahlhartem Kunststoff; dank Hermanns Mitarbeitern hatten sie ihren Bestimmungsort, das Detroiter Polizeipräsidium nämlich, nie erreicht. Die Jalousien waren vorgezogen, und das grelle Licht der Deckenlampen warf tiefe Schatten in den Gesichtern der fünf Männer, die da mit gespreizten Beinen auf dem Boden saßen, die Hände wie im Gebet erhoben.

»Sehen ziemlich natürlich aus, nicht wahr«, meinte Ski.

»Meine Leute werden mich suchen.« Mit aufgeknöpftem Jackett, sein lachsfarbenes Hemd lugte an allen Ecken und Enden unter der Weste hervor, sein großer Kopf ruhte auf dem Hemdkragen, hatte der Reverend nicht unbeträchtliche Ähnlichkeit mit einer bunt angemalten Riesenschildkröte. »Lang könnten Sie mich hier nicht festhalten.«

»Zweihundertfünfundzwanzigtausend Dollar lang.«

Sunsmith drehte seinen Kopf zu Carmen um, die mit dem Rücken an eine der Jalousien gelehnt stand. Ihr MAC-10 hatte sie neben sich auf die Fensterbank gelegt. Sie sprach weiter.

»Vorsichtig geschätzt, vermute ich, daß Sie jeden Tag, den Sie auf den Beinen und im Geschäft sind, zwanzigtausend absahnen, alles zusammen, Ihre legitimen Kollekten und die kleine Investitionsschummelei. Sie schulden mir zweihundertfünfundzwanzigtausend Dollar abzüglich der Summe, die Sie mir bereits zurückgezahlt haben. Wollen mal sehen, das macht zusammen . . .«

»Elf Tage und sechs Stunden«, meinte Deac.

Alle Blicke richteten sich auf ihn. Er spielte den Pikierten und meinte schnippisch: »Bevor ich mich der N. A. L. angeschlossen habe, habe ich schließlich Steuerrecht studiert.«

»Sagen wir also elf Tage und ziehen wir das ab, was Sie bereits zurückgezahlt haben«, sagte Carmen. »Im Klartext heißt das, daß Sie am Tage der Abstimmung wieder freikommen. Allerdings bleibt Ihnen auf diese Weise keine Zeit mehr für die Anti-Glücksspiel-Kampagne.«

»Ich finde, wir sollten ihm nichts zu fressen geben«, sagte Ski. »Ich nehme jede Wette an, daß der zwanzig Pfund abnimmt bei uns.«

»Der Speck von dem ist aber ziemlich hart«, gab Deac zu bedenken. »Ich setze auf zehn Pfund.«

»Behalt den Flur im Auge«, bat ihn Macklin. »Ich möchte nämlich nicht, daß irgendwelche Penner hier hochkommen.«

Deac nahm seine Automatik und machte die Tür hinter sich zu.

»Kommt überhaupt nicht in Frage, daß er hungern muß«, meinte Macklin. »Aber natürlich werden die Mahlzeiten, die er bei uns kriegt, nicht so opulent sein, wie er es gewöhnt ist.«

»Carmen, Sie sind doch aber keine Kidnapperin«, meldete sich Sunsmith wieder zu Wort.

»Da ich offensichtlich gerade dabei bin, ein Kidnapping abzuziehen, werde ich wohl doch eine sein. Macht mir übrigens keinen besonderen Spaß. Ich habe Besseres zu tun, als zehn Tage lang für Sie und Ihre Marx Brothers den Babysitter zu mimen.«

»Hexe.« Der Älteste mit der aufgeplatzten Wange und der geschwollenen Lippe brachte das Wort nicht in seiner ganzen Schönheit über die geschwollenen Lippen.

»Lassen Sie uns jetzt gehen, und wir können das Ganze vergessen. Für die Reparaturkosten an dem Wagen, den Ihre Freunde zusammengeschossen haben, muß natürlich jemand aufkommen.«

»Stimmt, das hatte ich ganz vergessen«, antwortete sie gewissenhaft. »Schreiben wir Ihnen auch gut. Zwei Stunden weniger für den Wagen.«

»Ich habe Sie nie auch nur um einen Cent betrogen. Sie können gerne meine Bücher einsehen.«

»Ski«, sagte Macklin nur.

Der schlanke Mann trat vor und drehte am Kombinationsschloß der Handschelle, mit der der Älteste, der am weitesten von Sunsmith entfernt saß, an die Stange gefesselt war. Sie schnappte auf. Ski trat wieder zurück. Benommen taumelte der Leibwächter auf die Füße, die Handschelle baumelte an seinem Handgelenk hinab.

»Ich kenne doch meine Carmen.« Erwartungsvoll blickte Sunsmith zu Ski hoch, der den Ältesten, den er von der Stange losgemacht hatte, mit Gesten seiner Automatik aufforderte, durch die Tür auf den Flur zu treten. Der Älteste gehorchte. Ski folgte ihm. Die Tür hatte sich noch nicht ganz hinter den beiden Männern geschlossen, als die Waffe losratterte. Kurz nachdem sie ins Schloß gefallen war, öffnete sich die Tür wieder, und Ski betrat den Raum. Allein. Aus dem Lauf seiner Waffe kräuselte sich ein Rauchfädchen.

»Ihr Schweine!« Dem Ältesten, der sich die Wunden im Gesicht zugezogen hatte, trat frisches Burgunderrot aus der Lippe.

»Ich kenne doch meine Carmen«, äffte Carmen Sunsmith nach.

Voller Entsetzen riß der Reverend seine wächsernen schwarzen Augen auf. Dann schloß er sie und ließ sein Kinn noch tiefer auf den Hemdkragen sinken. Er bewegte die Lippen.

»Was sagt er denn?« fragte Macklin.

Carmens Gesichtszüge waren angespannt. »Der Herr ist mein Hirte.«

»Mir wird nichts mangeln«, ergänzte Ski grinsend.

»Was wollen Sie?«

Seit Ski den Raum alleine wieder betreten hatte, war eine halbe Stunde vergangen. Nach Sunsmiths Gebet war Totenstille eingetreten. Er hatte den Blick wieder starr zu Boden gerichtet, und keiner hätte zu sagen vermocht, ob er tatsächlich gesprochen hatte. Dann hob er den Schädel. »Was wollen Sie?«

Carmen gab die Frage an Macklin weiter. »Was will ich denn eigentlich?«

»Zweihundertachtzehntausend Dollar«, sagte er. »Dann haben wir das schon abgezogen, was er Ihnen bereits zurückgezahlt hat, und auch die zweitausend an voraussichtlichen Reparaturkosten für den Wagen. Ich kenne jemanden, der macht es dir für einen Riesen.«

»Nein, fair wollen wir schon sein. Sein Scheckbuch hat er, glaube ich, in der linken Brusttasche.«

Ski trat wieder vor, faßte dem Reverend in die Innentasche seines Jacketts und holte ein schmales Scheckbuch mit Krokoeinband heraus sowie einen goldenen Füller, der daran befestigt war. »Und wozu, bitte schön, soll das eigentlich gut sein?« fragte er. »Der wird den Scheck doch einfach sperren lassen.«

»Das wird er aber nicht tun«, entgegnete Macklin.

Sunsmith blickte zu ihm hoch. »Ich weiß, wer Sie sind.«

»Der Teufel?«

»Als er bei mir in der Kirche war, hätte ich Ihrem Sohn die Ältesten auf den Hals jagen sollen.«

»Wovon sprechen Sie?«

»Macht ihn los«, befahl Carmen, »damit er den Scheck ausschreiben kann.«

»Was war mit meinem Sohn?« Macklin zog seinen Magnum aus dem Gürtel.

»Ich schreibe keine Schecks aus.« Sunsmith bekam Oberwasser.

»Ski!«

Der schwarze Killer schien nur auf Macklins Befehl gewartet zu haben. Er nahm seine Automatik vom Fensterbrett und begann dem Ältesten, der nunmehr am weitesten von Sunsmith entfernt saß, die Handschellen zu lösen. Der fluchte und versuchte mit den Handschellen die Stange entlangzuschlittern, um von Ski wegzukommen, der ihm die Mündung seiner Waffe direkt ins Gesicht hielt. Die Handschelle schnappte auf.

Carmen und Macklin beobachteten die Miene des Reverends, während Ski den Leibwächter hochzerrte und ihn auf die Tür zuschob. Wie eine Statue wirkte sein Gesicht, steinern, aber um die Augen und den Mund herum von Wind und Regen zerschlissen. Sie hörten die Schritte des Ältesten auf dem Flur, zunächst schlurrend, dann immer schneller, bis er rannte. Eine kurze gurgelnde Feuersalve setzte seiner Flucht ein Ende. Dann schloß sich die Tür wieder. Der Älteste mit dem verletzten Gesicht begann zu winseln.

23

Donnerstag nacht machte Charles Maggiore, in ganz Detroit nebst Vororten und Richtung Süden bis nach Toledo anerkannter Zar des organisierten Verbrechens, zum erstenmal seit seiner Schußverletzung wieder im Stehen Pipi. Schwester Mindy, ein blondes Persönchen von hundert Pfund Lebendgewicht, stützte ihn in der Taille, während er einen Arm um ihre Schultern gelegt hatte, und flüsterte ihm aufmunternd ins Ohr, während er es stolz in die Kloschüssel tröpfeln ließ. Dann schüttelte er ohne fremde Hilfe ab und erzählte ihr, daß er nicht mehr so stolz auf sich gewesen sei, seit er zum erstenmal allein auf dem Töpfchen war.

Als sie das Bad verließen, stand Gordy an der Tür, die zum Flur führte. Vor den hell getünchten Wänden und mit einem Strauß Pfingstrosen in den Pranken sah er in seinem schwarzen Anzug aus wie Boris Karloff in der Szene mit dem kleinen Mädchen in *Frankenstein*. Unwillkürlich hielt die Schwester den Atem an.

»Keine Angst, der ist völlig stubenrein.«

Mindy half Maggiore wieder ins Bett und verließ das Zimmer.

»Leg das Pfingstgedöns weg«, bat Maggiore. »Hast du die Zeitung mitgebracht?«

Gordy zog ein zusammengerolltes Exemplar der Detroiter *News* aus der Hosentasche und beugte sich vor, um sie seinem Chef zu reichen. Maggiore rollte sie auf und überflog die Spalten unter den pechschwarzen Balkenüberschriften, dann zerknüllte er den ersten Teil und suchte den Rest des Berichts. Schließlich warf er die ganze Zeitung achtlos auf den Boden.

»Scheiß FBI«, sagte er. »Das sieht denen mal wieder ähnlich. Erst greifen sie sich diesen fetten schwarzen Glatzenarsch mitten auf der Straße, und dann bringen sie es fertig, einen wohlwollenden Zeugen aus ihm zu machen.«

»Glaube nicht, daß die das waren.«

»Wer denn sonst?«

»Weiß ich auch nicht, aber wenn das die Polizei gemacht hätte, stünde es nicht in der Zeitung. Wenigstens nicht auf der ersten Seite.«

»Und ob. Die sagen den Lokalbullen doch nie auch nur ein Sterbenswörtchen. Könnte wetten, daß dieses psalmodierende Niggerschwein im Moment gerade am Singen ist. Vor versammelter Stenografenmannschaft und laufendem Tonband. Mich mit dieser Steuergeschichte belasten und dann quietschvergnügt nach Hause laufen und morgen gleich wieder mit der Hetzerei gegen das Spiel weitermachen. Hätte ich bloß nicht auf Constable gehört, als er mit diesem Deal ankam. Wenn ich die Schmiere nicht brauchte, um der Waffenschmuggelanklage zu begegnen, hätte ich das auch bestimmt nicht getan. Darauf kannst du Gift nehmen.«

»Wenn Sie sich nicht beruhigen, gehen die Wunden wieder auf.«

»Meinst wohl, du bist Chef der Fernsehklinik? Ruf Constable an.«

»Wollen Sie das nicht lieber selber machen?«

»Die haben mir doch das Telefon weggenommen. Ruf ihn an und sag ihm, daß ich eine Nachricht für Sunsmith habe. Wie hieß doch gleich der Matcher, den wir bei den Bannerman-Projekten eingesetzt haben?«

»Filzer. Das ist aber ein echter Feuerteufel. Seine Schwester würde der anzündeln. Nur um mal zu gucken, wie lange sie nachglüht.«

»Filzer. Genau. Sag ihm, daß ich Filzer haben will. Ich will, daß in der Kirche von dem Sunsmith alles in Flammen aufgeht. Na ja, das Weihwasser vielleicht nicht gerade.«

»Und was ist jetzt mit ... von wegen die Wähler nicht aufbringen?«

»Scheiß doch was auf die Wähler. Aber dieser Bibelficker muß mal gesagt kriegen, daß es auch hier eine Hölle gibt, in die alle die kommen, die vom rechten Weg abweichen. Ich hab' jetzt endgültig die Schnauze voll davon, mich von dem abzocken zu lassen.«

Das Gefängnisleben hatte Michael Boniface richtig scharf gemacht aufs Fernsehen. Er hatte nie eine Glotze besessen. In den wenigen Mußestunden, über die er verfügte, hörte er lieber eine Platte aus seiner wertvollen Sammlung italienischer Opernaufnahmen oder das Programm von Radio Vatikan, das via Satellit übertragen wurde. Aber in Milan gab es nur Rock- und Streicherplatten, und die Sendungen aus Rom kamen erst, wenn das Licht schon ausgeschaltet war. Und da er für Lesen noch nie viel übrig gehabt hatte, war er eben ins Fernsehzimmer gegangen. Die Wiederholungen von *Daktari* und der *Patty Duke Show*, die im Vorabendprogramm gesendet wurden, avancierten schnell zu seinen Lieblingssendungen. Neben einem hochentwickelten Wortschätzchen der englischen Gossensprache war diese Vorliebe das einzige, was er aus dem Gefängnis mitgebracht hatte.

Marsha und Paula waren gerade am Überlegen, wer den kranken Leoparden wohl aus dem Käfig gelassen haben konnte, als plötzlich ein wasserstoffblonder Nachrichtensprecher auf dem Bildschirm erschien und bekanntgab, daß der Reverend Thomas Aquinas Sunsmith in einer kleinen Gasse der Innenstadt entführt worden war. Boniface hörte auf, Al hinter dem Ohr zu kraulen. Der Golden Retriever, der das Kinn auf dem Knie seines Herrchens liegen hatte, hob den Kopf und sah ihn an.

»Picante!«

Picante kam aus dem Bad geeilt, machte sich unterwegs noch den Hosenlatz zu. Vom angespannten Hakenprofil seines Chefs blickte er auf den Bildschirm. Eine Handkamera hielt auf eine fein säuberliche Reihe von Einschußlöchern im Kofferraumdeckel eines braun-weißen Buick *Electra*, dann fuhr sie langsam auf eine verlassene Limousine, die unmittelbar davor stand. Und weiter donnerte der geölte Bariton des Sprechers.

»Maggiore, dieser Schwanzlutscher«, schimpfte Boniface. »Blöd ist er ja, aber so blöd ...«

»Und warum hat er ihn nicht einfach getötet?«

»Weil der so bescheuert ist, daß er meint, er könnte ihn zu einer Autobahnüberfahrt auf dem QT machen und ungeschoren dabei wegkommen.«

»Für uns doch nicht schlecht. Ich meine, wenn die Wähler umfallen und in der Spielfrage für Sunsmiths Position stimmen.«

»Nicht schlecht! Totaler Blödsinn, was du da sagst. Bundes- und Lokalbullen werden uns allen das Leben zur Hölle machen. Die fragen doch nicht, gehört diese Firma oder jenes Nuttennest Maggiore oder vielleicht dem lieben Boniface. Die machen die Stadt dichter als 'ne Nonnenfotze.«

»Dann heißt es eben abwarten.«

»Du hast gut reden. Du schmeißt ja schließlich auch nicht hundertfünfzig pro Tag für diese Suite aus dem Fenster. Und deine Frau hat sich nicht von dir scheiden lassen und das Haus einkassiert, während du im Knast gesessen hast. Einen Hund habe ich und Schulden. Das ist alles. Ich brauche Cash, muß wieder dahin gelangen, wo ich war, bevor die ganze Welt zu Scheiße wurde.«

»Was willst du tun?«

»Für Sunsmith ist es zu spät. Der ist jetzt längst Straßenpflaster. Ach was, Asphalt. Wir müssen den Bullen jetzt ein Stückchen Fleisch hinwerfen, damit sie uns wenigstens nicht in die Küche tappen. Hast du Macklin erwischt?«

»Ich habe gestern den ganzen Tag bei ihm zuhause angerufen, und heute früh auch gleich wieder. Geht niemand ran.«

»Bleib am Ball. Ich habe ihn engagiert, damit er ein Paket ins Leichenschauhaus von Wayne County bringt. Es ist aber nur bis ins Detroit Receiving gekommen. Er mußt jetzt seine Arbeit zu Ende bringen.«

Picante hob den Hörer von der Gabel. »Bin ja schon dabei.«

»W. R. Fontana, Inspector, von der *Free Press*.«

»Wie geht's, Bill?«

»Steht das Kidnapping von Sunsmith im Zusammenhang mit dem Mordanschlag, der vor ein paar Wochen auf ihn verübt wurde?«

»Ganz auszuschließen ist das nicht. Es handelt sich aber übrigens im Moment um Entführung und nicht um Kidnapping. Bislang sind nämlich noch keine Lösegeldforderungen ergangen.«

Der gummigesichtige Reporter von der *Free Press* verzog den Mund zu einem anzüglichen Grinsen. »Es gelüstet Sie wohl nach einem Plauderchen über die Feinheiten der Semantik, wie? Oder sollte das etwa eine Ausflucht gewesen sein?«

»Weder noch. Sowie wir etwas erfahren, werden Sie informiert. Ja, bitte.« Pontier deutete auf die rotbehoste blonde Frau von *USA Today*.

»Stimmt es, daß die Polizei Sunsmiths Vermögensverhältnisse überprüft? Und wenn ja: Glauben Sie, daß er sein Verschwinden vielleicht selbst arrangiert hat, um den Ermittlungen zu entkommen?«

»Ich bin bei der Mordkommission. Diese Frage sollten Sie den Kollegen vom Betrugsdezernat stellen.«

Der Dicke mit dem Walroßbart stellte sich vor. *Channel 4.* »Könnte die Entführung das Werk von Terroristen sein?«

Pontier fing herzlich an zu lachen, und mit ihm die meisten der anwesenden Journalisten und Journalistinnen. Dieses Filmmeterchen würde in den Spätnachrichten auf Kanal 2 gesendet werden. Kanal 4 würde sie rausschnippeln.

»Was können wir aus der Tatsache schließen, daß ein Inspektor der Mordkommission mit den Ermittlungen beauftragt wurde?« Fontana, *Free Press.*

»Nur, daß Reverend Sunsmith seit dem Attentat in meinen Verantwortungsbereich fällt.«

»Ob es sich bei dem Ganzen vielleicht um einen Reklametrick handelt?« warf der Schwarze von der *News* ein. »Es geht ja das Gerücht um, der Reverend beabsichtige, für ein öffentliches Amt zu kandidieren.«

»Darüber könnte ich auch nur spekulieren.«

»Welche Auswirkungen erwarten Sie für den Ausgang des Referendums?« *USA Today.*

»Bin ich vielleicht Jimmy der Grieche?«

»So sybillinisch, wie Ihre Antworten sind, hören Sie sich jedenfalls ziemlich griechisch an.« *Fontana.*

»Du bist doch wirklich ein Superarschloch, Bill.«

»So kommst du nie zum Fernsehen.« Der Reporter von der *News* grinste.

»Inspektor!«

»Inspektor!«

In diesem Ton ging die Pressekonferenz noch ein paar Minuten weiter. Als der Vertreter von *Monthly Detroit*, ein schmuddelbärtiger bebrillter junger Schreiberling, Pontier fragte, ob er sich eigentlich wohl fühle mit seiner Kombination von Streifen mit Karomustern, kam sie dann zu einem plötzlichen Ende. Während ein paar uniformierte Beamte die Reporterschar aus dem Präsidium schubsten, ging der Inspektor wieder in seine Abteilung hoch. Lovelady kam hinterhergedackelt.

»Wo diese rothosige Hexe das mit Sunsmiths Finanzen bloß aufgeschnappt hat?« fragte Pontier.

»Das Haus hier hat mehr Löcher als ein Feuerwehrschlauch aus Spitze.«

»Dann sehen Sie zu, daß Sie ein paar davon stopfen.«

»Soll ich die Telefone anzapfen lassen?«

»Von mir aus können Sie der Alten die Liebestöter abhören. Aber in einem Glasbassin kann ich einfach nicht arbeiten.«

Das Treppensteigen hatte den Sergeant ziemlich mitgenommen. Schwer ächzend meinte er: »Hätte ich mal bloß schon vor zehn Jahren meine Pensionierung beantragt.«

»Wie weit ist eigentlich Duck gediehen?«

Inzwischen waren sie im Mannschaftsraum angekommen. Lovelady, immer noch völlig außer Atem, deutete mit dem Kopf auf den grauhaarigen Koreaner, der eines der Polizeialben vor sich aufgeschlagen liegen hatte, neben ihm lag noch ein weiterer Stapel.

»Das ist aber nicht mehr dasselbe Album.«

»Es ist sogar dieselbe Seite.«

»Hat das irgendwas zu sagen?«

»Nicht unbedingt. Sein Rekord liegt bei fünfzehn Minuten.« Lovelady wischte sich mit seinem Taschentuch übers Gesicht.

»Was treibt der denn so lange? Nimmt bestimmt Maß. Ich meine, als Schneider ...«

»Soll ich ihm ein bißchen auf die Sprünge helfen?«

»Im Moment noch nicht.« Der Inspektor ging durch die Verbindungstür in sein Büro, den Sergeanten im Schlepptau, und fing an, Schreibtischschubladen aufzureißen, den Inhalt durchzuwühlen und sie wieder zuzuschieben. Schließlich fand er einen Stapel hausinterner Umschläge, die mit einem breiten Gummiband zusammengehalten wurden, und warf ihn Lovelady zu. »Wenn er mit dem einen Buch fertig ist, soll er sich das hier mal angucken. Es handelt sich um Material und Teleobjektiv-Fotos von Ganoven, die wir noch nicht am Wickel haben.«

»Verstößt aber gegen die Verfassung.«

»Dafür, daß er eine Verhaftung vorgenommen hat, die vor Gericht nicht standhielt, hat noch kein Cop seinen Job verloren. Wohl aber für so Geschichten wie bekannte schwarze Geistliche, deren Leben durch ein winziges bißchen Beugen der *Bill of Rights* hätte gerettet werden können. Wenn er den Mann erkennt, der sich bei ihm nach Sunsmiths Robe erkundigt hat, geben Sie Laut.«

»Ich lege ihm die Fotos vor. Dann sind wir unter Umständen bei Sonnenaufgang hier draußen.« Lovelady ging mit dem Stapel Material in den Mannschaftsraum zurück.

Als er nach fünfundvierzig Minuten wiederkam, hatte er glänzende Äuglein.

Als sie zehn war, hatte Carmen Contrale schon mitgeholfen, die Speisekammer ihres Elternhauses aufzufüllen, indem sie zusammen mit ihrem Bruder den Francisco-Fischern und Touristen aus den Staaten Wegweiser zu verborgenen Schätzen und Locken von Henry Morgan angedreht hatte. Sie hatte Francisco seit ihrer Heirat mit Martin Thalberg nicht mehr gesehen; als sie zum letztenmal von ihm hörte, war er Major bei der marxistischen Revolutionsarmee und damit beauftragt, das Futter für die Mannschaftskantine von den Bäumen zu pflücken.

Mit siebzehn entkleidete sie sich zu den Klängen verträumter Musik in den Nachtlokalen an der Küste bei Managua. Und einen Stock höher gegen besseres Geld ohne Musik. Zu der Zeit war sie mit einem Mann namens Paulo Minuto verheiratet, seines Zeichens Besitzer eines Bootes und eines Schildes mit der Aufschrift PAULOS CHARTER-SERVICE. Aber auf den Inseln kannte man ihn nur als den *Minuteman*; er lieferte wöchentlich zweimal im Schutze der Dunkelheit, bis seine Leiche dann in der Haisaison in Port-au-Prince an Land gespült wurde. Allerdings ohne die untere Hälfte. Danach arbeitete sie eine Zeitlang auf der Straße. Dort lief sie zufällig einem Fotografen vor die Linse, der für den Katalog eines Reisebüros mit Sitz in Chicago auf der Suche nach besonders malerischen Stränden war. Zwei Wochen später lustwandelte sie in einem weißen Bikini am Arm eines schwulen Gewichthebers namens Crew über ein verlassenes Stück Beach in Costa Rica. Das brachte ihr fünfhundert Dollar ein.

Mit dem Foto, das das Reisebüro für den Katalog ausgewählt hatte, bestritt es gleich einen ganzen Werbefeldzug; es kam auf großflächige Reklametafeln und als ganzseitige Anzeige in eine Zeitschrift, die in den gesamten Vereinigten Staaten vertrieben wurde. Danach bekam Carmen von einer Agentur für Mannequins, die ihren Sitz in Francisco hatte, einen Vertrag angeboten. Sie bekam weder Kalifornien noch den Menschen, der den Vertrag gegengezeichnet hatte, zu Gesicht, posierte die nächsten fünf Jahre aber in verschiedenen Stadien der Hüllenlosigkeit vor mittelamerikanischen Sonnenuntergängen oder versuchte, am ganzen Körper in Sonnenöl gebadet, nicht von den auf Hochglanz polierten Kühlerhauben brandeuer PKWs zu rutschen, die mitten auf einem Strand in Guatemala oder in den tiefen Dschungeln Belizes standen. Der Vertrag wurde nicht verlängert – schließlich ging Carmen nun auch schon auf die sechsundzwanzig zu, und das krumme

Fleckchen Land, das Balboa seinerzeit entdeckt hatte, wimmelte vor attraktiven, fotogenen Teenagern. Aber da war sie dann schon Mitbesitzerin eines fliegenden Pendeldienstes, der aus einer zweimotorigen Cessna und ihrem Partner, dem Piloten, bestand, der Hector hieß, einen schmalen Schnauzer und einen Seidenschal wie Smilin' Jack hatte und sich im Bett aufführte wie Harry Reems.

Ihr Geschäft florierte schon beinahe drei Jahre, als die Grenzschützer der Vereinigten Staaten den Piloten in Nogales verhaftete. Ihm wurde zur Last gelegt, mexikanische Staatsbürger ohne Visum in die USA befördert zu haben. Zwar wurde er auf Bewährung freigelassen, aber das Flugzeug wurde beschlagnahmt, und die honduranischen Behörden sorgten dafür, daß die Firma keinen Zugang mehr zu ihrem Kapital hatte. Das war das Ende dieser vielversprechenden Partnerschaft.

Carmen fing dann als Serviererin in einem Hotelrestaurant in Porto Barrios an. Daselbst wies sie eines Tages einem rotgesichtigen *norte americano* namens Thalberg seinen Platz an. Er war ein wohlhabender aufstrebender Industrieller mit einem unerschütterlichen Vertrauen in Safarijacken und die Legende um Michael Rockefeller. Der dunkle Teint und das helle Haar der jungen Frau hatten es ihm angetan. Er bat sie, mit ihm zu speisen. Als sie mit der Begründung ablehnte, das könne sie ihren Job kosten, ließ er sich den Geschäftsführer kommen. Nach einer kurzen Flüsterunterredung hielt der Geschäftsführer Carmen höchstpersönlich den Stuhl. In den nächsten Tagen wehte Carmen eine Welt um die Ohren, in der ein goldenes Kärtchen die Türen zu in den Bergen gelegenen weißen Villen öffnete, hinter denen lateinamerikanische Männer in Dinnerjacketts mit elfenbeinernen Scrapern in Hügeln von Chips herumstocherten, in der dasselbe goldene Kärtchen sich aber auch in den dunklen, nach Fisch stinkenden Hafenkaschemmen als hilfreich erwies, in denen sich Señoritas höchst ungewisser Herkunft naturverbundeneren Darbietungen nachgingen. Eine Woche später trat das Paar in Trujillo vor den Traualtar.

Mit dreiunddreißig war sie, nachdem sie jenes aufgeschwemmte Etwas identifiziert hatte, das Kidnapper aus Florenz in den Arno gekippt hatten, zum zweitenmal Witwe und Erbin von Barem und Wertpapieren im Werte von sieben Millionen Dollar sowie weiterer neun Millionen, die in Ölbohrungen vor der Küste, in der Automobilindustrie und der Genforschung angelegt waren. Innerhalb von sechsundzwanzig Jahren hatte sie die billigen Tätowierstuben und Duftwasserlädchen hinter sich gelassen, in denen ein Tourist mit

Knete und den richtigen Referenzen alles kriegen konnte, 'ne Liebste oder 'ne Line, und war zu einer großen Villa mit vier professionell bewirtschafteten Acres Land in Bloomfield gekommen. Aber es war ihr so, als sei sie erst in den vergangenen vierundzwanzig Stunden richtig erwachsen geworden.

In dieser kurzen Zeitspanne hatte sie sich zur Komplizin bei Kapitalverbrechen wie Mord und Kidnapping gemausert, hatte eine Erpressung diktiert und zugesehen, wie ein Mann, dem sie trotz seiner Eigensucht und Machtgier vertraut hatte, still dasaß, als drei seiner Anhänger zur Exekution geführt wurden, nur weil er sich weigerte, einen Scheck über zweihundertachtzehntausend Dollar auszuschreiben. Den ersten Ältesten hatte Carmen abgeschrieben, weil sie vermutete, Sunsmith würde erst merken, daß sie nicht bluffte, wenn er die Schüsse hörte und sah, daß Ski das Ballettstudio alleine wieder betrat. Die Drohung, auch seinen zweiten Leibwächter umzulegen, wird ihn schon weich kochen, hatte sie gedacht. Aber er sah einfach nur zu, wie Ski den Mann herausschleppte, und gab auch keinen Mucks von sich, als Macklin und Ski zusammen den dritten Ältesten, den mit der blutenden Wange und der aufgeplatzten Lippe, auf den Flur hinauszerrten. Der Älteste wehrte sich nach Kräften, er fluchte und machte sich in die Hose.

Es gibt keine Heiligen, dachte Carmen. Nicht einen einzigen auf der ganzen Welt.

»Geben Sie mir das Buch.«

Es dauerte eine Sekunde, bis sie reagierte, so leise hatte der Reverend gesprochen. Als sie Ski dann zurief, er solle nicht schießen, wurden ihre Worte vom Getöse der automatischen Waffe verschluckt.

Sunsmith senkte den Kopf.

Als Macklin und Ski wieder in den Raum traten, war Carmen gerade dabei, die Handschellen des Reverends zu öffnen. Er ließ die Arme sinken und glubschäugte noch immer tranig auf den Fußboden. Carmen hielt ihm das Scheckbuch und den Füller hin. Sekunden verstrichen, bevor er den Kopf hob und die Hand danach ausstreckte. Macklin trat auf ihn zu und packte ihn am Handgelenk.

»Was war da vorhin mit meinem Sohn?«

Er starrte in die schwarzen, wächsernen Augen des Reverends. Erst als er seine Frage wiederholte, schien er ihren Sinn zu verstehen. Er fuhr sich mit belegter Zunge über die Lippen. Wie feinkörniges Sandpapier hörte sich das an, das über poliertes Holz geschmirgelt wurde. »Am letzten Sonntag war er bei mir. Er suchte einen Job. Ich wußte aber, wer er ist, und habe ihn weggeschickt.«

»Hat er Sie mit der Absicht aufgesucht, Sie umzubringen?«

»Das weiß ich nicht. Ich kann mir jedenfalls keinen anderen Grund vorstellen.«

»Vielleicht hat er doch den Weg zu Gott gefunden.« Ski grinste.

»Was hat er gesagt?«

»Daß er ein anständiges Leben führen wolle.«

»War das alles?«

»Im Grunde ja. Dann konnte er aus freien Stücken wieder gehen.«

Macklin ließ Sunsmiths Handgelenk los. Carmen befahl: »Unterschreiben Sie nur. Den Rest füllen wir schon aus.«

»Wenn Sie auf die Idee kommen, ihn sperren zu lassen, gibt's ein Feuerchen, das sich gewaschen hat«, fügte Ski hinzu. »Ihre Sicherheitsvorkehrungen sind nämlich ein Brüllwitz.«

»Das weiß er alles«, meinte Macklin. Als Sunsmith unterschrieben hatte, nahm er das Buch, zog den Scheck heraus und reichte ihn an Carmen weiter. Das Scheckbuch warf er dem Reverend in den Schoß. »Laß den Leibwächter frei.«

Ski drehte am Kombinationsschloß der Handschelle. Der Bulle in Blau strauchelte beim Aufstehen, seine Knie drohten ihm den Dienst zu versagen. Ski, ganz Muskel in windschnittiger Karosserie, packte Sunsmith an der Hand und zog ihn, leicht nach hinten gebeugt, auf die Füße. Das Scheckbuch glitt vom Schoße des Reverends auf den Boden. Ski nahm die Automatik in die andere Hand und bückte sich, um es aufzuheben.

Der Älteste stürzte vor und griff mit beiden Händen nach Skis Pistole. Der schwang sich herum und drückte den Abzug.

»Nein!« Carmen packte den Killer am Arm. Die erste Kugel erwischte den Ältesten am Handgelenk. Er schnappte nach Luft. Die nächsten drangen hinter ihm in die Wandverschalung ein, fraßen sich in die Farbe und erfüllten den ganzen Raum mit dem beißenden Gestank von Pulver und verkohltem Kork. Der Älteste hielt sich das Handgelenk. Das Blut troff in schwerfälligen Tropfen die Finger hinab.

Als alles vorbei war, reichte Macklin Carmen seinen Magnum und riß dem Leibwächter die Hand von der Wunde. Er langte ihm ins Jackett, holte ein Taschentuch heraus. Zwirbelte es zu einem Zopf und band ihm damit den Unterarm oberhalb der Schußwunden ab. »Die Kugel ist noch drin. Sie müssen damit unbedingt in eine Unfallklinik.«

Die beiden Männer schlurften auf die Tür zu, der Älteste drückte mit dem Daumen seiner anderen Hand auf die Aderpresse. Der Reverend schien nicht recht mitzubekommen, was um ihn herum geschah. Er ging wie ein alter Mann, dem sein Platz im Altersheim abhanden gekommen war. Theatralisch riß Ski die Tür auf. Deac klemmte auf einem hohen Hocker im Flur, die drei anderen Ältesten lagen auf dem Bauch und hatten die Hände auf dem Rücken gefesselt. Sie verrenkten die Köpfe nach den Männern. Den Boden überzogen leere Patronenhülsen und Gipsfladen, die sich durch die Kugeln aus der Decke gelöst hatten.

»An-ge-schmiert«, trällerte Ski über beide Ohren grinsend.

Die Luft in Macklins Haus in Southfield war verbraucht. Er ließ die Haustür offenstehen, um Durchzug zu schaffen, und ging gleich in den ersten Stock. In seinem Arbeitszimmer legte er den Magnum in den Safe im Aktenschrank. Er verspürte Erleichterung, als er ihn nicht mehr sehen mußte. Behaglich fühlte er sich mit einer Waffe sowieso nur direkt bei der Arbeit; ansonsten schienen Knarren in seinem Gürtel nur ganz scharf auf seine Verhaftung zu warten. Er hatte sich angewöhnt, die Waffe sofort wegzuwerfen, wenn er einen Auftrag erledigt hatte, und wollte es auch in diesem Fall so halten. Obwohl er die Kugel, mit der er Hank erschossen hatte, längst beseitigt hatte und die Knarre in jeder Hinsicht jungfräulich war. Aber dann hatte er erfahren, daß sein Sohn in die Affäre Sunsmith verwickelt war.

Nachdem er den Revolver sicher verstaut hatte, ging er wieder nach unten, machte die Haustür zu und wollte sich in der Küche etwas zu essen machen.

Manche Berufskollegen von ihm tranken und ein paar nahmen sogar Drogen, um den Adrenalinspiegel in ihrem Blut nach der Tat wieder zu normalisieren, der durch nichts so hochgepusht wird wie durch Mord. Dabei machten sie sich damit ihr schnelles Urteilsvermögen kaputt und kamen entweder bei der Arbeit selbst zu Tode oder wurden mindestens zu einem solchen Riskofaktor wie diejenigen, die zu beseitigen ihr Job war. Macklin aß statt dessen. Er war weder Gourmet noch Vielfraß und hielt im Grunde vom Essen nicht einmal besonders viel, aber im Zuge der Durchführung eines Auftrages nahm er gar nichts zu sich, um dem Blut und damit dem Sauerstoff, der für sein Hirn bestimmt waren, den Umweg durch den Verdauungstrakt zu ersparen. Aber jetzt war bereits Donnerstag, Viertel vor zwölf, und er hatte seit Mittwoch früh nur Wasser zu sich genommen. Er toastete sich vier Schnitten Weißbrot, legte je zwei Scheiben Käse zwischen die Stullen und schob sie in den Mikrowellenherd, den ihm der Scheidungsrichter freundlicherweise zugesprochen hatte. Während der Toast vor sich hin brutzelte, goß er sich ein Glas Milch ein.

Schon während des Essens spürte er, wie sein Blut allmählich langsamer in den Adern floß und die Spannung nachließ. Damit kamen auch die Erinnerungen wieder hoch. Als sie den Reverend und seine Ältesten freigelassen hatten, waren Ski und Deac kreuz und quer durchs ganze Ballettstudio gewieselt und hatten alles, was sie möglicherweise berührt hatten, mit ihren Taschentüchern abgeputzt, um die Fingerabdrücke zu vernichten. Ski hatte noch ständig rumgenölt, daß sie sich die Mühe hätten sparen können, wenn sie die Geiseln gleich umgenietet hätten. Aber Carmen hatte sie nicht ganz zu Unrecht darauf hingewiesen, daß keine Bank Sunsmiths Scheck eingelöst hätte, wenn er gestorben oder auf mysteriöse Weise verschwunden wäre. Deac tat sich mit dem sinnreichen Vorschlag hervor, das Haus anzuzünden, und Macklin, bescheiden wie er war, mußte klarstellen, daß es nicht zu seinen Talenten gehörte, eine Brandstiftung so abzuziehen, daß sie nicht zehn Meilen gegen den Wind nach Brandstiftung und Versicherungsbetrug stank. Außerdem habe Hermann einfach zuviel in das Gebäude investiert, um das kommentarlos hinzunehmen. Und ob Deac vielleicht auf dem Boden des Detroit River aufwachen wollte, unter dem neugierigen Glotzeblick geschuppter Flußbewohner? Daß der ganze Frühjahrsputz keinen übertriebenen Sinn ergab, verriet er den beiden aber nicht. Denn Sunsmith würde sich natürlich hüten, sie wegen Kidnapping und Entführung vor Gericht zu bringen, weil das automatisch bedeutete, daß die Behörden seine finanziellen Verhältnisse einer eingehenden Prüfung unterziehen würden. Und dafür, daß auch die Ältesten, besonders der Verletzte, den Zwischenfall schnellstmöglich vergessen würden, dafür wollte er schon sorgen. Worauf sie sich verlassen konnten. Aber all das hatte Macklin nicht gesagt, weil er nicht wollte, daß sich Ski und Deac daran gewöhnten, Vorsichtsmaßregeln zu vernachlässigen. Vielleicht mußte er ja noch einmal mit ihnen zusammenarbeiten.

Obwohl es nicht so aussah, als würde das erforderlich. Beim Abschied hatte Carmen jedem der drei Männer einen Schließfachschlüssel für einen Safe in drei verschiedenen Banken überreicht. Macklins Anteil belief sich auf achtzigtausend Dollar.

Aber an das Geld dachte er gar nicht. Ihre gerade Haltung in dem grünen Overall ging ihm nicht aus dem Kopf. Wie sie durch das provisorische Tor im Zaun hinter dem Haus getreten war. Ganz allein, wie vereinbart. Macklin stand an der Hintertür mit der Kiste, die die Waffen enthielt, und blickte ihr nach. Sie hatte sich nicht nach ihm umgedreht.

Zum Fluß war es dann nur ein Katzensprung gewesen. Dort hatte er die Gewehre ins Wasser geworfen und die Kiste hinterher. Er sah noch, wie die Pappe immer dunkler wurde, matschig, und wie sie dann inmitten der Colaflaschen, gebrauchten Pariser und dem ganzen anderen Müll versank. Auf der Lafayette hielt er ein Taxi an, ließ sich zum Parkhaus fahren, wo er den *Camaro* abgestellt hatte. Und dann nichts wie ab nach Hause.

Nach den vielen Jahren Berufspraxis, über die er verfügte, machte er das alles ganz automatisch, verschwendete keinen Gedanken auf seine Handlungsweise und erinnerte sich hinterher kaum mehr daran. Daß dies ein Risiko barg, war ihm bewußt. Wie wenn man ständig mit einer schweren Maschine arbeitet und im Laufe der Zeit den Respekt vor ihrer Fähigkeit verliert, Gliedmaßen zu zermalmen und zu amputieren. Aber Macklin dachte immer noch an Carmens aufrechten Gang, als das Telefon klingelte. Der Anschluß, der nur und direkt in sein Arbeitszimmer führte.

Nur kurz ging in der Morgendämmerung die Innenbeleuchtung im *Camaro* an. Dann wurde die Fahrertür zugeschlagen und der Motor angelassen. Auf der gegenüberliegenden Straßenseite parkte ein weißer Oldsmobile. Die beiden Männer, die auf den Vordersitzen saßen, duckten sich, als der Wagen sich von der Einfahrt aus in den Verkehr einfädelte. Sie starteten, wendeten und folgten dem *Camaro*.

Der Beifahrer nahm das Mikro vom Haken auf dem Armaturenbrett. »Zwölf, bitte melden.«

»Hier Präsidium. Was ist, zwölf?« krächzte eine Stimme aus dem Lautsprecher. »Standort?«

»Beach Road zwischen Elfter und Zwölfter. Der Tatverdächtige ist eben losgefahren. Sollen wir ihn festhalten?«

»Negativ, zwölf. Weitere Instruktionen folgen. Bleiben Sie dran. Ende.«

»Verstanden. Ende.« Der Beifahrer, ein spillriger Rotschopf, der eigentlich bei der Verkehrspolizei beschäftigt war und bei den Zivilen nur aushalf, linste durch die Windschutzscheibe und betrachtete sich den niedrigen grünen Wagen, der genau auf der Mittellinie entlangfuhr. »Ganz nette Räder.«

Der Fahrer, ein Schwarzer, dessen graue Schnurrbartenden sich unter der Falte seiner herabhängenden Unterlippe versteckten, schnaubte verächtlich.

Drei Jahre beim Morddezernat, fünf bei der Sitte, sieben Abteilung vermißte Personen und vier Jährchen Streife in Uniform auf der Gratiot Avenue. »Diese Sportkarren fressen dir im Verbrauch doch die Haare vom Kopf. Ein Auto ist dafür da, daß es dich von einem Ort zum anderen bringt. Das ist was anderes als ein Haus oder eine Frau.«

Aber Rotschopf hörte ihm gar nicht zu. »Diese Killer wissen sich ihr Leben schon schön zu machen.«

25

»Guck dir den mit dem grauen Rücken mal an. Erinnert der dich nicht an jemanden?«

Picante stand mit seinem Chef zusammen am Geländer und beobachtete die Eisbären in ihrer Grube. Das kleinere der beiden Männchen, weiß wie Buttermilch und mit einem breiten silbrigen Streifen quer über dem Rücken, saß auf seinem großen Felsen und beobachtete die Jungen beim Schwimmen. Die hatten die Augen geschlossen, damit ihnen das Wasser nicht hineinspritzte, herabhängende Schnurrhaare und paddelten wie die Hunde, nur viel schneller. Das Männchen auf dem Felsen hatte Riesenpranken auf seinem dicken Bauch liegen.

»Bert Lahr.«

»Nää. Ganz kalt. Na, denk doch mal nach.« Mit dem kleinen Finger pulte Boniface eine Erdnußschale zwischen den Zähnen hervor und langte in die Tüte, um noch ein Nüßchen zu knacken.

Picante überlegte, dann legte er freudestrahlend seine langen Schneidezähne frei. »Nicky Bazooka.«

»Genau. Genau derselbe fette Wanst. War denn auch die ganze Zeit am Rubbeln und Streicheln. Als käme er jeden Moment nieder.«

»Jesses, ich habe seit Jahren nicht mehr an den gedacht.«

»Wie war denn das eigentlich damals? Dynamit?«

»Ach, um Gottes willen, nein. Ich bin nur ein bißchen um sein Türschloß rumgestrichen, als er gerade nicht zuhause war. Und dabei habe ich an die Stelle des Lichtschalters an der Tür einen Leistungsschalter anmontiert und das Kontrollicht an der Heizung demoliert.

Und als er dann heimkam, war die ganze Wohnung voller Gas. Und er hat eben das Licht anmachen wollen. Von der gegenüberliegenden Wand in der Nachbarwohnung haben sie seine Fresse abgepult.«

»Der arme alte Nicky.«

»Der arme alte Nicky«, stimmte Picante zu. »Ich war mal mit seiner Tochter verlobt.«

»Da kommt er.«

Macklin kam ihnen auf dem Fußweg entgegen, der am Geländer entlangführte. Der Himmel war verhangen, es sah nach Regen aus. Außer ihm und den beiden Männern, die schon auf ihn warteten, war in diesem Teil des Detroiter Zoos keine Menschenseele zu sehen. Er hatte ein Cordsakko und Khakihosen an. Als er sich ihnen so weit genähert hatte, daß sie ihn hören konnten, sagte er: »Ihr seid aber früh dran.«

»Du weißt doch, daß ich ein mißtrauischer alter Fettkloß bin«, antwortete Boniface. »Sage ich neun Uhr, weiß ich, daß du um acht anrückst, also komme ich um sieben. Wie geht's?«

»Was willst du von mir?«

Picante hielt die Frühausgabe der *Free Press* in der Hand. Er schlug sie auf. Schlagzeile: SUNSMITH UNVERLETZT FREIGELASSEN.

»Ja, hab' schon davon gehört«, sagte Macklin. »Das ist mal eine gute Nachricht. Tote Popen schlagen immer negativ zu Buche.«

»Guck lieber mal da unten.« Boniface klang ausgesprochen unwirsch.

Rechts unten auf der ersten Seite schilderte ein Zweispalter in allen Einzelheiten den Genesungsprozeß Charles Maggiores. Daneben ein kürzlich erst aufgenommenes Foto, das einen kraftstrotzenden Charles Maggiore bei der Vernehmung zur Anklage des Waffenschmuggels vor dem Bundesgerichtshof zeigte.

»Hübsches Bild.«

»Und wo ist der schwarze Balken?« Picante faltete die Zeitung wieder zusammen.

»Er hat von mir zwei Kugeln an die Stelle versetzt kriegt, wo sein Herz hingehört. Woher sollte ich wissen, daß er gar keins hat?«

»Verschissen ist verschissen«, meinte Boniface. »So was kommt vor. Aber das liegt jetzt schon fast zwei Wochen zurück, und er nimmt im Krankenhaus nur die Betten weg. Wo es doch im Leichenschauhaus noch jede Menge freier Plätze gibt.«

»Im Krankenhaus sind die Chancen gleich Null. Abgesehen vom Wachschutz hast du es da noch mit der Polizei zu tun, und selbst wenn du an denen vorbeikommst, weißt du nie, wer um die nächste Ecke marschiert kommt, wenn du gerade den Hammer hast fallen lassen. Vielleicht ein Bulle, der seinen freien Tag hat und seine Tante besuchen will. Oder auch einfach so ein Sonntagsheld. Ne, da gibt es mir einfach zu viele Unwägbarkeiten.«

»Vor acht Jahren habe ich mir in der dritten Etage des Detroit General einen Buchhalter vorgeknöpft«, meinte Picante bescheiden.

»Na, dann ist der Job ja wie für dich geschaffen.«

»Du weißt genau, daß für mich diese Sachen gelaufen sind. Höchstens, wenn es alle anderen schon mal probiert haben.«

Boniface spuckte eine faule Erdnuß aus. Der Eisbär mit dem Wanst des Nicky Bazooka richtete seine rosa Äuglein empört auf ihn. »Und wann gehst du ihm nun endlich an den Kragen?«

»Gar nicht«, sagte Macklin.

»Ich meine nach seiner Entlassung aus dem Krankenhaus.«

»Auch dann nicht. Ich will nichts mehr damit zu tun haben.«

»So ein Quatsch. Mike, der will doch nur mehr Kohle. Beim erstenmal baut er Scheiße, und dann will er mehr Knete ...«

Boniface bat Picante höflich, das Maul zu halten. Der Gefängnisaufenthalt war der Klarheit und Schärfe seiner Augen abträglich gewesen. Er sah Macklin an. »Ich habe dir eine Zahl genannt, und du warst einverstanden. Bislang waren unter uns doch nie mehr Verhandlungen nötig. Aber okay, die Welt hat sich verändert. Dein Tarif?«

»Fünfhunderttausend.«

»Fünfhun ... eine halbe Million Dollar?«

»Eine Million.«

»Ich glaub', mich fickt 'n Hörnchen«, meinte Picante.

»Gut, zwei Millionen. Denk dir einfach eine Zahl aus. Ich gehe sowieso nicht darauf ein. Such dir einen anderen.«

»Mac, hier ist die Rede von Charles Maggiore. Vor zwei Jahren hat er einen Killer angeheuert, um dich niederzumachen. Derselbe Kerl hat deinen Sohn zum Mörder gemacht. Ausschließlich weil er wußte, daß dich das kaputt machen würde. Und du willst mir im Ernst erzählen, daß du keine Lust hast, dem ans Leder zu gehen?«

»Dem gegenüber bin ich jetzt völlig leidenschaftslos. Soll ihn sich doch das FBI krallen. Von mir aus können sie ihn haben.«

»Ich erkenne dich einfach nicht wieder. Ein Macklin würde doch nie eine Aufgabe unvollendet liegenlassen.«

»Du meinst, daß er sich keine zwanzigtausend Piepen durch die

Lappen gehen lassen würde«, schaltete sich Picante wieder ein. »Es sei denn . . . er hätte ein besseres Angebot.«

»Ich gebe dir einen guten Rat, Mike«, meinte Macklin. »Trenn dich von dem Kerl, bevor er stolpert und dich mit in die Scheiße zieht. Für einen Laufburschen denkt der einfach zuviel.«

Boniface wirkte ganz betrippelt. »Denk doch nicht, daß ich im Knast plötzlich nicht mehr durch Wände gucken konnte. Ich weiß doch, daß der größte Teil der hundert Riesen, die ich dir im vorletzten Jahr gegeben habe, für das Haus draufgegangen ist, das der Richter ursprünglich deiner Frau zugesprochen hatte. Vom Rest kannst du nicht leben, und um einen Fernkurs im Metzgern zu absolvieren, bist du einfach schon zu alt. Wenn du diesen Auftrag sausen läßt, wird dir kein Mensch mehr auch nur anbieten, einen herzkranken Goldfisch umzunieten.«

»Mach dir um mich mal keine Sorgen.«

»Du liegst mir eben am Herzen, was soll ich machen. Wenn ich dich manchmal so ansehe, muß ich immer an das kleine spindeldürre Bürschchen denken, das bei Hermann auf dem Schrottplatz rumgehangen hat und auf seinen Papa wartete.«

»Ich war ein ausgesprochen fettes Kind, Mike. Und du hast im Leben keinen Fuß auf Hermanns Schrottplatz gesetzt. Nur daß du immer einen Kerl vorbeigeschickt hast, der dafür Sorge tragen mußte, daß auch ja die richtigen Leichen in die Presse kamen. Also tu nicht so, als ginge es um mehr. Du bist der Finger, ich der Abzug. Punkt.«

»Ich frage mich, wo du eigentlich deinen Lebensunterhalt verdienst, wenn nicht bei mir.« In den wattigen Gesichtszügen des alten Gauners war jetzt nicht mehr die Spur von Sanftheit zu erkennen.

»Paß auf deinen Blutdruck auf, Mike.« Picante schien ernstlich besorgt. »Laß mich mal mit ihm reden.«

Sie ließen Boniface am Geländer stehen und gingen los.

»Bei diesen schnurrbärtigen Spaghettis mußt du jedes Wort auf die Goldwaage legen«, erklärte Picante. »Ein falscher Zungenschlag, und ab geht die Luzie. Sag ja immer, die spinnen, die Römer. Als wäre Caesar immer noch am Leben und die letzten paar tausend Jahre hätten gar nicht stattgefunden.«

»Aber erst, seit er aus dem Gefängnis raus ist. Vorher war er nie so.« Macklin hatte den Blick aufs Affenhaus gerichtet, das unmittelbar vor ihnen lag.

»Es ist vieles nicht mehr so wie zu der Zeit, als er eingefahren ist. Aber er will unbedingt die Uhr zurückdrehen. Das ist schon nicht mehr feierlich. Ich glaube nicht, daß der gute alte Mike noch lange unter uns weilen wird.«

Macklin schwieg.

»Nimm nur mal Maggiore«, fuhr Picante nach einer Weile fort. »In den alten Zeiten hätten wir ihn einfach umgepustet, und damit wären alle unsere Probleme erledigt gewesen. Heutzutage ist das nicht mehr so einfach. Der hat soviel delegiert, daß sein Bürobote die Geschäfte führen kann, wenn er morgen ins Gras beißt. Natürlich können wir seine ganze Organisation ausheben, aber dann gehen die Presse- und Fernsehheinis hin und schreien Zeter und Mordio. Und wir werden mit nacktem Arsch aus der Stadt vertrieben. Nein, jetzt muß es mehr durch die Brust ins Auge gehen.

Mike will Maggiore ausbooten und seinen eigenen Fettarsch wieder hinters Steuer schwingen, und zwar bevor Maggiore Sunsmith alle macht, denn sonst befürchtet er, daß es schlußendlich gar kein Steuer mehr gibt, hinter das er seinen Allerwertesten schwingen kann. So altmodisch denkt der. Heutzutage ist es doch eher so, meine ich, egal ob du einen Ganoven umnietest oder einen Reverend, kommt immer aufs selbe raus. Gleich viel Polizeigedöns. Besonders, wenn ein bißchen von dem an die Öffentlichkeit dringt, was der gute Sunsmith getrieben hat, bevor ihn sein wohlverdientes Schicksal ereilt. Bis das alle verdaut haben, dauert eine Weile. Also muß man sich auf eine Woche schwerer Scheiße gefaßt machen. In der Zwischenzeit wird das Spiel-Referendum abgelehnt, weil das Prachtkind ja für die Sache des lieben Gottes gestorben ist. Auf lange Sicht geben die Bullen wieder Ruhe, das mit dem Spiel wird auch nicht mehr so heiß gegessen. Und dann kannst du mal raten, wer sich hinters Steuer setzt.«

»Carmine Picante«, sagte Macklin.

Sie waren vor dem Affenhaus stehengeblieben. Picante steckte seine knochigen Hände in die Hosentaschen und zuckte theatralisch mit den Achseln. »Na ja, Maggiore jedenfalls nicht. Wenn du dem Drogenhandel einen Schlag versetzen willst, wirst du sie vermutlich nicht gerade legalisieren. Okay. Maggiore willst du noch erledigen. Aber vielleicht denkst du ja mal über den Reverend nach. Wie wär's: Was hältst du von einem Schuppen mit einarmigen Banditen in Iroquois Heights? Bringt ungefähr 'ne halbe Million. Steuerfrei, versteht sich.«

»Und die fünfhundert Riesen sollen dann meine Erben kriegen, nachdem mich Sunsmiths Leibwächter bearbeitet haben?«

»Ach scheiß doch auf die Leibwächter. Die vier Typen haben so 'ne

Nummer doch gerade eben erst abgezogen. Und kaum Blut vergossen. Ach ja, vielleicht kennst du die ja sogar. Hatte Stil, die Geschichte.«

»Ich hab's nicht weiter verfolgt.«

»Ich wette, das waren die Criselli-Brüder aus Farmington Hills. Diese Burschen würden dem Bürgermeister die Tochter bumsen, wenn er eine hätte, und ihm hinterher noch die Rechnung fürs Beschälen zuschicken. Das heißt, hoppla. Muß ja gar nicht unbedingt Kidnapping gewesen sein. Das Zeugs, das der Sunsmith da aufgetischt hat von wegen er sei von maskierten Männern in einem abgedunkelten Raum festgehalten worden und dann mitten in der City gegen Mitternacht freigelassen worden, klingt für meinen Geschmack nämlich ziemlich nach Behumserei. Hat ihm bestimmt ein paar hundert Stimmen eingebracht.«

»Kann schon sein.«

Picante zuckte wieder die Achseln. »Möchtest du dir das Angebot nicht mal durch den Kopf gehen lassen und dich dann wieder bei mir melden?«

»Hab' es mir schon durch den Kopf gehen lassen.«

»Ganz sicher?«

Macklin nickte.

Als auch Picante nickte, wurde sein ohnehin schon langes Gesicht noch länger. »Allmählich glaube ich, daß du im Grunde genauso altmodisch bist wie Mike. Ein Glück, daß dein Sohn von ganz anderem Kaliber ist.«

Damit ließ er Macklin stehen und kehrte zu den Eisbären zurück.

Die beiden, die in dem weißen Oldsmobile saßen, der gegenüber vom Kindertierzoo stand, konnten durch die Gitter des Affenhauses gucken und sahen einen Mann, der reglos die Affen beobachtete. Ein anderer schlenderte auf einen dritten Kerl zu, der die Eisbären studierte. Der rothaarige Polizist nahm den Feldstecher von den Augen und reichte ihn an seinen Kollegen weiter, der am Steuer saß. »Kennst du den Typen in dem billigen Anzug?«

Der Schwarze fummelte an der Feineinstellung herum, richtete das Fernglas auf den Langgesichtigen im ausgebeulten Polyester, dann auf den Mann im Cordsakko und wieder auf den erdnußmampfenden Feisten. »Na, muß ja nicht sein.« Er legte das Fernglas auf den Sitz. »Der Kerl, der sich die Bären ansieht, ist Mike Boniface.«

»Wer ist das?«

»Vor deiner Zeit, wie so ziemlich alles andere auch. Konzentrier du dich lieber auf Macklin.« Er piepste das Präsidium an.

26

FILM-FLAM FAKER
The Geeks
Metronome Records
Oktober 1972

Inspektor Pontier las die Inschrift auf der Messingplatte, die an die Goldene Schallplatte in Sunsmiths Büro geschraubt war, und war sich nicht sicher, ob er den Song noch richtig im Ohr hatte. Wenn er ihn vor sich hin zu summen versuchte, kam jedenfalls immer *The Flatfoot Floosie with de Floy-Floy* heraus. Floy-doy, floy-doy. Was wohl passiert, wenn man die Goldene Scheibe von der Wand nimmt und sie abspielt, fragte er sich. Spielte aber eh keine Geige. Er guckte sich das Teil sowieso nur an, weil ihm von dem phosphoreszierenden doppeltmannshohen Porträt des Reverend, das hinter seinem Schreibtisch hing, die Augen flirrten.

Wohltuend war der Anblick des Reverends in Fleisch und Blut aber auch nicht gerade. In einem blaßlavendelfarbenen Hemd, kastanienbrauner Weste mit güldenen Streifen und einem goldigschimmernden Krawattenschal hockte er hinter seinem altarförmigen Schreibtisch. Trotz seines leicht mitgenommenen Aussehens und der übernächtigten Augen verwies er Sergeant Lovelady in seinem gelben Sportsakko, der ihm gegenüber auf dem Besucherstuhl Platz genommen hatte, an Imposanz doch eindeutig auf den zweiten Rang.

Keiner der Anwesenden sagte ein Wort. Zu hören war nur das zischende Geräusch des schmalen Silberbrieföffners, den ein Relief des heiligen Christophorus zierte, mit dem Sunsmith einen Umschlag nach dem anderen aufschlitzte. Dann legte er das Kuvert weg, ohne den Inhalt herauszunehmen, und griff nach dem nächsten. So ging das fort. In einigen der Umschläge, die er bereits geöffnet hatte, waren Geldscheine zu sehen.

»Es stinkt, Eure Heiligkeit.« Pontier wandte der Goldenen Schallplatte den Rücken zu. »Kein Mensch wird sich einen prominenten Geistlichen mitsamt seinen vier Leibwächtern am hellichten

Tag mitten auf der Straße krallen, alle zusammen vierundzwanzig Stunden festhalten, nur um sie dann klammheimlich wieder ziehen zu lassen.«

»Ich denke, Sie haben bereits mit den Ältesten gesprochen?« Und weiter schlitzte Sunsmith seine Kuverts auf.

»Die haben sich ein bißchen zu gut vorbereitet. Immer derselbe Wortlaut, sogar die Pausen machen die an derselben Stelle. Selbst der im Krankenhaus hat das Getöns perfekt intus. Die sollten sich zusammentun und a capella im Chor singen.«

»Ach ja, wie geht es eigentlich Bruder Julian?«

»Er muß noch ein bißchen zur Beobachtung im Receiving bleiben. Für den Fall einer Infektion. Der Doktor sagt, die Kugel wäre direkt durchs Handgelenk geflutscht, wenn er nicht so ein hübsch gefüttertes Jackett angehabt hätte. Stahlmantelgeschosse gehen ganz glatt durch. Glatter sind nur noch die Lügen, die er uns aufgetischt hat.«

»Sie unterschätzen meine Machtvollkommenheit, Inspektor.« Schlitz schlitz. »Zwei der Ältesten haben heute früh ihre Kündigung eingereicht. Und Bruder Julian wird das, sowie er aus dem Krankenhaus kommt, vermutlich auch tun.«

»Bestimmt kriegen sie eine knackige Abfindung.« Typisch Lovelady.

Schlitz schlitz.

»Möchten Sie hören, was ich glaube«, fragte Pontier. »Ich glaube, daß Mike Boniface Sie hat entführen lassen. Der hat sich bestimmt ausgerechnet, daß alle Welt das Charles Maggiore in die Schuhe schiebt und Donnerstag in einer Woche gegen die Legalisierung des Glücksspiels stimmt. *Das* glaube ich.«

»Vorausgesetzt, das stimmt, dann wäre es doch richtig zuvorkommend, daß er mich schon wieder freigelassen hat.« Schlitz schlitz.

»Soweit bin ich noch nicht. Lovelady verficht übrigens eine andere Theorie. Erzählen Sie sie ihm, Sergeant.«

»Das Risiko, Sie umzubringen, würde Maggiore nicht eingehen«, plapperte Lovelady, die Hände vor dem Bäuchlein gefaltet, los. »Aber wenn an Ihrer Geschichte auch nur ein Funken Wahrheit dran ist, wäre es möglich, daß er Sie erst entführt und dann freigelassen hat, nur damit Sie losrennen und es überall hinausposaunen können. Und kein Mensch würde Ihnen glauben. Unglaubwürdig bis über beide Ohren.«

Der Brieföffner setzte sich kurz zur Ruhe. »Wie Aimee Semple mit McPherson.«

»Die dritte Theorie wäre übrigens«, fügte Pontier der Vollständigkeit halber hinzu, »daß die ganze Nummer unter dem Stichwort Eigenwerbung abzubuchen ist.«

»Aber ich bitte Sie, Inspektor: Ein Mann ist angeschossen worden.« Sunsmith schlitzte die restlichen drei Umschläge auf und stapelte alle Kuverts vor sich zu sauberen Häufchen. Dann legte er die Hände flach auf seine Schreibunterlage und blickte Pontier direkt in die Augen.

»Und zwar in ein so lebenswichtiges Organ wie das Handgelenk. »Das könnten manche Leute bestimmt einer extra Prämie für wert befinden.« Bevor ihn der Reverend unterbrechen konnte, sprach er weiter. »Aber im Grunde glaube ich nicht, daß es sich um Eigenwerbung handelt. Wäre dem nämlich so, so hätten Sie sich eine bessere Geschichte einfallen lassen. Eine waghalsige Flucht im Schutze der Dunkelheit, einer Ihrer Männer wird verletzt, Sie stützen ihn bei der atemlosen Hast in die Freiheit, und so Scherzchen. Wenn's also keine Reklame war, dann vielleicht ein verstimmter Investor.«

»Find' ich auch nicht schlecht«, meinte Lovelady.

»Bleibt im Topf, aber einstweilen halten wir uns mal an die Bücher. Und die erste Regel bei polizeilichen Ermittlungen lautet: Bloß nicht zu kompliziert. Von Anfang an konnte sich Boniface am meisten von Ihrem Tod zu versprechen. Er hat an den Strippen der Junkiebraut gezogen, die Sie vor zwei Wochen umzunieten versucht hat, und als das nicht klappte, entschied er sich, subtiler vorzugehen und Sie schnappen zu lassen. Wer weiß, vielleicht sollte Ihre Leiche im Kofferraum einer Karre auf dem Metro Airport wieder auftauchen, und vielleicht wollte er Sie auch einfach nur bis nach dem Referendum festhalten und damit erreichen, daß alle Welt das schlimmste annimmt. Egal wie, in jedem Falle wären Maggiores Ambitionen mit dem Ausgang der Abstimmung den Bach runtergegangen, und Boniface hätte hergehen können und den Rahm absahnen. Keine Ahnung, was da in die Hose ging. Vermute aber mal, daß Sie die Jungs, die er zum Babysitten abgestellt hatte, gekauft haben. Es gibt eben keinen Anstand mehr unter Ganoven. Falls es jemals welchen gegeben hat.«

»Dann möchten Sie mich also festnehmen?«

»Aber weshalb denn? Es ist doch schließlich nicht verboten, einen Beamten zu belügen. Davon abgesehen, könnten wir so ein Gesetz dringend brauchen. Na ja, ich bin heute jedenfalls nicht in Stimmung, König Herodes zu spielen. Unser Sergeant hier hat an seine Pension zu denken, und ich muß noch elf Jahre abziehen, bevor ich mich zur Ruhe setzen kann. Nein, ich sage Ihnen heute nur, daß es stinkt. Und verlassen Sie sich darauf, ich komme wieder. Und dann schnuppere ich, ob der Gestank weg ist oder ob er schlimmer wird. Wie war das doch gleich mit dem Vogel, der vom Himmel gefallen ist?«

»Es ging um Sperlinge.« Sunsmith fuhr mit dem Daumen über die glatte Oberfläche des Brieföffners. »Deren fällt keiner, versichert uns die Heilige Schrift, auf die Erde ohne unseren Vater.«

»Aha. Na dann bis bald, Spatz.«

Lovelady stand auf. Die beiden Polizisten waren schon an der Tür, als Sunsmiths Telefon klingelte. Sie blieben stehen, während er ranging und sich meldete. Er hielt ihnen den Hörer entgegen. »Haben Sie Ihren Kollegen etwa diese Nummer hier gegeben?«

»Sehen Sie, ich wußte doch gleich, daß Sie nichts dagegen hätten.« Pontier ging zum Schreibtisch zurück und nahm den Hörer entgegen. »Pontier. In Ordnung. Ist er sich auch ganz sicher? Mhm. Ist er immer noch hinter Macklin her? Nein, schon gut, wo ich den Dicken finde, weiß ich. Danke.« Damit legte er auf. Und zu Lovelady sagte er: »Das waren Leonhard und Hurst. Sie sind im Zoo. Macklin hat sich gerade mit Mike Boniface getroffen.«

Die pockennarbigen Züge des Sergeanten rührten sich kaum. »Wenigstens einmal vor meiner Pensionierung möchte ich recht behalten.«

»Zum Dank dafür, daß er Macklin identifiziert hat, sollten wir uns eigentlich beide einen Anzug von diesem Koreaner bauen lassen.«

»Sie können das ja gerne tun. Aber mein Sakko hier kann ich bestimmt noch fünf Jahre tragen. Wenn nicht länger.«

Und damit zogen die beiden ab. Als die Tür hinter ihnen zugefallen war, nahm Sunsmith den Brieföffner zur Hand und fing an, die Schreibunterlage fein säuberlich in Fetzen zu schnippeln.

27

Wenn man erst einmal vierzig ist, kommt einem bei den ersten Anzeichen simpler Schusseligkeit – wenn man irgend etwas verlegt oder Kleinigkeiten übersieht – das kalte Grausen ob der eigenen Sterblichkeit. Aber wenn man von Beruf Killer ist, trifft einen der Schlag doppelt so hart.

Als sich Macklin auf den Heimweg machte und im Rückspiegel den weißen Oldsmobile sah, der hinter ihm um die Ecke bog, konnte er nicht mit Bestimmtheit sagen, ob er den Wagen am Zoo parken oder ihm bis hierher folgen *gesehen* hatte. Er wußte einfach, daß es so war. Als er noch jünger war und noch nicht so selbstgefällig, wäre ihm schon früher aufgefallen, daß er verfolgt wurde, und er hätte den Wagen bereits vor dem Treffen mit Boniface abgeschüttelt. Jetzt fühlte er sich wie ein Junge, der beim Wichsen erwischt wird.

Mehr oder weniger automatisch ließ er an einem Hügel auf der Ten Mile Road die Tachonadel auf dreißig Stundenkilometer zurückschnellen und nahm mit einer gewissen Befriedigung zur Kenntnis, daß der Fahrer des Oldsmobile sein Tempo drosselte, sowie er mitbekam, daß sich der Abstand verringerte. Als er den Scheitelpunkt des Hügels erreicht hatte, trat Macklin das Gas voll durch. Der Motor des *Camaro* spotzte, dann raste er mit quietschenden Reifen los. Die nächste Kurve nahm er ganz außen und wäre beim Spurwechsel um ein Haar mit einem *Wagoneer*-Jeep zusammengestoßen, der direkt auf ihn zukam. An der Southfield Road wischte er bei Rot durch. Am Fuße des nächsten Hügels spritzte der Splitt, dann ging es auf der Evergreen bei Gelb gen Norden. Von da an fuhr er wieder langsamer. Den weißen Oldsmobile hatte er seit dem ersten Hügel nicht mehr gesehen.

Er kurvte noch um ein paar Ecken, um sicherzugehen, daß er auch wirklich nicht mehr verfolgt wurde, dann bog er in südlicher Richtung auf den John Lodge Freeway. Er wollte zu Carmen Thalbergs Bank. In seiner Hosentasche glühte der Schließfachschlüssel. Und ein Mann, der auf der Flucht vor der Polizei ist, braucht schließlich Bargeld.

»Hat dieses bekloppte Salz-und-Pfeffer-Team doch tatsächlich den Macklin aus den Augen verloren«, empörte sich Lovelady.

Pontier zuckte nur ergeben mit den Schultern. Er stand vor der Pinnwand in seinem Büro. Da hingen jetzt nur noch Fotos von Reverend Sunsmith, die Aufnahme von Michael Boniface aus der Verbrecherkartei der Polizei sowie das FBI-Foto von Peter Macklin, auf dem der Koreaner den Mann wiedererkannt hatte, der sich bei ihm nach Sunsmith' Robe erkundigt hatte. Als Lovelady das bemerkte, wurde ihm sofort klar, welche Prozedur jetzt folgen würde. Sein Chef würde den Raum erst dann wieder verlassen, wenn er das Puzzle zusammengesetzt hatte. Er würde die Fotos so lange von der Wand abnehmen, neu zueinanderordnen, vielleicht eines weglegen und ein anderes hinzufügen, bis sich ein Motiv abzeichnete. Wenn ihn das Fieber gepackt hatte, erinnerte Pontier den Sergeanten immer an Red Skeletons *Freddie the Freeloader*, wie er sich aus Lumpen, Kohlenstaub, Kreide und Teerpappe einen Smoking und Zylinder zusammenbastelte. Was dabei herauskam, war zwar nicht immer das Ei des Kolumbus, aber immerhin ziemlich nahe an des Rätsels Lösung.

Nach kurzem Zögern griff der Inspektor nach einer Aufnahme, die Charles Maggiore in der Vorhalle der Frank-Murphy-Hall-of-Justice zeigte, und pinnte es neben Macklin und Boniface. Er betrachtete sich das Ganze einen Moment lang, dann schüttelte er den Kopf und nahm Maggiore wieder ab. »Alles klar. Haftbefehl für Macklin und Fahndung nach seinem Wagen. Die Zulassungsnummer wird sich ja wohl irgendwo in den Akten finden lassen.«

»Bewaffnet und gemeingefährlich?«

Pontier warf ihm einen vielsagenden Blick über die Schulter zu. »Wollen Sie mit ihm anbändeln?«

»Schon verstanden. Also bewaffnet und gemeingefährlich. Sonst noch was?«

»Ja, schaffen Sie mir Boniface und seine Leute ran.«

»Haftbefehl?«

»Ne, nur Verhör.«

Als der Sergeant weg war, nahm Pontier das Foto von Boniface von der Wand und heftete es neben Macklin, dann pinnte er die Aufnahme von Maggiore auf die andere Seite neben den Killer. Er trat einen Schritt zurück und betrachtete sein Werk. Nach einer Weile trat er wieder an seinen Schreibtisch und nahm sich die dicke Akte über den Fall Sunsmith vor. Die Berichte überflog er nur, er kannte sie teilweise sogar dem Wortlaut nach auswendig. Die Aussage, die Officer Paul Ledyard zu Protokoll gegeben hatte, fesselte jedoch seine Aufmerksamkeit. Er las sie sich zweimal durch, dann durchforstete er das Material, das an das Protokoll geheftet war. Darunter befand sich unter anderem die Fotokopie eines Zeitungsartikels. Sie stammte aus dem abteilungseigenen Mikrofilmarchiv. Der Artikel war in einer Sonntagsbeilage erschienen, ein dazugehöriges Foto zeigte eine hochgewachsene Frau mit aschblondem Haar, die eine Straße in Miami überquerte. Sie trug khakifarbene Shorts, die ihre langen Beine bis kurz unter den Schritt zeigten, und ein blumenbedrucktes Freizeithemd, das sie sich unter der Brust verknotet hatte. Sie wandte dem Betrachter den Oberkörper zu, hatte ihre große Sonnenbrille mit einem Finger tiefer gedrückt, damit sie besser erkennen konnte, wer sie knipste. Ihre Augen waren ganz dunkel.

Auf der Fotokopie war der Artikel nicht in ganzer Länge. Er hatte ihn ursprünglich nur wegen des Fotos angefordert, damit die Beamten, die sie befragen sollten, sie auch erkennen würden. Pontier las, was da stand, dann nahm er die Heftklammer von Ledyards Aussage, nahm Maggiore von der Wand und pinnte den Artikel mit dem Foto an seiner Stelle neben Macklin. Sein Herz machte Seitensprünge. Ohne groß zu überlegen, griff er nach einem Promotion-Foto aus den alten Showtagen des Reverends, und heftete es auf die andere Seite neben die Frau. Erst als er das Blut an seinem Finger bemerkte, bekam er mit, daß er sich die Haut mit dem Reißbrettstift geritzt hatte.

Er leckte das Blut ab, schaufelte das Telefon auf seinem Schreibtisch frei und drückte nur einen Knopf. Der Ruf ging reichlich oft hin.

»Archiv.« Eine verpennte Frauenstimme.

»Zum Teufel, wo waren Sie denn?«

»Wir haben gerade Schichtwechsel. Bin in diesem Moment reingekommen.«

»Na, dann sehen Sie mal zu, daß Sie schleunigst in die Pantinen kommen.«

»*Wie* bitte?«

»Hier ist Inspektor Pontier. Schicken Sie mir alles rauf, was Sie im Zeitungsarchiv über Carmen Contrale Thalberg auftreiben können. Ich buchstabiere: Carmen, Cäsar, Otto, Nordpol, Theodor, Richard . . .« Er verhedderte sich. »Ach, Mist, lassen Sie's bleiben. Ich komme kurz runter und hol es mir selbst.« Er warf den Hörer auf die Gabel und rannte aus dem Büro.

28

Diesmal wurde sie nicht in sein Büro geführt, sondern in einen winzigen eierschalfarbengestrichenen Raum ohne Fenster. Er war nur mit einem Tisch und Stühlen möbliert. An der Decke hing eine Glühbirne in nackter Fassung. Sie fragte den Beamten, einen jungen uniformierten Schwarzen, ob sie ihren Anwalt anrufen dürfe. Er antwortete ihr steif, daß das ganz in ihrem Ermessen stehe. Wenn sie wolle, werde er dem Inspektor Bescheid sagen. »Später«, entgegnete sie. Der Beamte verließ den Raum und schloß die Tür hinter sich.

Diesmal brachte ihr niemand Kaffee. Zehn Minuten vergingen. Zum erstenmal in ihrem Leben begann sie Platzangst zu empfinden. Da betrat Inspektor Pontier den Raum. Er trug ein Kamelhaarjakkett und eine braune Strickkrawatte über einem champagnerfarbenen Oberhemd. In seinem dunklen Gesicht wirkten seine Augen verblüffend hell. Er nahm ihr gegenüber Platz. »Gibt es etwas, was Sie mir gerne erzählen möchten?«

Sie mußte lachen. »Jetzt hören Sie sich direkt wie Richter Hardy an.«

»Wo haben Sie Macklin kennengelernt?«

Ganz allmählich schwand die Fröhlichkeit aus ihrem Gesicht. »Wer ist Macklin?«

»Vermutlich sogar hier im Präsidium. Mir ist so, als wäre er am selben Tag hier eingeliefert worden, als ich Sie hergebeten hatte, um mich mit Ihnen über Ihre Geschäftsbeziehungen zu Sunsmith zu unterhalten. Aber hier im Haus läßt sich bestimmt irgend jemand auftreiben, der sich genauer erinnert.«

»Ich wüßte gern, was Sie darauf von mir hören wollen.«

Pontier lehnte sich zurück und betrachtete sie eingehend. Sie trug einen grauen Seidenblazer über einem roten Oberteil. Dazu ein graues Hemd und rote Schuhe. Auch die Handtasche, die sie auf den Tisch gelegt hatte, war aus rotem Leder. »Da wächst irgendwo in Mittelamerika ein Mädchen auf, und zwar auf der Straße. Zusammen mit ihrem Bruder schröpft sie Touristen inmitten der Gewehrsalven marxistischer Guerillakämpfer. Dann geht sie ins Showgeschäft, was in diesem Teil der Welt immer bedeutet, daß sie, wenn sie gerade mal nicht mit den Klammeraffen auf der Bühne steht, sich nebenher prostituiert. Sie hängt mit Schmugglern rum, von denen einer ihr erster Gatte wird und sich an die Fische verfüttern läßt, weil er es mit den Kolumbianern getrieben hat, wenn Sie den Ausdruck gestatten. Schon lange bevor sie urplötzlich zur Goldmarie wird, hat sie also schon gelernt, daß man sich bei den Bösen lieb Kind machen muß, wenn man überleben will. Tja, vielleicht hat sie sogar die Ganoven gekannt, die ihren zweiten Gatten umgelegt und sie damit zur reichen Witwe gemacht haben. Am Ende hat sie das Ganze sogar selbst arrangiert.«

»Das ist doch alles Quatsch. Und Sie wissen das ganz genau!« Sie streckte die Hand nach ihrer Tasche auf dem Tisch aus. Pontier legte ihr die Hand auf den Unterarm.

»Dieser Teil der Geschichte vielleicht.« Mit gleichbleibendem Ton sprach er weiter. »Aber der Rest steht in allen Artikeln, die jemals über Sie geschrieben wurden, schwarz auf weiß zwischen den Zeilen. Verlegen Sie den Schauplatz einfach nach Detroit, und schon erzählt Ihnen jede dritte Nutte auf der Michigan Avenue genau dieselbe

Story. Sie haben schon eine lange Geschichte in der falschen Wahl Ihrer Freunde, Señorita.«

Sein Griff schnitt ihr das Blut ab. Aber sie zeigte es nicht, funkelte ihn nur wütend an. »Bin ich verhaftet?«

»Nein. Wenn wir Sie jetzt einbuchten würden, hätten wir uns noch nicht umgeschaut, und Sie wären schon wieder draußen.« Er ließ ihr Handgelenk los. »Gar nicht so spaßig, klüger sein zu wollen als der ganze Justizapparat. Ich weiß, daß Sie Macklin und noch ein paar andere Jungs engagiert haben, damit sie Sunsmith kidnappen. Sie wollten ihm sozusagen mit Macht die Gottesfurcht einbleuen. Niemand, der mal anfängt, die Yankies auszunehmen, kann es so leicht wegstecken, wenn er selbst von ihnen ausgenommen wird. Und schon gar nicht, wenn es um die Größenordnungen geht, in denen ihr prominenten Reichen so gerne badet. Aber der Richter ist aus Missouri. Da heißt's Karten auf den Tisch. Es ist gar nicht mal auszuschließen, daß Sie sogar ein bißchen von dem Geld zurückbekommen haben. Aber darum ging es ja im Grunde gar nicht. Viel wichtiger war, daß der gute Reverend mal mitbekommt, daß er eine Betrügerin nicht betrügen kann.«

»Ich kann jetzt wohl gehen.« Sie griff mit beiden Händen nach ihrer Tasche.

»Wissen Sie, ich wollte Boniface partout nicht zu den Akten legen, als ich rausbekam, daß er, beziehungsweise seine Leute, hinter dem Attentat auf Sunsmith steckten, und ganz besonders, nachdem der Reverend gekidnappt und gleich wieder freigelassen wurde. Und dann wurde auch noch beobachtet, wie sich Boniface mit Macklin im Zoo traf. Da war ich total davon überzeugt, daß das alles auf Bonifaces Konto ging. Aber andererseits würde der sich Sunsmith nicht einfach nur schnappen, um ihn dann sofort wieder auf freien Fuß zu setzen. Und es ist völlig auszuschließen, daß Sunsmith Macklin gekauft hat. Bei seinem Beruf ist Macklin nämlich nur so alt geworden, weil er sich immer von dem nach Hause bringen läßt, der ihn zum Tanztee eingeladen hat. Dann kamen mir eventuelle verstimmte Investoren von Sunsmith in den Sinn, und eine Weile lag auch Maggiore ziemlich gut im Rennen. Aber im Grunde auch wieder nicht, und zwar aus derselben Überlegung heraus, aus der ich auch zu dem Schluß gekommen bin, daß er mit dem Attentat in der Kirche vor zwei Wochen nichts zu tun hatte. Ein toter oder auch nur entführter Sunsmith ist für den nämlich bedeutend bedrohlicher als ein Prediger hinter der Kanzel. Ja, und die Investoren sind Geschäftsleute. Und damit ungefähr so respektabel, wie man das von Geschäftsleuten heutzutage erwarten kann. Mit einer Ausnahme.«

»Jetzt muß ich aber wirklich gehen.«

»Es sind ja nicht alle Vorurteile gegenüber Minderheiten gänzlich falsch«, meinte er. »Mein Onkel Jonas zum Beispiel war ein ganz passabler Steptänzer auf dem Chataqua Circuit, und alle vier Wochen oder so muß ich einfach Grillrippchen essen. Dann kriege ich so einen Heißhunger darauf, daß ich gar nicht anders kann, als mir welche zu holen. Und sie haben eben das lateinamerikanische Temperament im Leib. Wenn Sie jemand behumst, humsen Sie doppelt so toll zurück. Aber auf den Leibwächter hätten Sie nicht schießen müssen. Der hatte mit Sunsmiths Machenschaften nichts zu tun.«

»Aber ich habe doch ...« Sie unterbrach sich. Beim Aufstehen nahm sie ihre Tasche fest in die Hand. »Bemühen Sie sich nicht, ich suche mir ein Taxi.«

Pontier tat so, als wolle er auch aufstehen, aber er streckte nur blitzschnell einen Arm aus und entriß ihr die Handtasche. Sie forderte die Tasche zurück, aber hielt sie vor den Bau geklammert und setzte sich so hin, daß sie nicht mehr dran kam. »Die Reichen haben praktisch nie Geld bei sich. Ich frage mich schon die ganze Zeit, was es mit der Tasche auf sich hat, daß Sie sie so partout nicht aus den Händen lassen wollen.« Er machte den Verschluß auf.

»Das ist illegal.« Sie bekam hektische rote Flecken.

Er wühlte die Handtasche durch und förderte ein rechteckiges Stück Papier zutage. Mit einer Hand faltete er es auf. Er betrachtete es und verzog keine Miene. Dann legte er es wieder in die Tasche zurück und schnappte den Verschluß zu. »Da irrt der Volksmund«, er reichte ihr die Tasche zurück, »es zahlt sich doch aus.«

Sie nahm die Tasche erst nach kurzem Zögern an sich. »Die Geschäftsbeziehungen, die ich mit dem Reverend unterhalte, geht der Polizei nichts an.«

»Nichts für ungut, Mrs. Thalberg.« Müde klang er. »Wenn niemand Klage erhebt, hat überhaupt keine Entführung stattgefunden. Und dafür, daß Sie einen Scheck über eine geradezu obszöne Menge Geld mit sich herumtragen, kann ich Sie nicht festnehmen lassen. Aber lassen Sie uns wenigstens nicht so tun, als käme ich aus dem Muspott. Ersparen Sie mir das bitte.«

»Kann ich jetzt gehen?«

»Ich bete zu Gott, Sie wären endlich weg.«

Sie gab dem Fahrer fünf Dollar Trinkgeld und drehte sich nicht mehr zu dem Taxi um, als es auf der Auffahrt wendete. Sie ging auf die Villa zu. Vor der Tür machte sie ihre Handtasche auf, aber dann fiel ihr ein, daß sie die Schlüssel gar nicht mitgenommen hatte. Also klingelte sie.

Es dauerte eine ganze Weile, bis Elizabeth öffnete. Die schwarze Hausangestellte schloß auf und machte die Tür gerade so weit auf, daß sie sehen konnte, wer davor stand. Dann löste sie die Sicherheitskette und machte die Tür weit auf. Ihr Gesicht wirkte angespannt.

Ohne guten Tag zu sagen, meinte Carmen gleich: »Ich hoffe nur, daß du noch nicht mit dem Kochen angefangen hast. Ich habe nämlich kein bißchen Hunger.«

»Ich kann das schon wegputzen.«

Sie zuckte zusammen und ging auf den Flur zu, der zum Eßzimmer führte. Mit dem Magnum in der Hand kam Macklin auf sie zu. Von seiner spiegelglatten Oberfläche reflektierte das Licht. »Ich muß irgendwo unterkriechen. Bei mir zuhause warten schon die Bullen.«

»Noch nie was von Motels gehört?« Sie sprach mit tonloser Stimme.

»Auch da bin ich nicht vor ihnen sicher. Als sie kamen, um dich abzuholen, hatte ich meinen Wagen gegenüber vom Haus geparkt. Hier werden wir bis auf weiteres erst einmal Ruhe vor ihnen haben.«

»Pontier hat den Scheck gefunden. Als sie ankamen, wollte ich gerade zur Bank fahren. Wenn sie dich hier aufstöbern, werden sie uns beide festnehmen.«

»Dann müssen wir eben dafür sorgen, daß sie es nicht tun.« Er richtete seinen Blick auf die Hausangestellte.

»Um Elizabeth brauchst du dir keine Sorgen zu machen. Ihre Aufenthaltserlaubnis hängt von dem Job bei mir ab.«

»Ich mache mir nie Sorgen.« Er steckte den Revolver ein. »Und was gibt es nun zum Dinner?«

»Ich muß ja völlig verrückt sein.«

Durch die Fenster fiel das Mondlicht ins Schlafzimmer. In dieser fahlen Beleuchtung war der Kontrast zwischen der schneeweißen Bettwäsche und Carmens dunkler Gesichtshaut noch krasser. Sie lag nahe bei Macklin, berührte ihn jedoch nicht. »Wieso denn verrückt«, fragte er.

»Was denn sonst. Aus dem Alter, mich von bösen Männern besonders angezogen zu fühlen, bin ich schließlich raus.«

»Mit Alter hat das überhaupt nichts zu tun.«

»Sag mal, wie wird man eigentlich Killer?«

»Du willst also wirklich wissen, wie so ein netter Bursche wie ich zu so einem Beruf kommt?«

»Von wegen: du und netter Bursche.«

»Die einen heiraten sechzehn Millionen Dollar, und die anderen schlagen sich eben mit dem durchs Leben, worin sie gut sind.«

Sie stützte sich auf einen Ellbogen und sah ihn an. Dabei rutschte die Bettdecke herab und gab eine Brust frei. »Vielleicht sind die einen ja gut darin, sechzehn Millionen Dollar zu heiraten. Für einen Mörder hast du übrigens die Moral ganz schön mit Löffeln gefressen.«

Er schwieg.

»Ich habe dich noch gar nicht gefragt, ob du verheiratet bist«, sprach sie weiter. »Also denn: Bist du's?«

In dem fahlen Licht glich sein Grinsen dem eines Wolfes. »Hast wohl Angst, ich könnte Ehebruch begehen?«

»Ich weiß nur ganz gern das eine oder andere über die Männer, mit denen ich schlafe. Also: Bist du verheiratet?«

»Im Augenblick nicht.«

»Kinder?«

»Einen Sohn.« Sein Grinsen war wie weggeblasen.

»Wie alt?«

»Laß uns jetzt schlafen.«

Er drehte ihr den Rücken zu, und sie griff mit einem Arm um seine Schultern, streichelte seine Brust und glitt mit den Fingern immer weiter an seinem Körper hinab. Ihre Berührungen wurden immer intimer. Sie legte ihm ein Bein auf die Hüfte. Er zog sie auf sich.

29

Für die Detroiter Polizei verrann die nächste Woche fast ereignislos. Keine Schießerei wegen Drogen, keine ausgesetzten Babys in Mülleimern, lediglich zwei Vergewaltigungen, drei bewaffnete Raubüberfälle und nur eine versuchte Brandstiftung. Die Mordrate schien sich auf ihren Lorbeeren ausruhen zu wollen. Glückstrahlend erwähnten die beiden Lokalzeitungen die Atempause nicht mit einer Zeile, damit sie bloß nicht in Gefahr kamen, den Gangstern klammheimlich zu unterstellen, sie gäben sich nicht genug Mühe. Die drei lokalen Fernsehstationen nahmen den Konjunkturrückgang hingegen ausdrücklich zur Kenntnis. In einem Kanal gab der Programmdirektor sogar in einem Kommentar der Hoffnung Ausdruck, die Stadt habe in ihrem Streben nach Respektabilität nun endlich den lange angepeilten Wendepunkt erreicht. In der Nacht darauf wurden ein Student der Wayne State University beim Basketballtraining erstochen, ein Grundschullehrer unter der Beschuldigung verhaftet, er habe drei seiner Schüler zu sexuellen Handlungen genötigt, und die beiden Besitzer eines Scherzartikelladens wegen 143,75 Dollar in der Tageskasse und vier Stangen Marlboro erschossen. Kanal 7 schickte ein Kamerateam hin, um die Blutspuren zu filmen. Inspektor George Pontier vom Detroiter Morddezernat weigerte sich, ein Interview zu geben.

Bei der versuchten Brandstiftung handelte es sich um eine selbstgemachte Bombe, die der Hausmeister zwischen den Kirchenbänken in der Kapelle des Reverend Sunsmith gefunden hatte. Der Zeitzünder, mit Draht an einem kleinen Stück Gelatineladung befestigt, hatte versagt. Ein Plastikkanister mit fünf Gallonen Benzin war nicht explodiert. Die Detroiter Polizei trommelte ihr Bombenentschärfungskommando zusammen. Den Vorsitz hatte ein gewisser Sergeant Zangara. Als er den Mechanismus sah, tätschelte er die Bombe und meinte bloß: »Filzer, Filzer, was ist nur aus dir geworden?« Dann nahm er eine isolierte Drahtschere und entschärfte die Bombe.

Michael Boniface und sein Mitarbeiter Carmine Picante wurden Anfang der Woche im Zusammenhang mit der Entführung des Reverends Thomas Aquinas Sunsmith polizeilich vernommen. Nach dem Verhör durften sie das Präsidium wieder verlassen. Zu der Zeit waren die lokalen Medien bereits voll dabei, sowohl diesen Zwischenfall als auch die in die Hosen gegangene Brandstiftung als Werbekampagne des temperamentvollen Exgitarristen und heutigen Geistlichen zu behandeln, und die Rolle, die Boniface in den Ermittlungen spielte, wurde höchstens *en passant* erwähnt. In der *Free Press* wurde er als »einstmals prominente Figur der Detroiter Unterwelt« gehandelt. Die *News* begrub die Meldung ganz hinten, garniert mit einem Foto, das Boniface bei seiner Verhaftung wegen der Drogengeschichte zeigte. Und die Reporterin, die im Kanal 2 berichtete, sprach seinen Namen falsch aus.

Gegen Ende der Woche berief Reverend Sunsmith eine Pressekonferenz ein, in der er den Gerüchten entgegentreten wollte, die mit seinem zeitweiligen Verschwinden zusammenhingen. Aber einer der anwesenden Reporter brachte ihn auf das Referendum, und das war's dann. Am nächsten Morgen kam eine Karikatur in der *News*, auf der

der Geistliche mit einem völlig durchlöcherten Schirm als Stütze den Detroit River zu teilen versuchte. Ein etwas ernsterer Beitrag setzte sich mit dem Zögern der Polizei auseinander, die immer größer werdende Neugier der Öffentlichkeit auf die Finanzgebaren der Kirche des Reverends zu bedienen.

Am Samstag wurde Charles Maggiore aus dem Detroiter Receiving Hospital entlassen. Wenige Minuten nachdem er im Rollstuhl unter dem Flankenschutz eines Zivilpolizisten zum Hinterausgang eskortiert wurde, wo Gordy schon mit dem großen Lincoln auf ihn wartete, ihm in den Wagen half und nach Hause fuhr, erging eine Pressemeldung.

Gordy half ihm gerade aus der Limousine heraus, als ein Detective Sergeant Stills hinter einer Hecke hervorgewieselt kam und Maggiore einen Haftbefehl aushändigte. Ihm wurde zur Last gelegt, zusammen mit einem gewissen Howard Arnold Filzer, derzeit in Untersuchungshaft, ein Brandstiftungskomplott geschmiedet zu haben.

»Die Polizei verweigert jegliche Angaben über den Aufenthaltsort Charles Maggiores«, verkündete Moderator Silberhaar vom Kanal 4. »Er erholt sich gegenwärtig noch von Wunden, die er sich bei einem mutmaßlichen Anschlag aus der Unterwelt auf sein Leben zugezogen hat, und ist vermutlich noch nicht außer Lebensgefahr.«

Picante schaltete den Fernseher aus. »Hat dieser billige Hurensohn doch gekriegt, wofür er bezahlt hat«, meinte er.

»Es wäre besser, sie hielten Filzer auch so unter Verschluß. Hol das Bällchen, Al.« Boniface schmiß das grüne Hundespielzeug, das er sich von Picante aus dem Souvenirshop des Hotels hatte besorgen lassen, von sich. Der Golden Retriever blieb neben dem Sessel seines Herrchens hocken, beobachtete, wie der Ball mit rasselndem Glöckchen ein paarmal aufdotzte und dann in einer Ecke liegen blieb. Er machte keinerlei Anstalten, ihn zu apportieren.

»Diese dumme Töle«, kommentierte Picante.

»Er findet das Spielchen eben zu primitiv. Nicht wahr, alter Junge?« Er kraulte Al unter dem Kinn. Der Hund schloß die Augen und lehnte sich an seine Knie. »Bei Tieren ist der Stolz stärker entwickelt als beim Menschen.«

»Wahrscheinlich lecken sie sich deshalb ständig am Pimmel rum.«

»Scheiß Maggiore«, murmelte Boniface. Bei der Assoziation mußte Picante unwillkürlich lächeln. »Da ist er nun viel gewiefter, als wir alle dachten, und gleichzeitig blöder als die Polizei erlaubt. Er krallt sich diesen Nigger, dann läßt er ihn gehen, damit er herrennen kann und diese blöde Geschichte verbreiten und alles wie hausgemacht aussieht. Die eine Hälfte der Stadt denkt, daß er nur auf Schlagzeilen aus war, und die andere würde schwören, daß er die Zeit, in der er fort war, mit dem Flittchen eines Gemeindegliedes verbracht hat. Und dann versucht dieser bekloppte Buckel, die Kirche auszuräuchern. Nur für den Fall, daß der Sunsmith ihm das Ganze in die Schuhe schiebt und ihn fertig machen will. Zu doof.«

»Du glaubst also immer noch, daß Maggiore ihn hat entführen lassen?«

»Und ob. Sonst steht doch keinem das Wasser so zum Hals, daß er es versuchen würde, und andererseits hat keiner soviel Schwein, die Nummer auch wirklich abziehen zu können. Wenn ich sehe, wie einer so komplett auf sein Glück scheißt, könnt ich verrückt werden. Selbst bei ihm.«

»Und wer wird den Job jetzt machen, wo wir Macklin verloren haben?«

»Tja, Macklin. Von dem hätte ich zuallerletzt gedacht, daß er ausflippen würde.« Er stieß Als Kopf von seinen Beinen. Der Hund stand auf, trollte sich in die Ecke, in der das Bällchen lag, schnüffelte kurz daran und rollte sich auf dem Teppich zusammen. »Maggiore kannst du vergessen, das ist jetzt nicht mehr nötig. Falls das Referendum jemals eine Chance gehabt hat, angenommen zu werden, dann jetzt. Die werden alle dafür stimmen, nur um Sunsmith eins auszuwischen. Auf den sind die Leute jetzt nämlich viel saurer als auf Maggiore. Brandstiftung oder nicht Brandstiftung.«

»Laß Sunsmith umlegen.«

»Auf keinen Fall. Polizisten und Geistliche läßt man nicht umlegen.«

»Wenigstens diesen einen hier.« Picante zog sich einen Stuhl heran und setzte sich Boniface gegenüber. Er hockte auf dem äußersten Rand der Sitzfläche und beugte sich ganz weit vor. »Denk doch. Er wird schön mit allem Drum und Dran ins Jenseits befördert. Dann vergessen die Leute doch das Kidnapping und meinen, daß ihn die Unterstützer des Glücksspiels gekrallt haben, um ihm das Maul zu stopfen. Das Referendum findet am Dienstag statt. Bis dahin können wir alles noch hinkriegen. Nur fix müssen wir jetzt sein. Am Montag hält Sunsmith auf der Hart Plaza eine Kundgebung ab. Da passiert's.«

»Wenn sich ein Scharfschütze seinen Leibwächtern auch nur bis auf sechs Meter nähert, schneiden sie ihn in Stücke.«

»Dann müssen es eben zwei sein.«

Boniface schwieg. Die Falten in seinem Gesicht waren sehr tief. Aufgedunsen sah er jetzt nicht mehr aus, nur uralt.

Picante bohrte weiter. »Die Stadt wimmelt nur so von arbeitsuchenden Mietheinis, die ganz scharf sind, sich den Hunden zum Fraß vorzuwerfen, wenn wir es ihnen nur schmackhaft genug machen. Und während die Leibwächter sich um den einen kümmern, kommt unsere Nummer zwei vom linken Feld aus angerannt und händigt dem guten Reverend den Freifahrschein in den Himmel aus.«

»Das ist dir aber nicht erst eben eingefallen.«

»Mike, es geht nicht anders. Und glaub mir, es klappt.«

»Vielleicht hast du schon alles arrangiert.« Boniface sprach mit tonloser Stimme. »Vielleicht soll es ja nicht nur Maggiore an den Kragen gehen. Vielleicht soll ich ja der nächste sein.«

»Sprich nicht so mit mir, Mike. Wenn ich auf deinen Platz scharf wäre, hätte ich ihn mir unter den Nagel gerissen, während du gesessen hast.«

»Das wäre dir nicht gelungen, und das weißt du auch. Um meinen Namen und meine Kontakte für dich verwenden zu können, warst du darauf angewiesen, daß ich wieder rauskam.«

»Das glaubst du doch wohl selber nicht.«

Nach einer Weile wurden Bonifaces Gesichtszüge weicher. »Nein. Oh, verdammt noch mal! Nein. Aber es ist jetzt alles so anders als früher. Manchmal habe ich Angst und weiß gar nicht mehr, auf wen ich mich verlassen kann. *Figlio mio.* Verzeih mir.« Er beugte sich vor und tätschelte Picantes Wange.

»Mi padre.« Gerührt drückte Picante seinem Chef das Knie. »Und was ist nun mit Sunsmith?«

»Vergiß jetzt mal Sunsmith. Ruf lieber diesen polnischen Senator an, dem wir schon soviel Knete in den Rachen geschoben haben, wie hieß der doch gleich . . . ach ja, Subasic. Der soll zusehen, ob er das Ganze nicht bis nach November verschieben kann. Die Abstimmung am Dienstag ist jetzt sowieso gelaufen. Es ist zu spät, daran noch was drehen zu wollen.«

Picantes Miene wurde wieder düsterer. Er nahm seine Hand von Bonifaces Knie. »Geht in Ordnung, Mike. Ich rufe ihn gleich heute noch an, und dann geht's los.«

»Geh aber vorher noch mit Al Gassi.«

»Gut.«

»Ich hau mich ein bißchen hin. Weck mich, wenn du wieder da bist.«

Der Glatzkopf, der an der Rezeption des Pontchartrain den Tagesdienst verrichtete, hatte einen mittelprächtigen Kaiser-Wilhelm-Schnauzer, dessen nach oben gebogene Enden ihm irreführenderweise den Anstrich guter Laune verliehen. Der Mann in dem häßlichen Anzug war ihm zuwider, der da aus dem Aufzug kam, und zuwider war ihm auch der Hund, den er an der Leine mit sich führte. Hunden war der Zutritt zum Hotel streng untersagt. Aber der Chef dieses Mannes hatte eine finanzielle Sonderregelung mit der Geschäftsleitung getroffen. Und der Tagesdienst guckte in die Röhre.

»Ich gehe etwas spazieren und bin in einer Stunde wieder zurück«, sagte der Mann. »Mr. Boniface ruht. Sehen Sie zu, daß er nicht gestört wird.«

»Ja, Sir.«

Das Windchen, das draußen herrschte, blies den Frauen die Röcke hoch und fegte den Fußgängern weggeworfene Zeitungen um die Beine. Mit geschlossenen Augen und zitternden Nasenflügeln hielt Al die Schnauze in den Wind. Aber Picante mußte nur einmal entschieden an der Leine ruckeln, und schon trottete der Hund brav neben ihm her.

Der blaue Mercury stand auf der Washington. Picante machte hinten eine Tür auf, und Al sprang hinein. Er kurbelte ein Fenster einen Spaltbreit herunter und schlug die Tür dann hinter dem Hund wieder zu. Al fing an zu jammern und versuchte die Schnauze durch den Schlitz zu zwängen. Picante schloß die Beifahrertür auf und hockte sich kurz auf den Rand des Sitzpolsters. Aus dem Handschuhfach nahm er eine einfache Schußwaffe ohne Seriennummer und steckte sie anstelle des Colt *Diamondback* in das Holster unter seiner linken Achsel. Ohne sich um Als jämmerliches Jaulen zu scheren, schloß er den Wagen ab und ging fort.

Durch den Eingang auf der Jefferson trat er wieder ins Hotel. Um zwölf Uhr mittags mußten Abreisende die Zimmer geräumt haben, und so war die Lobby voller Gäste und Hotelangestellter, die Karren mit Gepäck vor sich her schoben. Picante ging die Feuertreppe hoch und wartete vor der Tür, die zum Flur des siebten Stock führte, bis eine Putzkolonne von Zimmermädchen und schmutziger Bettwäsche vorbeigerattert war. Eine Minute später öffnete er die Tür einen Spaltbreit. Das Wägelchen stand vor einem der Zimmer. Picante wählte einen Umweg zur Suite 716, traf unterwegs keine Menschenseele und öffnete die Tür.

Boniface befand sich nicht mehr im Wohnzimmer. Picante suchte erst noch im Bad, dann ging er in das Schlafzimmer des Alten.

Boniface lag leise schnarchend, noch in Oberhemd und Strümpfen, auf dem Bett.

Aus dem Bad hatte sich Picante ein flauschiges Handtuch mitgenommen. Er zog den Revolver aus dem Achselhalfter, wickelte das dicke Tuch einmal um die Waffe und seine Hand und drückte dieses Bündel an Bonifaces rechte Schläfe. Sein Opfer bewegte sich im Schlaf.

Weil das Badetuch den Mündungsknall dämpfte, hörte es sich an, als fiele ein schweres Buch auf einen weichen Teppich. Der Körper des Alten zuckte ein letztes Mal. Textilfasern wirbelten durch die Luft. Im Raum begann sich der Gestank von Rauch und verbranntem Stoff auszubreiten. Bonifaces Darm entleerte sich.

Picante putzte den Revolver mit dem Handtuch ab und legte es nebst Waffe auf das Bett. Dann ging er wieder nach draußen, um Al spazierenzuführen.

30

Schlußendlich gab Roger Macklin der Versuchung dann doch nach und rief in der Suite an.

Innerhalb von achtundvierzig Stunden hatte er gleich zweimal von Picante gehört, und zwar zuerst kurz nachdem die Meldung von der Entführung des Reverend Sunsmith bekanntgeworden war, und dann noch einmal nach seiner Freilassung. Beide Male hatte Picante Roger ausdrücklich gebeten, zuhause zu bleiben und auf weitere Anweisungen zu warten. Dann war Funkstille eingetreten. Und jetzt war bereits Freitag nachmittag. In drei Tagen, am Montag, sollte Sunsmith seine Kundgebung abhalten, und die Spannung, in der er sich befand, war fast so toll wie früher, wenn er einen Druck brauchte. Da packte ihn die Panik, und er griff zum Telefon. Nach dreimaligem Klingeln meldete sich eine fremde Männerstimme.

»Hallo?«

Roger legte auf. Picante meldete sich immer mit »Ja«. Er überlegte, ob wohl Boniface den Hörer abgenommen haben könnte. Vermutlich würden sie ihm jetzt die Hölle heißmachen, weil er von sich aus angerufen hatte. Er konnte nur hoffen, daß er sich damit seine große Chance nicht ein für allemal vermasselt hatte.

Am Abend machte er das Radio an und hörte in den Nachrichten, daß Boniface tot war und einer seiner Mitarbeiter im Detroiter

Polizeipräsidium verhört wurde. Das konnte nur Picante sein. Da wurde ihm klar, daß ein Polizist das Telefon abgenommen hatte. Roger versank in Träumereien, er versuchte zu überlegen, wie der Mord wohl vor sich gegangen sein mochte und wie er selbst ihn angepackt hätte. Es dauerte nur einen kleinen Moment, bis er sich alles zusammengereimt hatte und mit absoluter Sicherheit wußte, daß Picante seinen Boss umgelegt hatte. Das bereitete ihm jede Menge Kopfzerbrechen, denn wenn er wegen des Mordes eingeknastet würde, gab es niemanden mehr, der für den Vertrag, den sie in Sachen Sunsmith abgeschlossen hatten, geradestehen würde. Während er noch so am Überlegen war, klingelte das Telefon.

»Roger? Ich bin's.«

»Holla, haben sie dich freigelassen?«

»Logo, was hast du denn gedacht?«

»Also ich wollte fragen...«

»Spar dir das. Bist du fertig?«

»Wie fertig?«

»Ich meine, hast du alles parat, oder müssen wir die Chose noch einmal durchgehen?«

»Willst du damit sagen, daß die Chose tatsächlich startet?«

»Was hast du denn gedacht?«

»Na ja, nachdem sie dich verhaftet haben...«

»Hier ist niemand verhaftet worden. Also was ist, müssen wir es noch einmal durchgehen?«

»Nein, es ist soweit alles klar.«

»Dann ist's ja gut. Ich melde mich wieder.« Kein Aufwiederhören.

Während Roger den Hörer auflegte, betrachtete Roger sein Spiegelbild in der Fensterscheibe. »So ist es recht. Wie die Pilze behandelt ihr uns«, murmelte er vor sich hin, »nur weiter so. Haltet uns hübsch im Dunkeln und schmeißt ordentlich Scheiße auf uns.«

»Natürlich war er's. Ich hab' einen Blick dafür, wenn's den Falschen erwischt.«

Sergeant Lovelady stand an einem der vergitterten Fenster in Pontiers Büro und blickte auf die Beaubien Street hinunter. Er drückte die Stirn ans Fenster, als erwarte er jeden Moment, daß Picante und der junge Anwalt, der Boniface in letzter Zeit vertreten hatte, das Präsidium verließ. Aber die beiden waren schon seit einer Stunde fort.

»Ich hab' manchmal den Eindruck, wir erwischen nur die Falschen.« Pontier hockte sich auf eine Ecke seines wie gewöhnlich mit Schreibkram vollgepackten Schreibtischs. Er hatte die Hände in den Hosentaschen. »Gut. Wir wissen, daß Maggiore Boniface auf dem Kieker hatte. Picante wird doch nicht so doof sein und diese Schießerei in Beleville anzetteln und sich dann selbst vorne im Wagen neben seinen Chef setzen.«

»Ich finde es mächtig zuvorkommend von dem Hund, daß der ausgerechnet in dem Moment Pipi machen muß, in dem der Todesschütze das Hotel betreten will.«

»Vielleicht war die Töle ja der Komplize.«

»Na, lachen Sie mal nicht. Wir wissen nur, daß Boniface Macklin nicht angeheuert hat, um Sunsmith zu entführen. Aber vielleicht ist Macklin ja von Picante engagiert worden, damit er Boniface aus dem Weg räumt.«

»Und da hat er Boniface in den Zoo mitgenommen, damit der auch hübsch alles mitkriegt?«

»Gut, dann ging es da möglicherweise um etwas ganz anderes, und dieses Ding hat Picante jetzt selbst gedreht. Der war ja auch eine ganz schwere Nummer, bevor er Hans Arsch bei dem Alten wurde.«

»Aber warum sollte er Boniface ausgerechnet jetzt umlegen wollen? Was hat Picante davon, einen abgehalfterten Gauner ohne Hausmacht zu töten? Aber die Kollegen vom Brandstiftungsdezernat haben schon Maggiore. Wir wollen jetzt nicht zu gierig werden.«

»Aber Picante hat seine Finger im Spiel, davon bin ich fest überzeugt.«

»In diesen Tagen geht es in der ganzen Stadt nur um eine einzige Sorte von Spiel.« Pontier sprach nicht weiter.

Lovelady wandte sich vom Fenster ab. »Wir kommen immer wieder auf Sunsmith.«

»Stimmt.« Pontier reckte sich, um an den Telefonhörer zu gelangen. »Ist das Mobile Einsatzkommando immer noch für Massenveranstaltungen zuständig?«

»Denke schon.«

Pontier mußte einen Moment warten, bevor sich jemand meldete. »Hier ist Pontier vom Morddezernat. Mit wem von euch kann ich mal über die Sicherheitsvorkehrungen für die Kundgebung auf der Hart Plaza am kommenden Montag sprechen?«

Es gibt nichts, was Macklin so verhaßt war wie Trägheit. Aus dem einfachen Grunde, weil er selbst so empfänglich dafür war.

Action war sein Aufputschmittel. Und obwohl sein Gesicht von Natur aus müde wirkte, war er es äußerst selten. Aber längere Perioden von Tatenlosigkeit waren fatal, denn sie stürzten ihn in eine Art krampfhafter Lethargie, die abzuschütteln ihm in den letzten Jahren immer schwerer fiel. Nach einer Woche Versteck in der Villa von Carmen Thalberg pennte er pro Tag fünfzehn Stunden. Aber da er nur einen leichten Schlaf hatte, hörte er, wie die Spätausgabe der *News* durch den Briefschlitz geworfen wurde. Er stand auf, zog sich an und wollte sich gerade die Schuhe zubinden, als Carmen mit der Zeitung hereinkam.

»Hast du den gekannt?« Sie faltete die *News* auseinander und reichte sie ihm.

Macklins Blick landete auf dem Foto einer verhüllten Leiche, die gerade in einen Rettungswagen auf der Washington geschafft wurde. Dann erst las er die Überschrift. Und riß Carmen die Zeitung aus der Hand.

»Dachte ich mir's doch«, meinte sie. »Hat das irgend etwas mit dir zu tun?«

Er las nur den Teil des Artikels, der auf der ersten Seite stand, und legte die Zeitung weg ohne umzublättern. Er blickte sich um. Carmen ging zum Nachttischchen und nahm den Magnum samt Halfter aus der Schublade. Macklin holte den Revolver aus dem Holster und sah nach, ob er geladen war. Dann machte er ihn am Gürtel unter seiner Jacke fest.

»Willst du weggehen? Und was ist mit der Polizei?«

»Ich muß meinen Sohn suchen.«

»Deinen Sohn?«

»Ich glaube, daß der Mann, der Boniface auf dem Gewissen hat, auch ihn töten will. Oder wenigstens dafür sorgen, daß er ums Leben kommt. Was aber aufs selbe hinausläuft.«

Sie sah ihn an. Als er sie an der Schulter berührte, knitterte ihre kremfarbene Seidenbluse unter seinen Fingern. »Du hast mich einmal gefragt, ob ich nie etwas für das Leben eines Menschen getan hätte. Jetzt will ich es versuchen.«

»Hat er das verdient?«

»Wer weiß. Aber vielleicht habe ich gar keine andere Wahl.«

»Ich komme mit.«

»Kommt nicht in Frage. So wie ich Pontier kenne, läßt er dein Haus observieren. Du mußt die Leute ablenken. Sie werden hinter dir herfahren.«

»Was hast du vor?«

Macklin grinste. Aber ohne jede Spur Humor. »Lady, wenn ich das jetzt schon wüßte, würde ich mich bestimmt nicht so beeilen.«

Sie küßte ihn voller Leidenschaft. Er war völlig überrascht von ihrer Reaktion. Nach einer Weile schob sie ihn von sich.

»Lieben tu ich dich nicht«, sagte sie. »Aber vielleicht habe auch ich keine andere Wahl.«

»Wir haben eben alle beide ein Problem.« Er küßte sie. Dann verließ Carmen das Haus.

31

Macklins Exfrau Donna lebte in den Sterling Heights mit einem Kieferchirurgen namens Riordan zusammen. Nachdem Carmen, die Polizeistreife im Schlepptau, weggefahren war, hatte Macklin seinen Wagen aus der Garage, die zur Thalberg-Villa gehörte, geholt und war zu einer öffentlichen Telefonzelle gefahren, wo er die Auskunft anrief und sich die Nummer besorgte. Donna weigerte sich erst einmal, an den Apparat zu kommen, und er mußte Riordan dazwischenschalten, um ihr zu erklären, um was es ging. Dann bequemte sie sich schließlich doch noch und teilte ihm mit, daß sie schon seit Monaten nichts mehr von Roger gehört habe. Als sie es das letztemal in seiner alten Wohnung versucht habe, hätte ihr irgend jemand erzählt, er sei ausgezogen und habe seine neue Adresse nicht hinterlassen. Während Donna ganz hysterisch wurde und immer wieder fragte, was denn eigentlich los sei, legte Macklin auf und wählte gleich eine neue Nummer. Er hatte einen Bekannten im Detroiter Polizeipräsidium, Abteilung Bewaffneter Raubüberfall. Der Beamte, der im Zuge seiner Pflichterfüllung bereits einmal verletzt und zweimal wegen heldenhaften Verhaltens vom Abteilungsleiter ausgezeichnet worden war, verdingte sich schwarz als Auftragskiller bei der Familie Rubello in Grosse Pointe. Er versprach Macklin, ihn zurückzurufen. Aber Macklin entgegnete, daß es ihm bedeutend lieber sei, sich selbst wieder zu melden. Als er erfuhr, daß der Haftbefehl gegen ihn immer noch bestand, legte er auf.

Anschließend klingelte er den alten Hermann in seiner Privatwohnung an, erwischte aber nur die Haushälterin, die ihm in gebrochenem Englisch verklickerte, daß ihr Arbeitgeber nach Las Vegas gefahren sei. Dann waren ihm die Münzen ausgegangen. Keine weiteren

Telefonate. Also stieg er wieder in seinen Wagen und fuhr die Telegraph Road südlich nach Detroit rein. Dabei machte er eine blauweiße Polizeistreife auf sich aufmerksam. Zwei Blocks lang folgte sie ihm, bis er an einer Ampel bei Gelb noch durchflutschte und sie abhängte. Er war sich ziemlich sicher, daß die Cops nicht nahe genug an ihn rangekommen waren, um seine Autonummer zu erkennen, denn sonst hätten sie bestimmt ihr Signalhorn angeworfen und sich einen Kehricht um die Ampel geschert. Macklin bog dann von der Telegraph ab und verlegte sich auf Seitenstraßen.

Auf der Clairmount Street fuhr er den *Camaro* in eine Tiefgarage und ging die paar Schritte zu einer Grotte von Bar, deren Geschäftsführer ein früherer Torwart der *Red Wings* war und Veauxhill hieß. Den hatten sie seinerzeit wegen seiner Zockerei aus der Mannschaft geschmissen, und er hatte seine Gewinne in die Bar investiert sowie in ein Privatkreditgeschäft, das er im Hinterzimmer betrieb. Als Macklin nach Veauxhill fragte, ging der schwarze Barmann mit dem Glasauge nach hinten. Gleich darauf kam er wieder zurück, zeigte mit dem Kopf auf die Tür, durch die er gerade getreten war. Macklin ging um den Tresen herum auf die Hintergemächer zu.

Veauxhill hockte an einem zusammenklappbaren Kartentisch, der ihm zugleich als Schreibtisch diente, und war dabei, Hundertdollarnoten in sauberen Häufchen auf das rote Vinyl zu blättern. Er war ein feister, grobschlächtiger Kerl. Sein Schädel hatte die bescheidene Größe eines Kürbis. Den hatte die Natur geradewegs aus einem grasgrünen Seidenhemd emporwachsen lassen. In seinem glänzend schwarzen Haar hatte der Kamm schmale Spurrinnen hinterlassen. Sein kleiner Mund war V-förmig geschnitten und erinnerte an die Klappe eines Briefumschlages. Die Nase war ein Torpedowulst mit Löchern, den Sattel hatte vor Jahren bereits ein Eishockeyschläger geziemend abgeflacht. Seine Hände mit den mehrfach gebrochenen Fingerknöcheln erwiesen sich beim Scheinezählen als erstaunlich behende und überaus geschickt. Sie legten eine Geschwindigkeit an den Tag, der das bloße Auge kaum folgen konnte.

»Macht es dir Spaß, solo zu jobben«, fragte er ohne aufzublicken.

»An der Arbeit selbst ändert das ja nichts«, antwortete Macklin. »Nur daß du dir eben aussuchst, für wen du sie machst.«

»Ich treibe die Schulden selbst ein. Brauche niemanden.«

»Ich suche keinen Job.«

»Die fahnden wie irre nach dir. Wird jedenfalls gemunkelt. Ich kenne einen ganzen Sack voll Leute, die ganz scharf darauf sind, dich an die Bullen zu verkaufen. Aber du weißt ja selbst, daß Ganoven heutzutage nicht übertrieben zimperlich sind.«

»Einen Unterschlupf brauche ich auch nicht.«

Veauxhill zählte zu Ende, dann schnippte er eine dicke Gummizwille um das letzte Häufchen und verfrachtete alles Geld in einen leeren Whiskeykarton, der neben seinem Sessel auf dem Boden stand. »Für dich gelten dieselben Zinsen wie für alle anderen. Sonderkonditionen kriegen bei mir nicht einmal Killer.«

»Brauche keinen Kredit. Ich suche meinen Sohn.«

»Hier war er nicht.«

»Würdest du ihn denn erkennen, wenn du ihn siehst?«

»Bevor du damit angefangen hast, wußte ich nicht einmal, daß du ein Kind hast. Dachte immer, die Männer in deiner Branche ficken nur ihre Knarren.«

»Du mußt ihn kennen. Oder hast wenigstens schon von ihm gehört. Er heißt Roger. Und arbeitet für Maggiore.«

Mister Kredithai machte den Deckel des Whiskeykartons zu. »Was ich gehört habe, ist, daß da jetzt so ein Jungscher für den Buckel die Drecksarbeit macht. Gut möglich, daß ich auch gehört habe, daß es dein Junge ist. Weißt du, mein Gedächtnis ist nicht mehr das, was es einmal war. Ginge dir bestimmt auch nicht anders, wenn du so oft den Puck mit dem Kopf abgefangen hättest wie ich.« Zum erstenmal sah er Macklin an. Seine Augen waren farblos und ausdrucksschwach.

Macklin hatte achtzigtausend Dollar auf den Saum seines Kordjakketts und seine Brieftasche verteilt. Aus der Brieftasche nahm er zehn Hundertdollarnoten. Er blätterte die Scheine sorgfältig einen neben den anderen auf den Kartentisch.

»Er hat mit einer schwarzen Pritsche in Dearborn Heigths zusammengewohnt. Bis sie sich dann vor zirka drei Wochen umzubringen versucht hat.« Veauxhill begann die Scheine aufeinanderzuhäufeln. »Das war in einem Wohnhauskomplex auf der Dudley. Und sie hat bei dem Sunsmith im Chor mitgesungen.«

»Erinnere mich. Und wo hast du das gehört?«

»Meine Kunden sind überall zuhause. Und wenn einer mal kurzfristig in Zahlungsschwierigkeiten ist, versorgt er mich eben mit Infos.«

»So. Damit sind wir ja jetzt schon bis auf ein paar Wochen dran.«

»Wenn deine Informationen aktueller sind ...«

»Ich kann dir nur empfehlen, daß dir noch was einfällt.«

Veauxhills Flappe verzog sich zu einem sanften Lächeln. »Weißt du, ich habe Bauchspeicheldrüsenkrebs. Drei Monate lautet die optimistischste Schätzung meiner Lebenserwartung. Wenn du also so freundlich sein möchtest, mir die Quälereien auf der Intensivstation zu ersparen, weißt du ja, wo du mich finden kannst.«

»Ich brauche einen neuen Wagen«, sagte Macklin. »Nach meinem fahnden sie.«

Veauxhill lehnte sich zurück und wedelte sich mit dem Notenbündelchen Luft zu. Macklin holte noch tausend Dollar aus der Brieftasche, dann war sie leer.

»A-1 Leihwagen auf der Livernois. Frag nach Peterson und sag einen schönen Gruß von mir. Nur Bares, kein Papierkram.«

Macklin beobachtete, wie er die neu hinzugekommenen Scheinchen ordnete. »Was damit wohl passiert? Na, vielleicht verbrennen sie ja zwei Särge für dich.«

»Man macht seinen Kram bis zum bitteren Ende weiter, kann nicht einfach rumsitzen und warten.«

Als er den schwarz-braunen Renault abstellen wollte und einfach den Zündschlüssel herauszog, ohne vorher auf die Bremse zu latschen, hatte das Bremslicht nichts Besseres zu tun als anzubleiben und die Batterie auszulaugen. Macklin trat in ein Drugstore und versuchte, allerdings vergeblich, seinen Mann in der Abteilung Bewaffneter Raubüberfall an die Strippe zu kriegen. Dann wollte er den Motor wieder anlassen und gab der Batterie damit bis auf weiteres den Rest. Erst nach einer halben Stunde hatte sie sich wieder aufgeladen. Fünfzehnhundert Dollar hatte ihn die Karre gekostet, die tausend, die er Veauxhill hingelegt hatte, noch nicht mitgerechnet, versteht sich.

Der Mietshauskomplex in Dearborn Heights war U-förmig angelegt, die Balkone dienten nur der Dekoration, und die Gummibäume zu beiden Seiten der Haustür waren aus Gummi. Macklin betätigte den Klingelknopf, neben dem ein Schild »Hausverwalter« kündete, und fiel aus allen Wolken, als die Klingel tatsächlich funktionierte.

Hinter dem Eingang aus Panzerglas ging eine Wohnungstür auf. Ein zylinderförmiger Körper, gewandet in einen gesteppten grünen Hausmantel, baute sich in der Öffnung auf. Irgend etwas piepste aufdringlich, und dann konnte Macklin die Glastür aufdrücken. Die Frau lugte ihn hinter einer geschwungenen Brille hervor an, um deren einen Bügel ein Heftpflaster geklebt war. Schwarz war sie und trug eine blonde Perücke Abteilung Pagenkopf, die ihr das Aussehen eines dicklichen Buster Brown verlieh. Sie mochte wohl Anfang Sechzig sein. »Sie wünschen?«

»Ich bin ein Freund von Schwester Mercer. Sie wohnt doch noch hier?«

»Augenblicklich ist sie bei ihrer Familie in New Orleans.«

»Umgezogen?« Fassungslos klappte er den Mund auf. »Aber wann denn?«

»Unmittelbar nachdem sie vergeblich versucht hat, sich zu erhängen.« Sie schien eine diebische Freude dabei zu empfinden, ihm diese Neuigkeit übermitteln zu können. »Hat sich mit so einem halbwüchsigen Weißen eingelassen. Wenn der liebe Gott *das* im Sinn gehabt hätte, hätte er uns bestimmt nicht mit unterschiedlicher Hautfarbe auf die Welt kommen lassen. Aber Sie sind ja auch weiß.« Sie rückte ihre Brille zurecht, um ganz sicherzugehen.

»Heißt ihr Freund vielleicht Roger? Roger Macklin?«

»Roger stimmt. Das mit Macklin weiß ich nicht so genau. Sie sind wohl nicht zufällig auch bei ihrer Kirche zugange?«

»Nein. Wir waren früher einmal Nachbarn. Ich habe zufällig erfahren, daß sie jetzt hier wohnt. Mache in der Stadt nur Zwischenlandung. Wissen Sie, wo Roger zu erreichen ist?«

»Das ist die Kirche des Teufels, mit der sie sich da eingelassen hat. Der Reverend, den die da haben, will uns das Spiel wegnehmen. Bloß damit es den Armen nicht auch mal bessergeht. Ich sage Ihnen, das ist der Teufel persönlich. Und ein Roter obendrein.«

»Hat Ihnen Mercer eine Telefonnummer oder ihre Adresse in New Orleans hinterlassen?«

»Nie hat mir dieses kleine Miststück auch nur ein Sterbenswörtchen gesagt, Gott möge sie schützen. Wenn sie es nämlich getan hätte, dann hätte ich ihr auch verraten können, daß sie da nur die Hölle zu erwarten hat. Nein, ich weiß nicht, wo die beiden zu erreichen sind.«

»Ob mir wohl die Nachbarn weiterhelfen können, was meinen Sie?«

»Die wollten nie was mit ihr zu tun haben. Die Schwarzen nicht, und die Weißen schon mal gar nicht. Stellen Sie sich vor, als sie sich da aufgeknüpft hat, ist dieser Reverend doch tatsächlich selbst angerannt kommen. Angezogen wie ein Lude, sag ich Ihnen. Ich habe genau den Teufel gesehen, den er in den Augen hat. An dem Tag habe ich auf die 666 gesetzt, da können Sie aber Gift drauf nehmen. Ist aber nicht gekommen.« Darüber schien sie ernstlich pikiert.

Macklin dankte und verzog sich.

Gegen dreiundzwanzig Uhr nahm er sich auf der Dubois ein Zimmer in einem Altersheim, das von einem Arzt geführt wurde, der seine Approbation verloren hatte, weil er sich geweigert hatte,

Drogenhändler anzuzeigen, die während der Bandenkriege mit den Kolumbianern zu ihm gekommen waren, um sich ihre Schußverletzungen behandeln zu lassen. Der Arzt erkannte ihn, und so berechnete er ihm fünfhundert Dollar für zwei Nächte. Das Souterrainzimmer war mit einem Einzelbett und einem rissigen Sekretär ausgestattet und verfügte außerdem über ein übermaltes Fenster. Bis vor kurzem hatte der Hausmeister dort gehaust. Macklin klingelte von einem Apparat in der Vorhalle aus noch einmal im Präsidium an, erfuhr aber nur, daß sein Bekannter schon weg war. Dann ging er wieder in sein Zimmer und verstaute weitere tausend Dollar in seiner Brieftasche. Anschließend nahm er sich eine Nadel und einen halben Meter Faden aus dem Reisenähset, das er in einem Kramladen käuflich erworben hatte, und nähte den Saum mit den verbliebenen fünfundsiebzigtausend wieder zu.

Er konnte nicht einschlafen. Seine Lethargie hatte er wieder abgestreift, nur machten ihm die vielen Stunden unnötigen Müßiggangs jetzt noch zu schaffen. Um ein Uhr stand er wieder auf und suchte den ganzen Raum nach etwas zu lesen ab. Das einzige Buch, das er auftreiben konnte, war die unvermeidliche Gideonbibel, die in diesem Etablissement dazu diente, das fehlende Stück am vierten Bein des Sekretärs zu ersetzen. Er zog sie hervor und kippte den Sekretär mit aller Vorsicht, um nur nicht das ganze Haus aufzuschrecken. Dann schlüpfte er mit der Bibel bewaffnet wieder in die Heia. Er las die Schöpfungsgeschichte von vorne bis hinten durch und fragte sich dann, womit Kain seinen Bruder Abel wohl erschlagen haben mochte. Gegen halb vier fiel er endlich in einen leichten Schlaf.

Am nächsten Morgen erlaubte ihm der Arzt, das Bad zu benutzen, und lieh ihm sogar einen Rasierapparat. Nachdem er sich frisch gemacht und rasiert hatte, telefonierte er wieder. Es hieß, sein Kontaktmann habe samstags frei.

Er blieb fast den ganzen Tag über auf seinem Zimmer. Nur einmal ging er kurz zu einem *White Castle* sechs Blocks weiter und besorgte sich eine Tüte Hamburger und an einem Drugstore auf der Bush einen Spionagethriller. Der Doktor hatte sich zwar erboten, gegen einen geringen Aufpreis jemanden zu schicken, der die Besorgungen für ihn erledigen würde, aber das hatte Macklin dankend abgelehnt. Er legte sich aufs Bett, verschlang seine Hamburger und las in einem Zug den ganzen Roman durch. Darin wimmelte es nur so von ausländischen Agenten. Die sprachen natürlich alle englisch, aber der Leser sollte sich einbilden, daß die in Wirklichkeit französisch, deutsch oder russisch quatschten. Und die rannten ständig rum und ballerten sich gegenseitig mit ihren Superknarren auf eine Meile Entfernung ab.

Was bin ich im Vergleich dazu doch für ein armes Würstchen, dachte Macklin.

Am Sonntag meldete sich dann sein Bekannter von der Polizei. Es gab keine Akte über Roger Macklin.

32

Es war Montag früh, als der Regen fiel – einer jener von schräg nach seitwärts peitschenden Wackersteingüsse, die die Expressways *downtown* in Wasserstraßen verwandeln und in der ganzen City die Öfen zusammenbrechen lassen. Er fegte in west-östlicher Richtung wie ein massives Kehrfahrzeug der Straßenreinigung über Skyline. Von den Bürgersteigen, die ein nichtsahnender Tagesanbruch erwärmt hatte, stieg der Dampf auf. Der Platzregen kräuselte den Lake St. Clair und verzog sich über Kanada. Gegen Mittag hatte sich dann die Sonne wieder durchgekämpft und stellenweise den Beton auf der Hart Plaza getrocknet. Cobo Hall, Ford Auditorium und die Türme des Renaissance Center blitzten wie neu.

Kurz danach legte die Band, die der Reverend Sunsmith engagiert hatte, los. Leadgitarre, Background, Drums und elektrische Orgel jubelten moderat punkige Rhythmen unter »My Sweet Lord«, »Amazing Grace«, »Day by Day« und »Jesus Christ Superstar«. Allmählich kamen die Zuschauer hereingetröpfelt, allein, in Pärchen oder sogar als ganze Gruppen, und als der Chor sich in dem abgeteilten Halbkreis aufgestellt hatte, der für die Livemusik reserviert war, war die Plaza voll. Schwester Asaul hatte mit der Begründung, sie wolle lieber weiterhin dem Reverend zur Seite stehen, einen Plattenvertrag abgelehnt, den ihr Columbia angeboten hatte. Sie brachte ein Solo, »The Old Rugged Cross«, die anderen Chorsängerinnen summten zur Begleitung. Ihre gelben Satinroben schimmerten im Lichte der hoch am Himmel stehenden Sonne. Anstelle von Schwester Mercer, die immer noch in New Orleans war und sich von den Folgen ihres Selbstmordversuches erholte, trällerte eine Sopranistin, die von einer ortsansässigen Künstlervermittlung kam. Den Fernsehkameras entging keine Einzelheit.

Um zwei erschien Sunsmith. Von der Jefferson Avenue her teilten die Ältesten, wie immer in Blau, in fliegender Keilformation die

Menge. Ihr kardinalsrot schimmerndes Kleinod hatten sie in der Mitte. Drei der Leibwächter waren Neuzugänge, Lohnsklaven einer privaten Wachschutzfirma in Clawson. Hastewaskannste stürzte sich die Band in »Saviour, Lika A Shepherd Lead Us«. Der Chor tirilierte. Einige unter den Zuschauern stimmten mit ein. Als die fünf Männer auf die Kanzel zufegten, die vor dem Damenchor aufgebaut worden war, klappte der Leibwächter, der die Vorhut bildete, den Mund auf und zu. Aber beileibe nicht im Rhythmus der Musik.

Pontier stand mit dem Rücken zur Jefferson und kam sich in seinem braunen Regenmantel einigermaßen idiotisch vor. Als er das Präsidium verlassen hatte, hatte der Himmel noch das Allerübelste versprochen. Aber jetzt hatte sein Aufzug wenigstens den Vorteil, daß er den Sprechfunk unauffällig in der Manteltasche mit sich tragen konnte. Inmitten der Menschenmenge, die vor der auf die Kanzel zustrebenden Männerkohorte zurückwich, blitzte ein Stück gelbes Sportsakko auf. Er zückte sein Walkie-Talkie. »Lovelady?«

»Logo.« Der Sergeant schnaufte mal wieder.

»Wer ist hinter Sunsmith?«

»Anderson und Cletus. Und Rubio ist mit seinem Infrarotvisier auf dem Dach der Cobo Hall.«

»Sorgen Sie dafür, daß Sie noch ein paar Uniformierte mehr in die Mitte kriegen. Und unterbinden Sie jeglichen Schußwechsel, bevor es richtig losgeht.«

»Träumen Sie man ruhig weiter, Inspektor.«

»Mhm. Ach ja, was hat eigentlich der Blaue da vorne an der Spitze gesagt?«

»›Aus dem Weg, oder ich lege euch alle um.‹«

Bei der Zeile »Immer hast du uns geliebt« hörte die Musik plötzlich auf und Schwester Asauls wohltönender Mezzosopran plumpste in eine geradezu dramatische Stille. »Behalt uns weiter lieb.« Der letzte Ton war noch nicht ganz verklungen, als der Reverend sich hinter dem kugelsicheren Plastikschild oberhalb der Kanzel aufbaute. Während die vier Ältesten ihre Plätze auf der anderen Seite der Schwestern einnahmen, schlug er die in rosa Seide eingeschlagene Bibel auf. Sekundenlang war in der aufgeladenen Stimmung der Kundgebung nur das Rascheln der Seiten zu hören. Der Reverend suchte mit den Blicken seiner schwarzen Augen die Versammlung ab.

»›Denn viele Verführer sind in die Welt hinausgegangen‹, schreibt Johannes, ›die nicht bekennen, daß Jesus Christus im Fleisch gekommen ist. Das ist der Verführer und der Widerchrist.‹«

Seine Stimme war merkwürdig verhalten, gar nicht der dröhnende Bariton, der sonst in den Dachsparren seiner Kirche so wirkungsvoll nachhallte. Während die Menge weiter nach vorne strebte, um seinen Worten besser lauschen zu können, schlug sich Picante nach links, von den Leibwächtern weg und auf den Chor zu.

»›Wer weitergeht und bleibt nicht in der Lehre Christi, der hat Gott nicht; wer in der Lehre Christi bleibt, der hat beide, den Vater und den Sohn.‹«

Macklin rannte die Jefferson entlang in Richtung auf das Gemurmel aus den Lautsprechern. Er hatte nicht damit gerechnet, daß so viele mit dem Auto zur Kundgebung kommen würden, und sich schließlich genötigt gesehen, seinen Leih-Renault vor einer Ampel auf der Monroe einfach stehenzulassen. Jetzt konnte er das Gehupe der dahinter stehenden Wagen nur noch von ferne hören. Seiner Gaderobe war anzusehen, daß er sie seit drei Tagen nicht mehr gewechselt hatte, und rasiert war er auch nicht. Die vergangene Nacht hatte er in einem Motel in Dearborn verbracht, und da gab es keinen Rasierapparat. Der Doktor, dem das Altersheim gehörte, hatte sich geweigert, ihm das Zimmer des Hausmeisters noch eine dritte Nacht zu überlassen.

Als er Inspektor Pontiers Glatzkopf am Rande der Menschenmenge erkannte, war es schon zu spät. Ihre Blicke trafen sich für den Bruchteil einer Sekunde. Dann tauchte Macklin in der Masse der Zuschauer unter.

»›So jemand zu euch kommt und bringt diese Lehre nicht, den nehmet nicht ins Haus und grüßet ihn auch nicht.‹«

»Macklin ist hier!« bellte Pontier in sein Funkgerät. »Er kommt direkt auf Sie zu.«

Lovelady antwortete: »Ich kann ihn nicht sehen.«

»Collier, hier Pontier. Bewegt euch. Plaza räumen.«

»Welcher natürliche Abgang hat Sie denn zum Oberheinz gemacht?« Ein dünnes Stimmchen näselte aus dem Sprechgerät. »Die Sicherheitsmaßnahmen sind immer noch meine Angelegenheit.«

»Dann fangen Sie allmählich mal an, sich dieser Angelegenheit anzunehmen. In der Menge befindet sich ein polizeibekannter Scharfschütze. Weißer, einsachtzig, schwarzes Haar, um die vierzig, graues Jackett.«

»O weiha. Lieutenant Collier an alle Einheiten. Plaza räumen. Vorsicht: Scharfschütze.«

»›Denn wer ihn grüßt, der macht sich teilhaftig seiner bösen Werke.‹«

Zum allerersten Male seit er den Ruf Gottes vernommen hatte, lief dem Reverend Thomas Aquinas Sunsmith sein Publikum davon. Gellendes Pfeifen ertönte, und die Menge strebte von ihm weg, wurde von uniformierten Polizisten und Männern, die mit schwarzen Funkgeräten herumfuchtelten, geschubst und fortgestoßen. Er ließ seinen Text Text sein und trat hinter der Kanzel hervor. Von hilflosen Gesten begleitet rief er beschwörend, da seien die Philister am Werk, die seinen lieben Brüdern und Schwestern das Wort Gottes vorenthalten wollen.

Ein Mensch kämpfte gegen den Strom. Noch bevor Macklin Rogers Gesichtszüge erkennen konnte, machte er den schlaksigen Gang und die leicht vornübergebeugte Körperhaltung seines Sohnes aus, die er von ihm geerbt hatte. Eine Bö fuhr in Rogers langes schwarzes Haar. Als er sich seinen Weg durch die Menschenmenge bahnte und der Kanzel immer näher kam, griff er vorne in seine braune Windjacke.

»Roger!«

Die schrillen Pfiffe und lauten Stimmen dämpften seinen Schrei. Macklin kämpfte sich auf seinen Sohn zu. Als ihm ein Polizist in den Weg trat, stieß er ihm den Ellbogen ins Gesicht, er spürte förmlich, wie er dem Mann das Nasenbein brach. Der Beamte klappte zusammen. Er drängelte weiter vorwärts, langte nach seinem Magnum unter dem Jackett. Da hatte er Picante bereits erkannt und beobachtet, wie er sich mit dem rechten Arm unter die linke Achsel griff.

Der Jugendliche mit der Hand in der Windjacke war den Ältesten nicht entgangen. Sie zückten alle ihre Neun-Millimeter-Pistolen.

»Roger!«

Diesmal konnte Roger ihn hören. Er wandte den Kopf um. Das bekamen auch die Leibwächter mit. Aber Roger drehte sich gleich wieder um, er hatte seinen Vater in der Menge offenbar nicht erkannt.

Macklin brüllte noch einmal. Das Sonnenlicht fing sich auf seinem Magnum. Die Leibwächter bemerkten das Aufblitzen des Metalls und schwangen ihre Waffen herum. Macklin sah, wie sich der Rauch in Schwaden aus den Pistolenläufen ergoß. Er war getroffen. Er spürte nur noch, wie er immer weiter vorwärtstaumelte und der Betonboden auf ihn zustürzte.

Picante, der jetzt auf einer Höhe mit der Kanzel war, schob dem Reverend seinen Colt *Diamondback* in die Robe und drückte dreimal auf den Abzug. Sunsmith fing an zu zittern. Das Blut spritzte ihm aus dem Mund und besudelte den rosenfarbenen Satin.

Picante kippte rücklings von der Empore. Er kam hart auf dem

Rücken auf und blieb mit weit ausgebreiteten Armen liegen. Kruzifix in Polyester. Auf dem Hemd frisches Blut. Purpurrot. Verblüffen auf dem langen Gesicht. Unmittelbar darauf hallte der Mündungsknall von den Dächern der Cobo Hall wider. Das Echo verflüchtigte sich nach Windsor hin.

Panik hatte die Massen ergriffen. Die Menge wogte ins Freie. Jetzt ließ sich auch Roger von der Flut ergreifen. Er zog die Hand aus seiner Windjacke, drehte sich um und setzte dem Menschenstrom, der von der Kanzel wegflutete, keinen Widerstand mehr entgegen. Nichts wie raus aus der Hart Plaza. Weder Sunsmith noch Picante hatte er fallen sehen, er hatte auch nicht bemerkt, auf wen die Leibwächter geschossen hatten. Ganz schön viele sind wohl sauer auf den Reverend, das war sein einziger Gedanke.

Einer der Ältesten hatte sich hingekauert und hielt Sunsmiths großen Schädel im Schoße geborgen. Er hatte die Augen offen. Tropfen schwarzen Stearins. Die anderen Leibwächter standen reglos dabei, aus ihren Pistolen entwich noch der Rauch. Eine der Schwestern wimmerte leise. Schwester Asaul betete ein Vaterunser.

Macklin lag seitlich auf dem Beton. Die flüchtende Menschenmenge hatte ihn ein paarmal getreten. Auch seine Hand war in Mitleidenschaft gezogen worden. Aber allmählich legte sich die Panik. Aus den Augenwinkeln sah er Uniformierte mit gezückten Revolvern auf sich zukommen, erkannte noch Inspektor Pontiers Glatze und den dicken Mann im gelben Sportsakko, dessen Namen ihm nicht mehr einfiel. Es roch nach Beton und Blut und Pulver, und als die Geräusche der Menschen um ihn herum erstarben, war ihm beinahe so, als hörte er den Detroit River an seine begradigten Ufer schlagen. Seine Sinne waren geradezu unnatürlich wach.

»Macklin.« Kopf und Oberkörper des Mannes konnte er in dem grellen Sonnenschein nicht erkennen, aber die Stimme war ihm vertraut. Pontier. Er antwortete nicht. Sein ganzer Mund war wie voller Speichel.

»Vergisses.« Das war der Dicke.

»Scheiße«, flüsterte Macklin. »Das wollte ich auch gerade sagen.«

Der Krankenschwester, die ihn im Detroit Receiving entkleidete, fiel das Knistern in seinem durchlöcherten Jackett auf. Als sie nachguckte, fand sie den Saum voller Hundertdollarscheine, von denen einige eine Kugel abbekommen hatten. An allen klebte geronnenes Blut. Davon wußte Dr. Stepp nichts, als er schnell, routiniert, aber mehr oder weniger halbherzig alles für die Notoperation vorbereitete. Er hätte viel lieber weiter in seinem Büro gehockt und an dem Artikel gefeilt, den er an das *Harvard Medical Journal* zu schicken gedachte. Schußwunden waren nicht annähernd so spannend wie ein Patient, der auf der linken Schulter seinen ungeborenen Zwillingsbruder mit sich herumträgt.